Verlag Bibliothek der Provinz

D1723633

Sibylle Lang
DER FLECK
Erzählungen

herausgegeben von Richard Pils
lektoriert von Axel Ruoff

ISBN 978-3-99126-226-8

© *Verlag* Bibliothek der Provinz
A– 3970 WEITRA 02856/3794
www.bibliothekderprovinz. at

Coverfoto: Heinz Franke

Sibylle Lang
DER FLECK

Erzählungen

INHALT

DER FLECK

Ganz langsam liefen sie mit der Mutter an den Mietshäusern entlang, gegenüber befand sich die alte Kaserne, ein lang gezogener Backsteinbau. Die einzige Unterbrechung an dieser Straße war das Gleis der Lokalbahn, das sich über Gehweg und Straße zog, ein paar Meter weiter kam schon die Unterführung. Wenn über ihnen die Schnellzüge hinwegbrausten, hielten Mecki und Irmi sich die Ohren zu. Sie konnten es gar nicht erwarten, auf der anderen Seite wiederaufzutauchen, deshalb gingen sie, so schnell sie konnten, aber mit zugehaltenen Ohren. Das Laufen ähnelte dann einem Torkeln. Nach der Eisenbahnunterführung bogen sie rechts in die Firnhaberstraße ein. Hier begann das Viertel, von dem ihre Mutter immer sagte, dass da der Onkel Wilhelm wohne. „Gehen wir jetzt plötzlich zu Onkel Willi?" – „Nein", darauf die Mutter. Irmi freute sich doch schon die ganze Zeit auf die Tiere – und Mecki natürlich auch.

Sie wusste, wann es in den Tiergarten ging, weil die Mutter früh morgens schon mit großer Sorgfalt Essensreste, altes Brot, Obstkerne und ein paar gekochte Kartoffeln zusammenpackte. Beim Onkel Wilhelm hätte sie schon fast einmal übernachtet, aber dann war es doch anders gekommen, weil sie einen Aufstand gemacht hatte.

Mecki lief langsam, deshalb dauerte es bis zum Tierpark sicher wieder eine Ewigkeit. „Wir durchqueren nur das Willi-Viertel. Das ist alles!" Die Stimme war laut geworden. Irmi dachte, dass Mecki und sie nie in dem Viertel wohnen würden. „Dahinten seht ihr die Wohnblöcke, da leben Onkel Willi und Tante Margot", sagte die Mutter und streckte den Arm aus. Mecki blieb stehen und sah die Straße hinunter. „Dahinten sind die Wohnblöcke", sagte Irmi und drehte Meckis Kopf. „Du musst schon hinschauen!" Mecki starrte den Dackel an, der neben ihm auf den Randstein pinkelte.

Sie überquerten alle drei die Hauptstraße. Auf der anderen Seite wartete schon ihr Lieblingsweg. Eigentlich war das nur ein kurzes Stück. Der Weg führte schnurgerade zwischen einer Ziegelmauer und einem Gartenzaun hindurch. Mecki stand am Zaun, anscheinend interessierte er sich plötzlich für Schrebergärten. Jetzt verzögerte sich wahrscheinlich wieder alles. Die Mutter wartete natürlich, bis er sich alles ganz genau angesehen hatte. Irmi ging langsam weiter. Die Mutter sagte immer Mecki und Irmi statt Irmi und Mecki, was daher kam, dass sie Mecki lieber mochte und sie nur ein Anhängsel war.

Fast hätte sie heute den Vogelbeerbaum übersehen, von dem die Vögel Durchfall bekamen.

Sie könnte die Vogelbeeren sammeln und mit Mecki probieren, dann würde sie sehen, ob die Mutter nur Mecki oder auch Irmi retten würde. Mecki hatte Kirschen in der Hand und schenkte sogar Irmi eine. Die Mutter stand in der Gegend herum, und als sie ihre Hand nehmen wollte, versteckte Irmi diese schnell hinter ihrem Rücken. Sie trottete lieber nebenher. Rechts sah man jetzt den Friedhof, aber das wusste Irmi ja, weil hinter dem vergitterten Tor immer gut sichtbar ein Bernhardiner saß und sie ansah, während er Grabsteine bewachte. Sie ging mit Mecki immer ganz nah bis zum Friedhofstor und streckte die Hand durch die Gitterstäbe, bis der Bernhardiner an ihr schnüffeln konnte. Warum man nicht hineingehen konnte, fragte sie einmal, aber die Mutter gab ihr keine Antwort. Vielleicht könnte sie später einmal auf die Mauer klettern und sich von oben alles anschauen. Der Hund war vom Temperament her so, dass sie locker mit ihm hätte spazieren gehen können, um ihm ihre Geschichten zu erzählen.

„Vielleicht gibt es keinen Platz mehr da drin und man kann deshalb nicht rein", sagte Irmi, aber auch darauf antwortete ihre Mutter nicht. Sie ging jetzt zu Mecki und zog ihn hinter sich her. Als sie an der Ampel standen, drehte sich Irmi noch einmal nach dem dicken Bernhardiner um.

„Das ist der Lochbach", sagte die Mutter und blieb mit Mecki auf der Brücke stehen. Wenn sie einmal herausfinden würde, ob das ihre Mutter ist, und sie würde dann sagen, dass sie es nicht ist. Müsste sie dann weg? Mecki käme sicher mit, dazu würde sie ihn schon bringen. Sie wären dann auf jeden Fall zu zweit. Sie würde ihn heute Abend fragen. Sie hatte schon einmal mit dem Schutzengel gesprochen. Irgendwo würde er sein, wenn sie dann zusammen die Straße entlanggingen.

„Das ist der Lochbach, Mecki." Irmi kniff ihren Bruder in den Arm. Mecki warf einen Stecken in den Bach, der so schnell weg war, dass sie nur noch reißendes Wasser sahen. Ihre Mutter drängte, und dann zogen sie langsam weiter. „Irmi, komm", nervte die Mutter. Irmi hatte eigentlich keine Lust auf den Ausflug, aber dann erinnerte sie sich an den Zoo und die Tiere, die sich alle über ihr Futter freuten.

„Terrarium", las Irmi. Hier kamen sie immer wieder vorbei, gegenüber lag das Taubenhaus. Irgendein Mann kümmerte sich um die Tauben, aber das waren ihr fast zu viele Vögel, deshalb hielt sie Abstand. Jetzt gingen sie weiter den Weg entlang, der sie nach der Kurve direkt zum Tierpark führte.

Sie standen am Häuschen und warteten, bis die Mutter die Karten gelöst hatte. Zuerst besuchten sie die

Meerschweinchen. Die kleinen, dicklichen Tiere mit den vielen Wirbeln im Fell gefielen ihr. Man konnte sie schnuppern lassen und ein wenig füttern. Links lag der Teich mit den Enten und Schwänen und ein paar Meter hinter einer Mauer tauchten Wildschweine mit ihren Frischlingen auf. Die Mutter packte die Obstkerne aus und Irmi kletterte nach oben, hielt sich an der Metallstange fest und schüttete die volle Tüte in ihr Gehege. Im Nu waren die Steine geknackt und verzehrt. Mecki blieb unten, aber dann machte er Theater und wurde aufs Mäuerchen gesetzt. Gegenüber lag das Gehege der Wasserbüffel, die immer in aller Gemütlichkeit zum Zaun trotteten und von ihnen mit gekochten Kartoffeln gefüttert wurden. Das gefiel Irmi, weil die Tiere beim Fressen Ruhe bewahrten. So langsam, wie sie sich aus ihrem Wasserloch erhoben, konnten die unförmigen Tiere sicher keiner Fliege etwas zuleide tun.

Sie lief jetzt voraus und winkte die Büffel an den Zaun. Die Mutter holte die gekochten Kartoffeln aus der Papiertüte und Irmi durfte die Tiere füttern. „Schau, sie kullern einfach in den Rachen." Irmi stand auf dem kleinen Betonsockel, um über den Zaun zu reichen.

Als sie sich dem Affengehege näherten, saß der große graue Pavian schon in der Mitte und kratzte sich. Die Weibchen liefen um ihn herum und spielten mit ihren Jungen. Irmi saß auf der Steinmauer, unten das Wasserbecken mit den dicken Goldfischen. Sie sah ihr Spiegelbild im Wasser, auf ein Mal war sie drin. Die Fische würden sie tief nach unten ziehen. Sie würde zwischen den allerdicksten Goldfischen in der Brühe treiben und schon bald würde sie keiner mehr finden.

Um die Ecke warteten die Bartaffen. Die hatte ihr Vater einmal geärgert, darauf hat der große Affe der ganzen Familie Sand ins Gesicht geschleudert. Sie stand damals neben ihrem Vater, aber ihre Mutter hatte es auch getroffen. Ein Angriff aus dem Käfig heraus, da hatte selbst ihr Vater aufgehört zu lachen. Man muss sich ihnen ganz vorsichtig nähern. Die Mutter hatte das natürlich nicht im Griff, deshalb würde sie heute sicherlich nicht so weit nach vorne gehen. Sie schlichen ganz vorsichtig um das Gehege herum, das hätte ihr Vater nicht getan, aber dann sah sie im Augenwinkel, wie einer der Affen seinen Arm durch das Gitter streckte. Ein kleiner dunkler Affenarm griff in die Luft. Ihre Mutter holte ein bisschen Brot aus der Tasche. Irmi legte dem Affen ein Stück in die Pfote. Sofort kam eine weitere Affenpfote durch das Gitter. Was wäre, wenn der Affe an ihrem Arm ziehen und sie nicht mehr loslassen würde? Sie würde sich den Arm auskugeln und vor dem Käfig am Boden liegen. Die Mutter würde wild herumfuchteln, später würde der Mann mit der Latzhose aus dem Löwengehege kommen oder der von den Braunbären, um Irmis Arm wieder einzukugeln.

„Magst du auch den Affen füttern?" Irmi schüttelte den Kopf. „Mecki, komm mal her." Irmi schwitzte. „Doch ich mag." Sie musste sich jetzt vor Mecki drängen, der den Affen füttern sollte. Sie schnippte das Brot mit dem Finger, Mecki verlor das Stückchen. Er weinte.

„Du bist doch eine kleine Matz", sagte die Mutter. Irmi wusste, dass das nicht gut war, aber sie hatte es schon ein paar Mal gehört, auch wenn sie kein Brot weggeschnippt hatte. Sie stellte sich nach hinten, wartete, bis die Affenfütterung vorbei war und sie endlich zur großen Wiese kamen. Dahinter waren dann die Bären, dann kamen die Waschbären und gegenüber die Marder.

Die große Wiese mit den Eseln und Vögeln stellte sie sich wie eine Steppe in Asien oder Afrika vor, aber ihr allerliebstes Tier blieb das Wildpferd. Es stand in einem staubigen Gehege mit mehreren Zebras zusammen. Sie stellte sich vor, wie sie es aus dem Gehege herausführen würde, um irgendwohin zu reiten, in ein unbekanntes Land mit einem unbekannten Stamm, bei dem sie eine Zeitlang leben könnte.

„Was stehst du denn so beleidigt in der Gegend herum?", lachte die Mutter. Irmi wusste, dass diese Frau von nichts eine Ahnung hatte. Sie wusste nichts über Menschen, über Tiere nur sehr wenig, außer über Katzen, und dann gab es noch ihre Kochbücher, als ob das genug wäre. Aber der Hals der Mutter war dick oder irgendetwas kam Irmi komisch vor. War das ein Fleck? Irmi befühlte ihren eigenen Hals. Sicher musste der Fleck der Mutter unangenehm sein. Er sah nämlich hässlich aus.

Die Braunbären hatten einen finsteren Ort, ebenso die Waschbären, die es in Kanada gab und die sie in ihrem Tierlexikon bereits gefunden hatte. Irmi lief noch immer mit ein wenig Abstand. Als sie bei dem Silberfuchs ankamen, der von der Mutter immer ein bisschen gekochtes Fleisch bekam, näherte sie sich dem Käfig. Das Tier kam immer aus seinem Häuschen, das Irmi einsam und traurig fand, dann gab es diese schnelle Bewegung mit dem spitzen Maul und zack, verschlang es die mitgebrachten Fleischstücke, die sie und ihre Mutter durch das Gitter stopften. Irmi sah sich die Raubtierzähne genau an. Die unterschiedlichen Gebisse, die es in der Tierwelt gab, begeisterten sie. Aus der Hocke konnte sie jetzt alles genau verfolgen. Der Fuchs würgte wie ihre Katze zu Hause.

Sie verabschiedete sich vom Silberfuchs. Für einen Moment erschrak sie, weil ihr das Gesicht fast bekannt vorkam. Das Tier lief mit erhobenem Schwanz Richtung Holzverschlag.

Wo hatte sie schon einmal an den Fuchs denken müssen? War das nicht bei den Tonnen zu Hause gewesen? Sicher war sie sich gerade nicht, aber da war das Gesicht. Irgendeiner, der öfter auftauchte, wenn der Tonnenwagen durch die Straßen fuhr. Irmi hatte einmal den Mann am Eck stehen und auf ihr Haus starren sehen. Er versuchte zu lachen, während er anschließend die Tonne hinter sich herzog. Irmi rannte zur Nachbarin. Das Fuchsgesicht brannte auf ihren Sohlen.

Gleich waren sie bei den Wölfen. Das war das allertraurigste Gehege, nur Sandboden und kein einziger Baum. Wie konnte man das nur aushalten. Sie blieben lange stehen und sahen sich die Tafel an. Bei Nordamerika stellte sie sich eine einsame Prärie mit ein paar Tieren vor. Die Wölfe hatten im Winter immer so dichtes Fell und jetzt im Sommer war alles ausgefallen. Der Übergang, dachte Irmi, sah immer schrecklich aus. Als hätte man den Tieren alles vom Leib gerissen, nur ein paar Fetzen hingen noch am Körper herunter.

Sie kam sich manchmal wie die Beschützerin der Tiergartentiere vor. Außer den Vögeln, das müsste jemand anderer übernehmen.

Mecki blieb etwas zurück, weil er auf dem Weg etwas entdeckt hatte. Sie wartete auf ihn. Ihr Bruder würde später Ingenieur werden, vielleicht Brücken bauen. Sie würde in einer anderen Stadt als Sekretärin eine gewisse Zeit bei ihm arbeiten.

„Mecki, du hast doch auch den Tonnenmann gesehen?" Mecki senkte den Kopf. „Aber du hast dir doch gerade ganz genau den Fuchs angeschaut?" Mecki sah sie an und schluckte ganz oft hintereinander, dann hob er eine Münze auf, untersuchte die Zahl, anschließend wickelte er sie in sein Taschentuch.

„Mecki, das ist ein schmutziges Geldstück, das ist sicher nicht viel wert." Die Mutter, die gerade noch vor sich hingeglotzt hatte, schaltete sich ein. Woher wollte das diese Mutter eigentlich so genau wissen? Irmi wusste, dass es wertvolle Münzen gibt.

Irmi hatte eine neue Aufgabe von ihrer Mutter bekommen. Sie trennte das Eigelb vom Eiweiß für den Kuchen am Nachmittag. Sie war jetzt nützlich für die Mutter.

Irmi sah sich genau den Fleck am Hals der Mutter an, als diese eine Tüte in ihre Tasche stopfte. Sie standen vor dem Löwengehege. Der Löwe saß träge in der Sonne, nur die Löwin lief die ganze Zeit hin und her. Irmi hatte früher gedacht, dass das normal wäre, aber sie hatte jetzt ihre Zweifel, weil die Raubtiere ihr irgendwie traurig vorkamen. Sie hatte das der Mutter einmal gesagt, aber diese hatte gar nicht reagiert. Wie ein Stück Holz, das im Wasser treibt und sich immer weiter vom Ufer entfernt.

Mecki hatte den Tonnenmann auch gesehen. Sie hatten nämlich beide den Tonnenmann gesehen, weil er die Tonnen regelmäßig in der Straße abholte, ins Müllauto kippte, wieder zurückstellte, sich auf sein Trittbrett schwang und rückwärts glotzend davonfuhr. Er hatte ein Fuchsgesicht, Rotfuchs, nicht Silberfuchs, da war sie sich ganz sicher.

Der Hals ihrer Mutter hatte vorher nicht so ausgesehen. Wenn die Mutter einmal saß, würde sie den Hals genau studieren und vielleicht Marina etwas davon erzählen. „Kannst du die Mutter fragen, ob er heute da war?", bat sie. Mecki schüttelte den Kopf und ging weg. Sie könnte ihren Bruder später festhalten, ihm den Arm umdrehen, dann würde er das sicher für sie tun. Vielleicht würde er aber auch schreien, und die Mutter käme angelaufen und es wäre nichts gewonnen.

Sie saßen auf der Parkbank, jeder verzehrte sein belegtes Brötchen und ein paar Löffel Joghurt dazu. Die Mutter seufzte, Mecki seufzte auch. „Mecki, hör auf", Irmi rempelte ihn an. Mit dem Nachmachen kam er sich ziemlich schlau und erwachsen vor. Einmal hatte er den kleinen Finger an der Kuchengabel abgespreizt und wie ihr Opa gesprochen. Irmi hatte sich kaputtgelacht.

Sie waren fast fertig mit dem Picknick. Es gab einen Schluck Tee, und dann kam der letzte Teil. Die Adler und Geier, einsam auf ihrem Posten, als würden sie alle über den großen Plan der Freiheit nachdenken.

Vorne durch das dicke Holztor, ein paar Schritte und sie waren draußen. Es ging ihr immer zu schnell, andererseits wünschte sie sich Freiheit für alle Tiere. Natürlich konnte sie dann mit Mecki nicht mehr hierherkommen. Sie würde noch einmal darüber nachdenken, wie es besser wäre.

Von der Seite verfolgte sie die beim Gehen leicht wippende Mutter mit ihrem Fleck am Hals, der sicher nicht von ihrem Vater kam, denn der machte so etwas nicht. Da war sie sich ganz sicher. Nie und nimmer, dachte sie. Aber sie hatte so einen Fleck schon einmal gesehen. War das bei Marina?

„Was ist das?" Ihre Mutter sah sie an. Irmi dachte, dass dieser Augenkontakt gar keiner war, weil er gar nicht haften blieb. „Wir verspäten uns heute Mittag, dann gibt es eben nur die Suppe und keinen Griesauflauf."

Sie waren jetzt wieder beim Terrarium, das sie noch nie betreten hatten und nie betreten würden, auch wenn sie noch so oft hier vorbeikämen.

Wieder zu Hause, dachte sie, dass sie dringend in die Bücherei gehen müsste, um die blonde Dame nach der Medizinabteilung zu fragen. Im Medizinlexikon waren wahrscheinlich alle Flecken auf der Haut abgebildet.

Da hatte er das erste Mal gestanden. Bei der Kälte war er nicht auf der Steintreppe in ihrem Haus stehen geblieben, sondern bis zum braunen Fußabstreifer gekommen. Irmi war im Hintergrund an der geöffneten Tür vorbeigelaufen, dabei hatte sie alles genau gesehen. Irmi glaubte, dass sie Nase an Nase standen. Es hatte keiner Licht gemacht, und es war fast Winter und morgens nicht nur kalt, sondern ziemlich dunkel. Dann war die Wohnungstür ins Schloss gefallen und für ein paar Minuten nicht wieder aufgegangen. Ihr konnte die Mutter seitdem nichts mehr vormachen.

Die Mutter trug einen Tag nach dem Tierparkbesuch ein buntes Tuch um den Hals. Irmi hatte sich das notiert. Sie hatte in ihr liniertes Heft ‚Mutter mit dunklem Fleck im Tiergarten entdeckt' geschrieben. Irmi sah immerzu auf das Tuch. Vielleicht war das Ding noch größer geworden. War der Hals der Mutter nicht sogar ein bisschen dicker geworden? „Ich muss morgen in die Bücherei." Die Mutter nickte, sie hatte natürlich keine Ahnung, dass sie nach der Abteilung Medizin fragen würde. Sie hatte sich die Form des Fleckens und die Farbe genau gemerkt. Sie könnte ihre Freundin Annelies mitnehmen, aber allein hatte sie mehr Ruhe.

„Wo ist hier die Medizin?" – „Was willst du da? Die Kinderbücher sind ganz unten. Du warst doch schon bei uns." – „Ich muss in den medizinischen Büchern etwas nachschauen." – „Was musst du denn nachschauen?" – „Es betrifft einen Fleck auf der Haut, ganz lila "

Die Frau, die in der Bücherei arbeitete, war eigentlich ganz nett. Sie schlug die Augen auf und starrte sie an, als wäre etwas Ungeheuerliches passiert, aber das Ungeheuerliche war ja eigentlich die Mutter und der Tonnenmann auf ihrem Terrazzo im Treppenhaus.

„Es geht um den Tonnenmann." Die Frau verstand nichts, denn sie lächelte, tat aber nichts. Irmi glaubte, es wäre besser, in einem anderen Moment zu kommen, um sich alleine umzuschauen. „Hier hinten ist die Medizin. Lies unten genau die Bezeichnung. Aber das ist sicher zu kompliziert für dich. Du kannst jederzeit meine Kollegin fragen. Meistens sitzt sie vor den Bücherregalen am Schreibtisch. Die findest du schon."

Zu Hause passierte nichts. Nur einmal klingelte es an der Tür. Es wurde draußen im Gang geflüstert. Wenn ihre Mutter weggehen würde, machte das nichts, dann würde vielleicht auch der Vater gehen. Irmi und Mecki könnten alleine im Haus weiterleben. Sie würden die Nachbarn ab und zu fragen und Irmi würde kochen. Das Eiweiß vom Eigelb trennen, ging schon ganz gut und Mecki müsste dann auch irgendetwas übernehmen.

Der Fleck am Hals war nach ein paar Tagen kaum mehr zu sehen und Irmi wusste nicht, ob sie noch einmal in die Bücherei laufen sollte oder warten, bis etwas passieren würde.

„Mecki und ich könnten auch alleine leben, wenn du gehst. Du gehst doch?" Die Mutter sah sie an und jetzt war Irmi sich sicher, dass das auf keinen Fall ihre Mutter sein konnte, so wie sie sie gerade anglotzte. „Irmi, dummes Mätzchen, das ist schon wieder so ein Unsinn." Irmi wusste, dass es kein Unsinn war, weil ihr das schon oft durch den Kopf gegangen war. Vor dem Einschlafen dachte sie nach und machte Pläne. In der Küche war es so eng, dass sie andauernd die Schürze ihrer Mutter streifte. Irmi trennte nach wie vor das Eigelb vom Eiweiß und rührte den Kuchen, den es fast jeden Tag gab und auf den Irmi sich immer freute. Sie würde einmal im Lexikon nachsehen, was genau eine

Matz ist, wahrscheinlich nichts Gutes. Eine Frau war es auf jeden Fall, ein Mann konnte niemals eine Matz sein oder eine Matz werden. Das hatte sie noch nie gehört.

Die Ferien hatten längst angefangen, das konnte man daran sehen, dass die Mutter den grünkarierten Bademantel morgens nicht mehr anhatte, weil sie später mit ihnen frühstückte. Irmi war anschließend schnell weg und Mecki verzog sich in den Garten. Am Anfang hatte sie ihm noch geholfen das Schneckengehege herzurichten, aber jetzt musste sie sich um den Tonnenmann kümmern. Das durfte sie nicht versäumen, weil ihre Mutter ihr nichts über den Mann verraten würde. Sie könnte ihren Großvater fragen, aber der war ganz selten da und hatte wahrscheinlich keine Ahnung.

Irmi kam zufällig dazu, sie hatte bei Marina gerade im Fernsehen ‚Die bezaubernde Jeannie' angeschaut, da schob ihr Vater die Tonnen bis zum Fußweg vor.

Morgen kommt der Tonnenwagen. Das Beste wäre, gar nicht zu schlafen, dann würde sie den Tonnenmann nicht versäumen. Mecki könnte sie einweihen, aber wenn etwas schiefging? Zumindest könnte er sie wecken, falls sie verschlief. Verschlafen durfte sie auf keinen Fall, sie musste ja alles genau beobachten.

Die Tonnen hatten eine weiße Haube und die Einfahrt war eine einzige weiße Fläche, nur ein paar Fußspuren führten durch den frischen Schnee. Es musste kurz vor Weihnachten gewesen sein. Ihre Mutter hatte dem Mann einen Schein gegeben, wofür, das wusste Irmi nicht. Er war dann länger stehen geblieben. Irmi saß am Fenster, um Billi, ihre Katze, zu streicheln. Die Mutter und er waren dann unter das Vordach gegangen, weil es wieder angefangen hatte zu schneien. Irmi war weiter am Fenster geblieben, und erst als Billi keine Lust mehr hatte, war sie weggegangen. Da war der Mann mit der Fellmütze gerade aufgebrochen und schnell zum Tonnenauto gelaufen. Irmi hatte draußen sofort die Spuren im Schnee untersucht. Der Tritt war bis ganz runter gegangen, der Tonnenmann hatte Gewicht und war ziemlich groß. Man sah auch die Spur der Tonne, die er neben sich hergezogen hatte, aber die war ganz normal. Ihr Vater hatte zwar morgens geräumt, aber die Einfahrt war schon wieder tief verschneit. Die Müllabfuhr war längst über alle Berge, deshalb musste der Mann sich wahrscheinlich beeilen. Er hatte sich noch kurz umgedreht, dann war das Fuchsgesicht verschwunden. Es war das zweite Mal, dass er dem Haus nähergekommen war und irgendetwas mit der Mutter hatte oder sie ihn gelockt hatte. Irmi hatte genau aufgepasst.

Ihre Mutter erzählte einmal von einem Russen, dem sie zu Weihnachten einen Geldschein hingeschoben hatte, Irmi stand dabei und hörte zu.

Und jetzt war Sommer und er war immer noch da, trieb sich in ihrer Straße herum, mit seinen dicken Lederhandschuhen, die den ganzen Tag Mülltonnen über Gehsteige zogen, anschließend den Dreck in den Tonnenwagen kippten und Hausfrauen im Bademantel besuchten.

„Mecki, ich darf heute auf keinen Fall verschlafen. Wenn du vor mir wach bist, musst du mich auf jeden Fall wecken. Ich habe etwas Wichtiges zu tun. Es geht um den Tonnenmann." Mecki sah sie an, als würde er nicht verstehen, was da wichtig sein konnte. Irmi wusste, dass sie die Sache alleine erledigen musste. „Der Tonnenmann und die Mutter. Mir ist es egal, wenn sie geht." – „Geht sie?", fragte Mecki. – „Nein, ich habe noch nichts gesehen. Ich sage dir dann, was wir tun werden."

Sie hatte versucht, in dieser Nacht nur zu dösen, weil sie nicht glaubte, dass Mecki zuverlässig war, aber morgens sah sie, dass er wach in seinem Bett lag. „Ist was mit ihr?" Irmi hatte jetzt keine Zeit. Sie schlich aus dem Zimmer. Draußen sah sie nur ihren Vater, der irgendein Getränk in sich hineinschüttete und schnell die Wohnung verließ. Sie ging wieder zurück, sah Mecki in seinem Stockbett sitzen und deutete an, dass er noch warten müsse. „Wir dürfen sie jetzt nicht stören." Irmi ging leise ins Wohnzimmer. Die Tonnen standen noch auf dem Fußweg, also war noch kein Müllwagen vorbeigekommen.

Sie hörte Geräusche. Ihre Mutter war aufgestanden und ins Bad gegangen. Sie musste sich ordentlich waschen und zurechtmachen, das war klar. Mecki blätterte in einem Buch. Er würde in diesem wichtigen Moment hoffentlich ihre Befehle befolgen. Sie war schließlich die Ältere.

Es dauerte eine halbe Ewigkeit, bis die Mutter das Bad wieder verließ. Anschließend ging sie in die Küche und kochte Kaffee. Sie kam an diesem Morgen nicht, um sie zu wecken, was sie in den Ferien sonst immer wieder tat. Irmi wusste, dass sie damit einen Plan verfolgte, den Tonnenmannplan. Als sie keine Geräusche mehr hörte, öffnete sie vorsichtig die Tür.

Alles war still. Billi saß in der Küche und leckte sich mit der Zunge über das Maul, dann putzte sie sich mit der Pfote das Gesicht. Sie hatte also bereits Futter bekommen, sonst wäre sie nicht so ruhig.

Die Mutter war weder zu hören noch zu sehen. Als Irmi an der Wohnungstür stehen blieb, hörte sie ihre Stimme im Treppenhaus. Das Milchglas in der Wohnungstür war so undurchsichtig, dass sie nur Umrisse, aber keine Gesichter erkennen konnte, aber sie war sich sicher, dass da jemand schmatzte wie bei einem Kuss. Es wurde leise gelacht. Durch das Glas erkannte sie eine größere Gestalt. Die Mutter dachte, dass Irmi nichts mitbekommen würde, aber da täuschte sie sich gewaltig.

Irmi stellte sich vor, wie der Tonnenmann seine Handschuhe fallen ließ und den Nacken der Mutter berührte, wie das ihr Vater manchmal mit der Mutter machte, während sie ihm immer nur kichernd auf die Oberschenkel schlug.

Sie stand ganz langsam auf und schlich vom Flur ins Wohnzimmer. Das war jetzt genug. Sie öffnete das Fenster, um die warme Sommerluft einzuatmen. Draußen sah sie den Tonnenwagen langsam an ihrem Haus vorbeifahren, der wahrscheinlich auf das Fuchsgesicht gewartet hatte. Vor der Garage sah sie den Mann und die Mutter. Er gab ihr wirklich einen Kuss auf die Wange. Und sie hielt ihr Gesicht hin. Der Kuss dauerte eine Ewigkeit. Irmi beobachtete alles ganz genau vom Fenster aus. Die Mutter schämte sich nicht, Nachbarn hätten sie sehen können oder ihr Vater oder Mecki, der auch nicht einverstanden wäre. Jetzt ging die Mutter mit dem Kopf zurück, als wäre sie plötzlich aus ihrem Tonnenmanntraum aufgewacht, aber da war es schon zu spät. Irmi hatte genau die Sekunden gezählt.

Sie saß am Fenster, als ihre Mutter kam. Die hatte ein Lachen im Gesicht. Das gleiche Lachen, das sie draußen hatte, aber hier waren keine Tonnenmänner.

„Er hat ein Rotfuchsgesicht. Wie der Fuchs, den wir immer füttern, aber nicht wie ein schöner Silberfuchs, sondern ein Rotfuchs. Ich habe im Lexikon nachgesehen." Die Mutter starrte sie an. „Was machst du hier? Zieh dich endlich an." Die Mutter dachte vielleicht an Tierpark und Fleisch, wenn sie den Mann küsste. Irmi würde nie ein Fuchsgesicht küssen wollen. „Ich habe mitgezählt." Die Mutter lief schnell an ihr vorbei. Mecki kam aus dem Zimmer. Wenn alles schiefging, mussten sie hier weg, weil unter Umständen der Tonnenmann hier wohnen würde.

Sie war den ganzen Tag bei ihrer Freundin Marina, erzählte ihr aber nichts. Irgendwann fragte sie nach der ,Bravo'. Marina war älter, das gefiel Irmi. „Vielleicht muss ich mit Mecki weggehen", sagte sie. „Warum?", fragte ihre Freundin, aber Irmi schwieg.

Ihr Vater hatte schlechte Laune und keiner wusste warum. Vielleicht war ihm etwas am Verhalten der Mutter aufgefallen.

Am nächsten Tag wollte sie nachdenken, ob sie dem Vater etwas erzählen sollte. Er würde ihr wahrscheinlich nicht glauben. Mecki wollte sie erst einmal nichts Genaues erzählen, das brachte nichts. Sie würde sich in den Garten setzten und überlegen, was zu tun wäre. Sie würde in der nächsten Woche wieder so früh aufstehen. Sie musste alles mitbekommen, um bereit zu sein, end-gültig zu gehen, wenn ihre Mutter das wollte. Was ihr Vater vorhatte, wusste sie nicht, vielleicht ging er irgend-wohin und würde ihnen ab und zu mal eine Ansichts-karte schreiben.

„Irmi, du fantasierst wieder wild vor dich hin, das machst du noch immer, obwohl du doch gar nicht mehr so klein bist." Irmi sah zur Tanne, zum Starennest, dachte, dass die Vögel im Garten ihre Freunde waren und dass sie vorne über den grauen Zaun steigen, die Straße entlanggehen, sich nicht mehr umschauen und irgendwann entdecken würde, dass Mecki die ganze Zeit schon neben ihr herlief, und dann wären sie schon vorne an der Sporthalle. Von da aus durch den Park, die Brücke nehmen, unter ihnen die Gleise, die sich in alle Richtungen schlängeln, und dann ganz geradeaus.

In der nächsten Woche war Irmi wieder früh aufgestanden. Sie wollte sich die Sache noch einmal ganz genau anschauen.

„Ich bin mir sicher, dass du zu ihm gehst." Die Mutter, die vielleicht doch nicht ihre Mutter war, runzelte die Stirn, dann lachte sie. Irmi hielt sich die Ohren zu. Sie wusste, dass sie recht hatte, egal, was die Mutter jetzt sagen würde.

In den nächsten Wochen beobachtete sie die Müllabfuhr insgesamt dreimal. Kein Fuchsgesicht fuhr durch die Straße. Sie könnte die anderen Müllmänner fragen, aber sie wusste nicht einmal, wie er hieß, deshalb wartete sie einfach. Sie beobachtete die Mutter, konnte aber nichts erkennen. Vielleicht war es praktischer für sie, von dem Russen weg zu sein, oder vielleicht lief alles heimlich. Sie suchte das Wohnzimmer ab, sah sich die Post neben dem Telefon und die Ansichtskarten ihrer Mutter an, aber das waren die üblichen Karten aus dem Urlaub. Ihrer Meinung nach verhielt sich die Mutter noch immer so, als ob etwas nicht stimmte.

Der letzte Tonnen-Donnerstag war so still, dass es Irmi im Haus fast unheimlich wurde. Morgens fuhr der Tonnenwagen durch ihre Straße. Sie sah die orangefarbenen Männer, die hinten auf ihrem Trittbrett standen, aber in eine ganz andere Richtung blickten, als hätte es ihr Haus nie gegeben. Irmi lief ihnen nach, aber nach der Kreuzung gab das Auto Gas und Irmi kam nicht mehr hinterher.

DIE BUNGALOWS

Sie hatten längst gefrühstückt, Eier, Speck, angebratene Banane, aber kaum waren alle fertig, stand die Luft schon wieder. Ein leichter Wind wehte durch den Flur, trotzdem dicke Luft, obwohl das Fenster und hinten die Tür zum Garten längst geöffnet worden waren. Die Tür zu ihrem Zimmer fiel zu, die hintere Tür zum Garten knallte immer wieder gegen das Schloss, ohne ganz zuzufallen. Lilli seufzte und ging zu Nico, der sich dafür gar nicht interessierte.

Die bunten Steine türmten sich. Lillis Blick fiel auf die Schublade. Für sie war sogar noch ein bisschen was übriggeblieben. Ihr Bruder zählte nach. Sie könnten jetzt mit dem Bau beginnen. Lilli wusste, was er meinte, nahm eine graue Platte, suchte schnell ihre Steine zusammen. Dann kleine graue Platte auf große Unterlage mit Noppen setzen. Jeder hatte Platz, die Häuser sollten freistehend sein, so wie das Haus, in dem sie wohnten.

„Das ist meine Hälfte." Nico arbeitete vor sich hin, starrer Blick nur auf die Steine gerichtet. Lilli machte das nicht, noch nicht, hörte auf die Geräusche, aber es war niemand da außer Nico und ihr. Draußen klapperte die Tür schon wieder, schlug gegen den Türstock. Konnte das mal jemand stoppen? Dann auf einmal Stille, offenbar weniger Wind, die Schritte der Mutter, die in der Küche blieben, plötzlich keine Schritte mehr, sondern laute Sprechstimmen aus dem Radio, die sich fast überschlugen. Normalerweise ratterten die Stimmen irgendetwas herunter, heute drang Kratzen bis zu ihnen ins Zimmer, raues Stimmenkratzen aus dem Kofferradio.

Nico war beim Bauen der Bungalows schon viel weiter als sie, das lag auf jeden Fall am Typ. Nico hatte schon die erste Hausmauer errichtet. Jetzt kramte er wieder in der Kiste, sie mochte das Geräusch, aber manchmal nervte es auch, weil er dann wie wild scharrte, und sie musste sofort mitmachen, obwohl sie gerade was anderes im Kopf hatte. Nach ihrem Geschmack musste sie nämlich nicht so schnell fertig werden, aber auf einmal sah er sie so an und dann baute sie eben weiter. „Lass mich mal an die Schublade", sagte Lilli, aber dann ließ sie sich nach hinten fallen und sah an die Decke. „Wenn ich nicht rankomme, verbaust du die besten Steine und für mich bleibt nichts mehr übrig, mir egal, aber dann bin ich bald nicht mehr dabei." Er dachte kurz nach, schob trotzdem weiter Steine auf seine Seite. Nach einer Weile überließ er ihr den Platz vor der Schublade, zumindest für kurze Zeit. Sie schupste ihn, aber er baute einfach weiter, hielt stand, verlor nicht einmal das Gleichgewicht und schob schon wieder Steine auf seine Seite, die eigentlich sie verbauen wollte. Ihr war das langsam egal. Er wollte vielleicht größer bauen, diesmal gar keinen Bungalow, so wie sie, sondern etwas ganz anderes, ein Schloss oder so. Aber Lilli würde gerne beim Bungalow bleiben, der Bungalow war eine klare Sache, sie fand Bungalows großartig, kannte einige, die in der Nähe eines Waldes standen, nicht weit vom Tierpark entfernt.

Sie würden jetzt noch eine ganze Zeit weiterarbeiten, dann würden Igi und August ihre Häuser beziehen. Ein bisschen würde es noch dauern, weil noch nicht alle Mauern standen, nur die Autos warteten schon auf ihrem hellgrauen Parkplatz. Lilli sah beim Bauen manchmal zu Nico hinüber, der still geworden war. Konnte man eigentlich noch ruhiger werden?

Sie wusste genau, wer in ihrem Bungalow wohnen würde, auch Nico wusste das. Es war sonnenklar, dass die Frauen von Igi und August mit einziehen würden, das waren wie immer zwei Zebramütter, die Schwestern waren und sich mehr oder weniger gut verstanden.

Sie setzte die Steine aufeinander, gerade, wie kleine Türme, weiß, rot, gelb. Gegenüber entstand der Bungalow von Nico. Auf ihrer Seite parkte das ockerfarbene Mercedes Cabriolet, dafür hatte sie gekämpft, auf der anderen Seite ihr Bruder, heute mit dem weißen Opel. Draußen war noch immer alles so laut, dass sie sich am liebsten die Ohren zuhalten wollte. Nico sah nicht auf, er hatte alle Geräusche abgeschaltet, hatte wahrscheinlich einen Regler in seinem Kopf eingebaut. Töpfe fielen auf den gekachelten Boden, die Mutter hantierte nur Meter von ihnen entfernt.

Sie musste sich jetzt wieder auf ihren Bungalow konzentrieren. Wenn ihr Bruder nicht wäre, dann würde es wahrscheinlich gar keinen Bungalow mehr geben, sondern irgendetwas ganz anderes, was sie im Moment noch nicht genau im Kopf hatte. Jetzt aber erst einmal weitermachen, sie war wirklich hinten dran.

„Gib mir die Steine, wenn du sie nicht brauchst, weil du nicht weiterbauen willst." Nico wollte sich gerade ihre Steine sichern. „Stopp", sie hielt ihn auf, bildete mit beiden Händen eine Mauer. „Dann mach doch endlich weiter." Lilli sagte nichts, ließ wieder Steinreihen, Mauern wachsen. Hoffentlich würde in der nächsten Zeit nicht die Tür aufgehen. Irgendjemand lief im Flur auf und ab, Husten war zu hören. Sie wühlte wieder in der Schublade, die Hände bewegten sich schneller, sie baute um die Ecke, war bald fertig, musste sich beeilen.

Als sie die Geräusche endlich eingeordnet hatte, ging das mit dem Bauen wieder schneller. Beeilen musste sie sich in jedem Fall, denn er kam, sicher kam er, er würde schon in den nächsten Minuten vor ihnen stehen. Je mehr ihr Bungalow wie ein Bungalow aussah, desto besser für sie, es fehlte nur das Dach, aber wo war die Platte?

„Ich bin gleich so weit, jetzt fehlt nur noch der Kamin und die Dachplatte. Ich kann sie nicht finden. Das ist der Abschluss, was ist nur los, warum sehe ich sie nicht?"

Vor der Tür Stimmen, Lilli hatte sich halb umgedreht, starrte die silberne Klinke an, sah, wie sie nach unten gedrückt wurde, sah, dass ein Fuß schon über die Schwelle kam. Ob sie Hilfe bräuchten, nein, hatten sie doch noch nie gebraucht. „Nein, brauchen wir nicht." Trotzdem, Schritt nach vorne, die Tür wurde sogar geschlossen. Lilli wusste, wer gekommen war. Sie musste den Blick gar nicht heben, sah ja das Hosenbein dicht neben sich, beige Farbe, ausgebeultes Knie. Je stiller und unauffälliger hier alles ablief, desto weniger mischte er sich ein und desto schneller war er wieder draußen. Erst einmal stand er aber im Zimmer, das sie mit Nico bewohnte. Er ging langsam in die Hocke, wollte sich zu ihr hindrehen, würde gleich fragen, wie wo was. Lilli rutschte bis zur Zimmerecke. Er beschäftigte sich zuerst mit Nico, sprach wie ein Lehrer mit schlechter Laune.

Nach einer Weile drehte er sich in der Hocke zu ihr hin, weil er mit Nico leider schon fertig war. Sie hörte ihn irgendetwas Undurchsichtiges sagen, aber er hielt sich zurück, irgendein Ratschlag, dass sie die Steine doch so und so aufeinander bauen sollte.

Jetzt ganze Drehung, direkt neben ihr die Holzklepper, alle in der Familie trugen diese Schuhe. Sie natürlich auch, aber rote Riemen statt braune. Er belastete die Zehenspitzen wegen der Hocke, die helle Holzsohle zeigte die Größe 41 eingeritzt. Jetzt kam sie dran. Lilli starrte auf ihr Haus, sah ihre Steine, seine Hand ihren Bungalow befühlend. „Du musst die Steine wirklich versetzt aufeinander setzen, sonst hält das nicht richtig, schau so", ein Ton wie die Radiostimmen, irgendeine Sendung, die sie nicht hören wollte, nur nicht gleichmäßig laut, sondern knisternd, zu laut für ihr Kinderzimmer. Es war eng neben ihr. Hinter sich spürte sie die Wand. „Also immer schön versetzt" – „Jaaa." Die Hand wurde wieder zurückgezogen. Lilli musste warten, bis sich alles zurückziehen würde, nicht nur seine Hand. Sie überlegte, wie viele Noppen auf der Platte waren und warum Nico sein Haus heute so weit zu ihr hinübergebaut hatte. Sie hielt Igi und das Zebra in der Hand, obwohl sie das eigentlich nicht mehr wollte, aber das war jetzt alles egal, bis sie endlich wieder alleine waren.

Nico arbeitete wie ein Verrückter, sie wollte das auch, streckte ihre Hand nach vorne, um weiterzubauen. Nico hatte es gut, er saß vom Vater aus gesehen jetzt auf der anderen Seite der Platte des zu bebauenden Geländes, da müsste der Vater erst einmal in seinen Holzkleppern drübersteigen. „Ich lass euch mal wieder alleine", eine Stimme wie aus einem engen Käfig ohne Vögel.

Es dauerte dann noch eine halbe Ewigkeit, bis er aus der Hocke wieder auf seinen Holzschuhen zum Stehen kam, zwei Schritte rückwärts, hinter sich greifend, weil er zu schnell aufgestanden war, jetzt endlich die Tür mit dem Glaseinsatz weit offen, dann war er verschwunden. Vor der Glastür konnte sie ihn noch murmeln hören, aber heute würde er nicht wiederkommen. Er kam höchstens ein Mal am Tag.

Im Garten wäre man übrigens viel sicherer, hatte sie zu ihrem Bruder gesagt, der nur groß geglotzt, ihr aber gar nicht richtig zugehört hatte, weil er sich gerade nicht dafür interessierte, was sie zu ihm sagte, sondern lieber die Bausteine abzählte.

Nach einer Weile waren die Bungalows fertig. Der schwarze Seehund, August, bezog den Bungalow von Nico und der graue Igel, Igi, zog in Lillis Haus, gefolgt von ihren Zebrafrauen. Sie hatte lieber andere Sachen gemacht, aber egal, dann machte sie eben Nico zuliebe weiter. Was in ihrem Wohnhaus nicht egal war, war altes Porzellan, als müsste man in Ehrfurcht erstarren.

Sie schob ihren Bungalow ins Eck, verließ die Wohnung, um Richtung Speicher zu gehen. In der Mitte befand sich ein kleines Zimmer, das Dachgaubenzimmer, schön eingerichtet, getrennt vom Speicher. Immer wieder ging sie nach oben, öffnete im linken oder rechten Speicher staubige Kisten, hatte Sorge, dass sie mit ihren Fingern zwischen dem Füllmaterial zufällig etwas ertastete, was leicht zerbrechen könnte. Draußen leuchtete die Sonne so kräftig, dass der staubige Speicherboden helle Streifen zeigte. Sie stieg jetzt auf eine Kiste, um durch ein Dachbodenfenster nach unten zu schauen. Da lag der vordere Teil des Gartens. Sie sah nur tiefes Grün, weil die große Tanne und der Efeu fast alles verdunkelten. Nein, dahinter war doch die Straße und der Zaun, durch dessen Latten sie auf die Straße gelangte, wenn der Garten abgeschlossen war.

Hier im Halbdunkel schliefen alte Kleider, Porzellan und Möbel vor sich hin. Fast nichts wurde hier dringend gebraucht, trotzdem aufbewahrt, wahrscheinlich für die Ewigkeit, eine Ewigkeit, die so lange ging, dass sie schon vor ihrer Mutter angefangen hatte.

Unten hörte man jetzt Stimmen. Also waren sie es, die jetzt kamen, und es war ihr Peugeot, der in die Einfahrt eingebogen war. Sie hatte über die Dachgaube zwischen den Blättern den Peugeot eierschalenfarbig durchblitzen sehen. Es lag etwas in der Luft. Deswegen war der Frühstückstisch so früh abgedeckt worden.

Sie kannte eigentlich die andere Familie ganz gut. Es war nichts Neues, was da aus dem Peugeot quoll. Sicher parkten sie schon wieder vor der Garage. Dann konnte man das Garagentor nicht mehr öffnen und musste die Fahrräder durch die hintere Tür herausholen und den viel längeren Weg durch den Garten nehmen. Warum sie nicht einfach weiter hinten parken konnten oder gleich auf der Straße, hätte Lilli gern gefragt. Auch ihren Vater störte das, aber er sagte nichts, obwohl er doch sonst an allem etwas auszusetzen hatte. Wenn sie nachdachte, war das die einzige Sache, die ihr an Onkel Rick nicht gefiel.

Sie könnte jetzt nach unten gehen, wahrscheinlich würde man sie demnächst rufen, aber solange sie mit sich beschäftigt waren, hatte sie ihre Ruhe. Sie war gerade so weit oben, so weit weg von den anderen. Hier kam keiner, der ihr in ihren Plan pfuschen könnte, der seinen heißen Atem über sie sprühte, weil er sich nicht zurückhalten wollte. Als sie den schweren Schrank mit dem länglichen Spiegel öffnete, fiel ein Pelzmantel vom Bügel. Es roch nach Mottenpulver, das kannte sie genau. Mit Mühe brachte sie den Mantel wieder auf den Bügel, überall alte schwere Teile, die fast die Kleiderbügel zum Brechen brachten.

Soweit sie sich erinnern konnte, hatte sie ihre Mutter noch nie etwas in die Tonne werfen sehen, wirklich nicht, nicht nur altes Geschirr, auch Mottenmäntel waren ihr heilig. Ihr Vater hatte von diesen Dingen gar keine Ahnung, deshalb kam er nur hoch, wenn man seine Arbeitskraft verlangte. Die übrige Zeit war es das

Reich der Urgroßmutter, Großmutter und ihrer Mutter, die sich über viele Jahre mehr oder weniger alles aufteilten. Nach ihnen gingen die Lichter aus, das war sonnenklar. Sie konnte sich gar nicht vorstellen, wie nach ihrer Mutter etwas anders werden könnte, nein, die Vorstellung ging überhaupt nicht. Über ihre Urgroßmutter erzählte ihre Mutter verrückte Geschichten.

Vor kurzem war die Großmutter gestorben, deshalb musste Lilli mit ihrer Mutter immer wieder in das muffige Zimmer mit dem ewig tickenden Wecker. Da lag sie mit ihrem müden, großflächigen Gesicht zwischen Laken, neben sich einen Reisewecker, als wäre es nicht egal, wie spät es ist. Als ihr Körper abtransportiert wurde, blieb nur dieser Wecker zurück. Lilli wollte den Wecker auf keinen Fall geschenkt haben.

„Was machen wir jetzt mit dem Wecker?", fragte Lilli einmal. „Werfen wir ihn weg? Ich kann das für dich erledigen."

Aus der unteren Wohnung jetzt Geschrei, das bis zum Dachboden drang, deshalb schloss sie die schwere Tür, die den Speicher vom Treppenhaus trennte. Es war einfach zu laut für ihre Ohren. Die Tür war schwer, aber diesmal war es ihr gelungen, sie ganz zu schließen. Vor ihr lief eine Mauerassel, die gleich wieder in einer Ritze verschwand. Wenn sie in den anderen Raum ging, konnte sie durch das Dachfenster einen Teil der Wiese und der Terrasse sehen, aber im Moment war da noch niemand, weil sich alles noch innen ballte, das konnte sie trotz des Abstands hören.

Sie musste jetzt zu den anderen stoßen, wollte sowieso ihren Onkel treffen. Ob er sie auch mochte, war nicht so klar, weil er sich mehr mit Nico beschäftigte. Sie wusste bei diesem Besuch ganz genau, wie lange die

Begrüßung dauerte, wann die Männer ein paar Witzchen machten und die Frauen lachten, das hatte sie alles mit eingerechnet. Anschließend tranken alle Kaffee, so war das immer in diesem Haus. Sollte wirklich etwas geschehen, musste vorher auf jeden Fall Kaffee getrunken werden. Deshalb hatte sie auch bis zum Kaffee Zeit, erst dann würde auffallen, dass sie gar nicht unten war. Irgendjemand würde dann so lange nach ihr brüllen, bis sie auch zum Kaffee erschien.

Sie saß jetzt auf der Treppe, hatte die Hundeleine in der Hand, dachte, dass sie eigentlich gern noch mit Bruno rausgehen würde. Die Leine aus Leder hatte sie irgendwann einmal gefunden und gewusst, dass ein Hund auf sie wartete. Bruno war ein robuster Hund, sie hatte ja die alten Fotos gesehen, Jagdhund oder so ähnlich, würde alles mitmachen. Meist musste er sie nur bis in den Park begleiten, manchmal aber wollte sie bis zum Fluss, der in der anderen Richtung lag. Das war dann für Bruno und sie der weitere Weg. Er war natürlich nie an der Leine, das sagte sie auch zu den Leuten, die sie traf, als er gerade das Gebüsch abschnüffelte. Zu sehen bekam man ihn eigentlich nicht, man konnte einen Schatten erahnen. Das sagte sie manchmal, wenn sie angesprochen wurde, dass vorne sein Schatten lief. „Schau, der ist schnell, den kann man nicht so leicht einfangen und festhalten." Sie erzählte ihm eine ganze Menge von ihrem Leben, weil der Weg bis zum Fluss mindestens eine halbe Stunde dauerte. Sie fuhr über die Naht des Lederbandes.

Jetzt hörte sie unten, dass man sie rief, fast brüllte, ihr Name klang dann verzerrt, eierte. So entstand in einer Familie Zorn, aus dem Nichts, und das mehrmals am Tag. Meist ging das von ein bis zwei Personen aus, immer den gleichen. Wie lange das dann dauerte, konnte keiner sagen. Irgendwann wurde es dann wieder normal, aber wie lange das Normale anhielt, wusste natürlich auch keiner. Die alte Hundeleine wurde wieder unter den Schrank geschoben, man konnte ja nur mit einer kleinen Hand unten reinfassen.

Sie rannte nicht nach unten, sondern nahm eine Stufe nach der anderen. Als sie am letzten Treppenabsatz angekommen war, warf sie die Lautstärke fast um. Sie ging rein, war jetzt mitten drin, steuerte auf ihren Platz zu, das war am gelben Tisch.

Da waren alle gekommen. Das Wohnzimmer war randvoll. ‚Hallo, hallo, wo bist du, hallo, hallo‘ von allen Seiten. So war es immer, wenn Besuch kam, die Erwachsenen nahmen auf der Eckbank Platz, der Rest saß am kleinen gelben Tisch, der unmittelbar anschloss. Der Besuch hatte auch schon seinen festen Platz, nämlich ihr Onkel immer neben ihrer Mutter, das schien fast natürlich zu sein. Ihr Vater musste sich dann einen anderen Platz suchen.

Wenn Lilli die Augen schloss, konnte sie sich ganz gut vorstellen, wie ihre Mutter mit ihrem Onkel über eine Wiese lief, hochgewachsenes Gras, hatte sie schon einmal in einem alten Fotoalbum gesehen, zwei kleine Figuren vor grauem Haus auf grüner Wiese, das aber auf Eingangshöhe vergitterte Kellerfenster hatte, statt einer Terrasse. Auf jeden Fall war klar, dass sie zusammengehörten, nur sich nicht an der Hand hielten, so wie sie gerade hier saßen und früher schon gesessen hatten. Wenn man von diesem Punkt aus die Geschichte betrachtete, hatte ihr Vater gar keinen sicheren Platz. Was das bedeutete, wusste sie nicht, aber Lillis Meinung nach wurde das erst gefährlich, wenn sie sich tatsächlich küssen würden. Was Lilli auffiel, bemerkte vielleicht auch ihre Tante Britta oder ihr Vater, aber was änderte das?

Sie drehte das Kuchenstück, aß von hinten nach vorne, dann wieder zurück in die alte Form. Plötzlich unheimliche Lautstärke, ihr Vater sprach anscheinend von Politik. Seine Augen wurden groß, sein Kehlkopf wackelte. Seine Meinung wurde wie ein Pistolenschuss herausgefeuert. Die Frauen und Onkel Rick nickten, dachten nach, entweder über die Meinung oder den Pistolenschuss.

Der gelbe Kindertisch war so niedrig, dass die Erwachsenen dagegen wie auf einem Hochsitz saßen. Neben ihr schloss der Tisch ab und die Erste, die dann kam, war Tante Britta, die Verlegenheitslösung, wie ihre Mutter sagte. Angeblich hatten sie sich im gleichen Chemielabor kennengelernt, wo Onkel Rick ein Praktikum gemacht hatte, und dann hatte sie sich an ihn hingehängt, so wurde es erzählt. „Das ist nicht richtig, liebe Schwägerin, das ist doch Politik…", und so weiter, dachte Lilli. Ihr Vater schüttelte den Kopf. Tante Britta rollte nur die Augen. Ihr Mann verteidigte sie nicht, sondern zog lieber kräftig am Bier. Der Schaum nistete sich in seinen Mundwinkeln ein, brachte den Onkel mit der Zeit fast zum Lachen. Ihr Cousin, der noch jünger war als Nico, langweilte sie, die beiden Mädchen hielten ihre Puppen fest. Es wurde Zeit, hier wegzukommen.

Sie selbst war so etwas wie ein falsch gekauftes Möbelstück, das nicht zur übrigen Einrichtung passte, deshalb wusste man nicht, wo man es hinstellen sollte. Sie würde es Bruno erzählen, ganz genau würde sie es erzählen, sie musste nur endlich hier wegkommen. Bis zum Fluss müsste sie heute runter, es gab so viel an Bruno weiterzugeben.

Ihr Vater beruhigte sich langsam. Unter dem Tisch konnte sie erkennen, dass er einen seiner Holzklepper verloren hatte und sein Fuß suchend umhertastete. Sein großer Zeh konnte den Schuh nicht fischen. Sie stieß ihren Bruder an, der fast vom Stuhl gefallen wäre, lachte so laut, dass alle am Kindertisch mitlachen mussten. Auch die Mädchen kicherten, ließen sogar ihre Puppen fallen. Die Puppen mit ihren blauen, großen Glasaugen verfolgten jetzt das Tischgeschehen, blonde, strenge Beobachterinnen, konnten nur nicht sprechen.

„Wir müssen über unser Haus sprechen. Wie machst du das mit der Miete der oberen Wohnung?", hörte sie Onkel Rick fragen. Lilli riss die Augen auf, ihre Mutter bekam fast einen Katzenbuckel. „Opa bringt immer das Geld herunter." – „Opa, Opa, Schwesterchen wir müssen mal zur Sache kommen." Lilli versuchte, etwas davon zu verstehen, wusste nur, dass mit Opa ihr Opa im ersten Stock gemeint war, und verstand Miete und Eigentum so ungefähr. Die Stimmung war jetzt nicht mehr durch Politik gereizt.

Nach einer Weile legte Onkel Rick einige Fotos auf den Tisch. Wunderschöne Blüten waren zu sehen, lang-gewachsene Säulen mit Stacheln übersät. Alle beugten sich darüber, aber ihr Vater zog am schnellsten seinen Kopf zurück, weil er das ganz und gar nicht verstand, weil das eigentlich das Gegenteil von seinem Sport war, was sich hier abspielte. Ihre Mutter starrte lange auf den Bilderhaufen, was sie dabei dachte, verriet sie nicht. Lilli wurde nicht gefragt, sah aber alles ganz genau, weil sie Onkel Ricks Gewächshaus mit den Kakteen kannte. Deshalb waren sie ja umgezogen und hatten den Garten dazu genommen, damit Platz für die Kakteen war. Es wurde plötzlich ganz still, aber dann dauerte die Stille eine halbe Ewigkeit und Lilli beschloss, sich wieder mehr auf den Kindertisch zu konzentrieren.

„Wir könnten doch mal zusammen nach Portugal fahren, zu unserer Cousine? Das wäre doch was, Rick?"

Ihre Mutter hängte sich bei ihrem Bruder ein, die Fotos wurden wieder eingesammelt. Das Gespräch ging weiter. Portugal, warum nicht, sagten alle. Der Kindertisch war leer. Lilli stand als Einzige noch herum und starrte auf das gelbe Oval. Was das bedeuten könnte, wenn alle nach Portugal wollten? Die Spiele mit Nico würden auch bald nicht mehr ihre Spiele sein. Sie würde dann aber nicht nach Portugal fahren wollen, sondern in die andere Richtung.

Lilli sah jetzt ganz aufmerksam ihren Onkel an. Rick hatte blaue Augen, blondes Haar, hinten kurz geschoren, und diese dicke, helle Strähne, die oft ein Auge verdeckte. Manchmal trug er eine Krawatte, die meist lose um seinen Hals baumelte, weil er sie nach einiger Zeit lockerte. Sie müsste irgendetwas tun, damit er endlich sah, dass es nicht nur Nico gab, sie müsste sich irgendetwas einfallen lassen, aber sie wollte keinen Chemiekasten.

Wenn der Onkel sich verabschiedete, stellte sie sich vor, dass er vielleicht bald wiederkäme, so kam ihr die Zeit kürzer vor. Über Nacht blieb die Familie aber nie.

Jetzt war es wieder so weit, die Zeit war so schnell vergangen und wieder hatte Lilli so wenig mit ihm gesprochen, aber was hätte sie denn sagen sollen? Sie stand schon da, ihre Mutter auch. Der Onkel lachte jetzt seine Schwester an und sie griff ihm in den Nacken, ein Witz, ja, er hatte irgendeinen Witz gemacht. Lilli sah nur diese Bewegung, fest und bestimmt, von ihrer rechten Hand, die Teig knetete, Gemüse schälte, Furchen in der Innenhand hatte vom schmutzigen Gemüse, aber jetzt mit ihrem Hausfrauenliebesgriff den hellen Nacken von Onkel Rick ganz selbstverständlich drückte. Das beobachtete ihr Vater natürlich auch und Tante Britta. „Ritsch", sagte ihre Mutter dann noch und zog ihre Sonnenhand langsam zurück. Lilli glaubte, dass es jetzt nicht mehr lange dauern würde bis zum Kuss, aber dann rannten alle nach draußen, um aufwendig Abschied zu nehmen. Sie musste da nicht mit, sie blieb lieber drinnen.

Langsam ging sie von Zimmer zu Zimmer, schaute sich das leere Bierglas von Onkel Rick an, sah zusammengeknüllte Servietten und die aufeinander gestellten Teller. Sie hätte alles in die Küche tragen können. Plötzlich hörte sie einen dumpfen Rumpler und einen Schrei. Pause, Stimmen, aber Lilli noch ohne Blick aus dem Fenster. Sie würde warten. „Um Gottes Willen!", ihre Mutter nach kurzer Zeit. Lilli lief jetzt doch zum offenen Fenster, streckte den Kopf hinaus. Der Peugeot ihres Onkels hatte ein mittelgroßes Auto angefahren, wahrscheinlich beim Rückwärtsfahren, beim Zurückstoßen.

Sie lief nach draußen. Onkel Rick lachte laut, aber mit rotem Kopf. Sie hörte ihn sagen, dass er einfach nur zurückgefahren sei. Wieder sein Lachen. „Vielleicht ein bisschen zu forsch." Die anderen hätten noch Halt gerufen, aber da war es schon geschehen. „Man glaubt nicht, wie schnell das geht", sagte ihre Mutter und schüttelte den Kopf. Jetzt kam sogar Tante Britta, von der man vorher nichts gesehen hatte. „Warum waren Sie so schnell? Sie müssen doch an den Verkehr denken, Sie müssen doch die Straße im Blick haben, sehen, dass Sie nicht alleine sind. Selbst im Wohnviertel müssen Sie aufpassen." – „Haha, den Schaden sehe ich jetzt auch." Wieder sein Lachen. „Sie sind aber so schnell zurückgestoßen. Nun, ich war auf der Straße, so gesehen habe ich Vorfahrt. Sie müssen schon besser schauen." Alle hörten, was der mit dem weißen Kastenwagen sagte. „Das wird der Versicherung gemeldet, sonst hole ich die Polizei, mache ich nicht gern, aber muss ich dann machen." – „Papperlapapp Polizei, ja, ja klar", der Onkel kurz, dann wieder lachend. Was genau war denn klar und warum lachte Onkel Rick andauernd, fragte sich Lilli.

Er hatte die Ärmel seines weißen Hemdes inzwischen hochgekrempelt, jetzt mit schwarzem Fleck am Kragen und betrachtete eingehend sein ramponiertes Rücklicht. Auf einmal hob er die Arme und lief ganz alleine die Straße hinunter, hinten blieb er stehen, genau dort, wo die Straße eine Kurve machte. Jetzt fasste er sich an den Kopf, sagte etwas, für den Rest der Familie nicht zu hören. Lilli wusste, dass sicher Arschloch oder Arschlöcher dabei war, weil das sein Standardausdruck war. Nach einer Weile kehrte er wieder um. Tante Britta hatte einen noch viel finstereren Blick als Lillis Vater. Geöffnete Motorhaube, allgemeine Ratlosigkeit. Lilli entdeckte jetzt die Holzklepper, die ihr Vater noch immer trug. Seit dem Bungalowbau waren Stunden vergangen. Warum hatte er für draußen keine anderen Schuhe angezogen?

Der Mann mit dem weißen Kastenwagen war wieder darin verschwunden, ließ den Motor aber noch nicht an. Autonummer und so weiter, Tante Britta hatte alles festgehalten. Sie stand wie eine beauftragte Sekretärin vor der Unfallstelle. Der Besitzer des Kastenwagens, ein kleiner Mann mit O-Beinen, hatte als Erster seinen Spiralblock gezückt und viel notiert, weil er uns nicht traute. Onkel Rick wollte mit dem Vater in die Werkstatt fahren, Tante Britta kam nicht mit, vielleicht wegen des finsteren Blicks.

Lilli wunderte sich über den Materialschaden. Beim Kastenwagen war es das Vorderlicht, ordentlich Scherben, das Auto musste aber nicht abgeschleppt werden, Peugeot Rücklicht kaputt und deutliche Delle. Der Motor brummte, der Mann mit den O-Beinen fuhr davon. Zwischen Onkel und Vater wurde es lauter, anschließend fuhren sie zusammen Richtung Werkstatt.

Lilli saß auf dem Randstein und kratzte sich am Bein. Sie hätte nicht gedacht, dass der Onkel wegen eines so läppischen Unfalls ohne Tote so viel Reue zeigte.

Die ganze Familie würde gleich ins Haus zurückkehren. Man sah, dass allen alles maximal vermasselt worden war. Die Mutter stand herum, zwischen den Frauen sah es nicht so rosig aus. Tante Britta hatte in ihrem Gesicht stehen ‚Verdammt noch mal, nicht weggekommen'. „Übernachtet ihr heute bei uns?", fragte Lilli nach einer Weile. Tante Britta sah, statt zu antworten, einfach stur die Straße hinunter, als würde ihr Mann gleich um die Ecke biegen mit sauberem Hemdkragen, aber der kam ewig nicht zurück. Ihr Vater war auch nicht wieder aufgetaucht, was Lilli nicht störte, aber nichts geschah, kein einziges Auto näherte sich in dieser Zeit. „Ihr wolltet doch schon mal übernachten, doch dann habt ihr es nicht getan und wir mussten Tage lang Reste essen." Lilli wartete jetzt auf eine Antwort, aber Tante Britta sah sie nur zornig an.

Drinnen hörte sie dann, wie die Tante mit ihrer Mutter über Ohrenstäbchen sprach. Ihre Mutter war aber gar nicht daran interessiert, sie sah lieber zum Fenster hinaus, aber da war nur das Pflaster und ein paar Scherben. Das musste sie doch sofort in die Gegenwart holen. Lilli glaubte aber, dass ihre Mutter die größte Weltverdrehungskünstlerin war, die die Gegenwart hergab. „Lilli, du bist ja wie deine Mutter, beide mit Blick zur Straße. Was träumt ihr da nur?", quengelte Tante Britta. Als Lilli sich umdrehte, stand sie da, starrer Blick aus blauen Augen, wie wässrige Seen ohne Grund, zum Wegsacken.

Langsam ging Lilli nach draußen, dort setzte sie sich auf den Randstein. Ja, sie konnte hier warten. Immer wieder würden Nachbarn vorbeilaufen. Jetzt entdeckte sie Frau Weixner mit ihrem roten Einkaufsnetz und dem braunen Dackel. „Hallo Lilli, was machst du denn hier?" Sie erzählte Frau Weixner von ihrem Onkel und dem Unfall mit dem weißen Kastenwagen. Ihr Vater habe den Onkel zur Werkstatt begleitet. Sie würde jetzt warten, bis sie zurückkämen. Frau Weixner war sehr nett, hatte immer einen Moment Zeit für sie. Der Dackel leckte ihre Finger. „Bis bald, Lilli." Sie überquerte die Straße, Lilli winkte so lange, bis Frau Weixner im grauen Nachbarhaus verschwunden war.

Sie wusste nicht, wie lange sie gewartet hatte, aber nach einiger Zeit kamen die Männer wieder. Sie stiegen aus ihrem Audi, den Peugeot hatte Onkel Rick wahrscheinlich in der Werkstatt stehen lassen. „Wo ist dein Auto?", fragte Lilli. Der Onkel, der ihr sonst ruhig vorkam, wirkte ganz nervös. Ihr Vater ging an ihr vorbei ins Haus, ohne auch nur einen Augenblick aufzusehen. Lilli blieb sitzen, die Beine angezogen. Der Onkel trat von einem Bein aufs andere, zog aus seiner Jacke ein Fläschchen und trank einen Schluck, setzte ab, trank noch einmal. Jetzt erst fiel sein Blick auf Lilli. Sie hatte etwas gesehen, aber nein, er müsste nichts befürchten. Sie würde niemandem etwas sagen, das müsste ihm doch klar sein, dass sie auf seiner Seite stand, ganz egal was das für eine Flasche war. Sie würde weder seiner Frau etwas erzählen noch seinen Kindern, noch ihren eigenen Eltern, nicht einmal ihrer besten Freundin. Aber Onkel Rick sah sie eine ganze Zeit lang nur an. Seine Augen sendeten jetzt Stressblitze. Sie sollte wahrscheinlich nicht hinsehen, tat es aber doch. Dann wendete sie sich ab, sah am Randstein den Löwenzahn wachsen, pflückte Löwenzahn, ließ die weiße Milch über ihre Haut fließen, wischte die Flüssigkeit ab, stand jetzt ganz ruhig.

„Das sind doch Arschlöcher in der Werkstatt, wirklich Arschlöcher, echte Arschlöcher, dass die so lange brauchen." Er schlug mit der flachen Hand auf die Motorhaube des Audi und lachte dazu. Lilli atmete vorsichtig durch, weil das ihr Auto war. In diesem Moment tauchte Nico mit Martin auf. Wenn ihr Bruder und der Cousin zusammen waren, hatte Lilli nichts zu melden. Sie ging hinter Onkel Rick, der weiter vor sich hin fluchte, nach drinnen. Lilli dachte, dass das eigentlich nicht zur Krawatte passte.

Drinnen in der Wohnung komplizierte Gespräche, Martin, ihr Cousin, setzte sich genau in diesem Moment zwischen seine Mutter und seinen Vater, stumm wie ein Fisch, so kannte sie ihn.

„Ihr könnt schon übernachten, denke ich, denken wir alle, ich meine unsere Familie." Tante Britta erschrak, über das, was Lilli so laut sagte, zuckte fast zusammen, sagte etwas von wegen Auto bis morgen in der Werkstatt lassen, weil morgen erst der gute Mechaniker Zeit habe. „Ist schon in Ordnung", sagte Lilli. Ihr Vater kam jetzt auch ins Wohnzimmer, faselte, dass er das gleich gesagt habe, dass das dauern würde. „Wir versuchen morgen zu fahren", Tante Britta wieder. Onkel Rick hatte sich die verschmutzten Hemdsärmel hochgekrempelt, er trank in schnellen Schlucken Bier, sagte aber nichts. Ihr Vater hatte sich in seinen blauen Krug auch ein Flasche Bier eingeschenkt, aber der Onkel verlangte schon das nächste Bier, lachte zu jedem Schluck. Martin, der noch immer neben seiner Mutter saß, stumm wie ein Fisch, weshalb man immer alles in seinem beleidigten Gesicht ablesen musste. Nico blieb mit den beiden Mädchen im Hintergrund. Alle zusammen hatten Brote mit Käse und fein aufgeschnittenem Rettich zu Abend gegessen. Die Fenster standen auf. „Warum sind wir bei den sommerlichen Temperaturen denn nicht in den Garten gegangen?", stieß die Mutter hervor, jeder nahm seinen Teller und dann hintereinander lustlos in den Garten.

Als Letzter kam Onkel Rick im Garten an. Das lag daran, dass er noch eine Flasche Bier in seinen Krug kippen musste. Im Garten kam er noch mehr in Fahrt, erzählte etwas von einem gewissen Alois, den Namen hatte sie schon gehört, auch dass der Kollege Alois ein Arschloch war, aber sein Institut war eigentlich voller Arschlöcher, der Alois ein mittelgroßes, nicht das größte. Das sagte er so oft, dass Lilli das Gefühl hatte, dass das eigentlich gar nicht so weltbewegend war, ein Arschloch zu sein. Manchmal hatte dieser Alois etwas für den Onkel erledigt und dann war er sogar zu einem netten Arschloch geworden, obwohl es das eigentlich gar nicht geben kann.

Ihre Mutter klopfte ihm mit ihrer kaffeebraunen Hand, die Lilli an eine echte Handwerkerhand erinnerte, auf den Rücken. Wenn sie sich entscheiden müsste, würde sie zu ihrem Bruder gehen und ihren Mann verlassen, obwohl Onkel Rick gerade einen Unfall gebaut hatte.

Nico kippte mit seinem Stuhl um, Martin auch, wurde aber von seiner Mutter aufgefangen, Nico nicht, weil sich die Mutter gerade Wein in ihr Glas goss. Die Kleinen gingen langsam zu Bett. Lilli fragte, ob sie noch ein wenig aufbleiben könne, war ja nicht mehr so klein, auch wenn sie mit ihrem Bruder Spiele machte.

Sie hörte, dass die Erwachsenen alleine viel weniger sprachen, als sie gedacht hatte. Im Wesentlichen sprach ihr Vater, er gab manchmal an, die Frauen sagten nichts, sprachen nicht einmal untereinander. Lilli sah ein letztes Mal auf die Brust ihres Onkels, aber er hatte die Jacke ausgezogen. Die hing sicher an ihrer schwarzen Garderobe. Als sie ins Bett ging, sah sie noch einmal nach, aber da hingen nur die Jacken ihrer Familie. Sie hoffte nur, dass Onkel Rick keinen Ärger bekäme, das täte ihr leid, sehr sogar. Was sie gehört hatte, war nur, dass das Auto am nächsten Tag wahrscheinlich fertig werden würde. Anschließend wollten sie sofort zurück. Onkel Rick und Tante Britta hatten beschlossen, beim Opa im ersten Stock zu übernachten. Cousin und Cousinen schliefen unter dem Dach. „Unsere Bungalows bleiben, wo sie sind", hatte ihr Nico versichert.

Am nächsten Morgen waren alle längst wach, als sie erschien, verschlafene Gesichter am Frühstückstisch, die Tante sogar mit roten Flecken im Gesicht. Die Männer beschlossen, auf jeden Fall zur Werkstatt zu fahren, Tante Britta packte schnell zusammen. Lilli war auch müde, hatte fast nicht geschlafen. Im Traum sah sie ihren Onkel wie auf einer Bühne, fliegende Krawatte, auf einen Scherbenhaufen blickend, ihre Mutter war lachend gerade dabei, mit dem Besen alles aufzukehren. Dann sackte die Bühne weg und Lilli lag lange wach.

Sie erzählte nichts, sondern aß zum Frühstück nur einen Toast und etwas Marmelade.

Jetzt kam ein Anruf, dass die Werkstatt das Auto bis Mittag reparieren könne. Onkel Rick strahlte, klopfte seiner Frau auf den Rücken, aber nicht zart. „Die Werkstatt ist ja doch ganz flott. Die Arschlöcher in der Werkstatt, Kompliment, ziemlich fix mit der Reparatur." Der Toast war verbrannt, als sie ihn aus dem Toaster zog. Langsam kratzte sie das Schwarze ab und aß das Brot trotzdem mit viel Butter und Erdbeermarmelade.

DER REFERENDAR

Wer war denn noch übrig, dageblieben, zurückgekommen, den gleichen Schulweg im September schon wieder genommen, das war sie. Natürlich war sie nicht alleine. Es gab andere, die übrig geblieben waren.

Auf Anhieb entdeckte sie nur Anneliese, außerdem die Zwillinge Peter und Silvia. Sie war jetzt näher zu ihnen gerückt, das hätte sie niemals für möglich gehalten. Manche waren natürlich durchgefallen, das war sie nicht, aber nicht weggekommen, nicht abgebogen, um von hier ein für alle Mal zu verschwinden. Tatsächlich hatten die, die gehen konnten, gejubelt, das hatte sie gesehen, Bärbel Cooper, die mit ihrer Mutter gegenüber wohnte, zum Beispiel. Vielleicht waren es auch die Eltern, die die Zeugnisse im Juli in die Luft streckten, damit das Sonnenlicht den Durchschnitt wie beim Butterbrotpapier glänzen ließ.

Hinten war frei, neben dem Mädchen mit den dünnen hellbraunen Haaren. Sie müsste jetzt von ganz vorne genau diese Reihe ansteuern, dann kurz das Mädchen anschauen und sich mit Schwung niederlassen. Das Mädchen mit der Zahnspange und dem schief stehenden Schneidezahn wollte den Stuhl gerade wegziehen, aber da hatte sie sich schon fallengelassen, weil sie schnell war, weil sie an so etwas schon gedacht hatte. Das sah man Silberspange schon an. Namen wurden aufgeschrieben, ein älterer Lehrer machte sich vorne einen Plan. Er schrieb Frieda Spreng auf, neben ihr auf dem Namensschild stand Birgit Möller. Frieda war beruhigt, auch weil Zahnspange jetzt sogar lächelte.

Erst dachte sie, dass ihr Birgit gänzlich unbekannt sei, aber das war sie nicht. Tatsächlich hatte sie sie schon einmal gesehen, nämlich da, als sie einem Mädchen unauffällig ein Bein gestellt hatte, die war natürlich sofort drüber gefallen. Nach dem Vorfall ging Birgit einfach weiter. Frieda hatte es genau gesehen. Zwei Lehrerinnen waren anschließend auf Birgit zugestürmt. Das bedeutete Strafe, was denn sonst? Sie selbst wurde dann mit der Menge weitergeschoben. Birgit war eine, die sich mit zwei Bewegungen aus einer Notlage heraus- befördern konnte, so war ihr das vorgekommen. Frieda hätte noch eine andere Möglichkeit gehabt, aber das war die erste Reihe, das war Anneliese, da wollte sie nicht hin.

Birgit sah sie gar nicht richtig an. Sie kauerte da. Frieda kauerte nicht, Beine fest auf dem Boden, braune Cordhose, unten ausgestellt, ganz neu. Jetzt bewegte sich Birgit, hob ihr Namensschild, das gerade herunter- gefallen war, wieder auf. Birgit wäre das wahrscheinlich egal gewesen, aber der Lehrer sah Birgit an, als würde er sie sonst in Stücke reißen. Ihre Namensschilder stan- den jetzt dicht an dicht. Der Lehrer war älter, hatte graue Koteletten, vorne wenig Haare, unangenehme Stimme, ohne Kraft, aber dafür Spott, von ganz unten. Hinter seiner Brille bewegten sich die Augen so schnell, dass einem schwindelig wurde. Musste ihm Spaß machen, Kinder zu ärgern, wahrscheinlich hatte er keine eigenen oder von Kindern schon die Nase voll.

Auf dem Schulhof, der Hausmeister mit seinem Besen, das bisschen Blätter. Auf dem Tor saß Julian. Julian, spring schnell runter, der Hausmeister kommt gleich, dachte Frieda. Julian sah ihren Blick, sprang sogar herun- ter. So wie es aussah, war das einer seiner letzten Tage.

Ihr war heute zum ersten Mal wieder eingefallen, wo der Referendar damals gewohnt hatte. Sie war direkt

daran vorbeigefahren. Es war einer der beiden Hausein-
gänge, der einzige Backsteinbau in der Straße, eine
typische Genossenschaftswohnanlage. Die Häuser sehen
heute noch genauso aus. Das war ewig lange her, dass sie
hier geläutet hatte. Im Lehrerzimmer, sie wollte ein paar
Übungsaufgaben kopieren, stand plötzlich der Referendar, der mit Herrn Moritz zusammen Julians Klassleiter
war. „Hallo", Frieda mit ein paar Kopien in der Hand.
Sie wollte schon Herr Köhler zu ihm sagen, er hieß aber
Herbst. Frieda war ihm vor vielen Jahren sehr nah gekommen, bis alles in der Mitte auseinandergebrochen war.

Kurz darauf rief sie die Schüler, ihr Kollege brüllte
sogar, zusammen gingen sie wieder ins Schulgebäude
zurück, Hausaufgaben standen an. Berkay und Kayla
trotteten vor ihr, dann kam Marlene dazu, nettes Mädchen, wäre aber besser in einer Mädchenschule aufge-
hoben. Sie hatte ihr das sogar einmal gesagt. Felix und
Julian, sechste Klasse, ihre Gruppe, überholten auf der
Treppe. Sie hatte spät bemerkt, dass Julian bei den
Hausaufgaben überhaupt nicht mitkam, nur immer so
tat als ob, planlos war. Lange hielt sie ihn für eine Heul-
suse, mochte ihn aber schon, mochte ihn sogar sehr.
Deswegen war es noch viel trauriger, dass es so gekommen war. Sie hatte sich immer auf den verdammt lauten
Felix konzentriert, seinen Nachbarn und besten Freund.
Es sind immer die Lauten, die einen bis zum Umfallen
beschäftigen. Jetzt kam Referendar Herbst noch einmal
vorbei. „Kopien erledigt?", fragte er sie. „Ja." – „Es ist
so viel zu tun, ich weiß gar nicht, wo mir der Kopf
steht." Referendare waren noch unfertig, standen zwischen allen Stühlen, aber das machte sie anziehend. Das
fand sie noch immer, viele Jahre waren jetzt vergangen.

Sie hatte das letzte Mal erst erkannt, dass Julian
nichts verstanden hatte. Sie konnte nicht überall sein,

sagte sie sich, da waren schließlich noch die anderen, die etwas fragten. Manchmal lief sie durch die Reihen, wurde laut, war ein Dompteur.

Jetzt oben im Klassenzimmer angekommen, die fünfte Klasse arbeitete heute sofort los. Frieda ging zu Julian. Das Loch war schon zu groß, da war jetzt nichts mehr zu machen. Sie hätte genauer hinschauen müssen. Sie biss sich auf die Lippe, drehte sich um, sah aus dem Fenster, Kastanienbäume in voller Blüte, dann wieder Julian. Sie versuchte es, sie spürte die eigene Ungeduld, warum verstand er eigentlich so wenig? Warum drang man nicht durch? Hätte sie das anders einfädeln können, damit ein bisschen was hängen blieb? Was sollte denn das bisschen Gespräch mit dem Referendar und Herrn Moritz noch bewirken? Der Tunnel war zu lang und dann das kleine Licht und so weit weg.

Zweiter Stock, Klassenzimmer aufsperren, lüften, Klassenzimmer zusperren, diese Abläufe, das machte sie jetzt schon ein paar Jahre. Am Anfang hatte sie sich schwergetan, die Kinder hatten das bemerkt, die Folge war, dass es für sie unerträglich wurde. Sie hatte trotzdem weitergemacht. Inzwischen ging es. Ein paar Mädchen tuschelten, das machte ihr jetzt nichts mehr aus, vielleicht konnte man es gar nicht verhindern, das war ihre Meinung. Sie schrieb für die Fünfte eine Aufgabe an die Tafel, erklärte das mit den eckigen und runden Klammern noch einmal.

War es der Lehrer mit seinen Launen, war es die Tatsache, dass sie sich in einer Klasse der Zurückgebliebenen befanden, wie der Lehrer, der Bayer hieß, es immer wieder ausdrückte, jedenfalls mochten weder Birgit noch Frieda, wenn der Bayer kam, um Unterricht zu halten. Birgit ließ er schon bald in Ruhe, aber Frieda hatte er im Visier. War es, weil sie eine Aufnahmeprüfung fürs Gymnasium gemacht, aber den Durchschnitt knapp verfehlt hatte? Ja, das hatte der Bayer sofort in seinen Unterlagen gesehen. Wenn sie so an sich heruntersah oder gar vor dem Spiegel stand, konnte sie nichts Auffälliges erkennen, es musste also noch mit etwas anderem zusammenhängen, was sie nicht wusste, nicht ändern konnte. Vielleicht weil sie ihn so ansah, wie sie nur Leute ansah, an denen etwas nicht stimmte. Dabei waren ganz andere in der Klasse, die nie und nimmer auf eine andere Schule gehen konnten, die einfach nur diese Schule durchlaufen würden. Anneliese zum Beispiel, Caroline, Peter und Silvia, die Zwillinge, die würden einfach bis zum Schluss sitzen bleiben. Von Anneliese wusste sie, dass sie Verkäuferin werden wollte.

In der Pause auf dem Schulhof Steine über das Pflaster kickend. Birgit fragte schon nach ganz kurzer Zeit, ob sie nicht nachmittags einmal zu ihr kommen wolle. Das gefiel Frieda, das ging Richtung Freundschaft. Birgit war aus der Luft gekommen, hatte keine alte Klasse, es war nie die Rede, dass da jemand gewesen war, den sie vermisste. Frieda dachte jetzt gar nicht mehr an das Beinstellen, sondern konzentrierte ihre Freude auf die Einladung.

Birgit hatte eine Schwester, die Heidrun hieß. Heidrun ging aufs Gymnasium, Mädchengymnasium, aber nicht da, wo sie selbst hätte hingehen sollen, wenn es geklappt hätte, so drückte es ihre Mutter aus. Heidrun war älter und natürlich größer als Birgit, dazu das lange Haar. Heidrun war toll, so wie Heidrun wäre sie gerne gewesen, zumindest später, in ein paar Jahren. Als sie ein zweites Mal eingeladen wurde, da schon, um zu übernachten, hoffte sie, auch Heidrun wieder anzutreffen. Wie beim letzten Mal war ihre Tür angelehnt.

Frieda konnte durch den Türspalt genau sehen, wie sie sich in ihrem Zimmer bewegte. Später sprach sie über Fußball, kaufte den ‚Kicker‘, Frieda staunte. Heidrun, welche Mannschaft ist gut? Heidrun kennst du auch die Regeln? Das würde sie fragen, wenn sie Heidrun besser kennengelernt hätte. Birgit war anders als Heidrun, das war sonnenklar. Birgit hatte einen Fuß immer draußen, immer frische Luft.

„Kayla, Kayla, setz dich gerade hin. Lorans muss alleine arbeiten." Hinten saß Felix mit hochrotem Kopf. „Du fängst mit den Hausaufgaben an." – „Nein, ich weiß schon selbst, was wichtig ist für den nächsten Tag. Sie unterdrücken mich, Frau Spreng." – „Nein." – „Doch." Sie wurde laut, wollte das eigentlich nicht, vor Felix stehend, fester Blick. „Jetzt, sofort. Du kannst wählen Mathe oder wenn nicht, dann dem Hausmeister helfen. Mit der Zange Abfall aufsammeln statt Tischtennis zu spielen." Felix machte keine Hausaufgaben, solange sie vor ihm stand, sie ging einen Schritt zurück.

Nach einer Weile zu Julian. Er hatte den Kopf gesenkt, es sah fast nach Hausaufgaben aus, aber leider malte er nur Kreise. Sie verstand, es war sowieso nicht mehr wichtig, er hatte hier schon aufgegeben, die Schule hier schon abgehakt. Nach seiner Blinddarmoperation war er noch weicher geworden, deswegen ärgerten ihn die anderen. Sie konnte sich da nicht einmischen, sagte einmal etwas wie, er solle es nicht so persönlich nehmen, brachte natürlich nichts. „Zeig mal, was hast du denn auf?" – „Ach, das ist sowieso egal. Ich wechsle doch die Schule." – „Mittelschüler, Mittelschüler", tönte es von der Nachbarbank. Da saß Berkay. Ömer stimmte ein. „Was fällt euch ein! Berkay, wir gehen jetzt zusammen vor die Tür." Protest. Berkay wollte sich zuerst nicht von der Stelle bewegen. Draußen Berkay unruhig von einem Bein aufs andere. „Stell dir vor, du wärst derjenige, der gehen müsste, und Julian würde rufen, was du gerufen hast." – „Na und, Spaß, ich würde ihm den Arm umdrehen." – „Nein, du wärest verletzt." Schulterzucken. Sie gingen wieder ins Klassenzimmer.

Sie war müde, hatte schlecht geschlafen, Julian sah sie an. „Müde, Frau Spreng?" – „Ja", sagte Frieda. Sie setzte sich neben ihn, hoffte, dass er jetzt wirklich die Aufgabe anging. Er schrieb sogar den Bruch aus dem Buch ab. „Meine Mutter backt Muffins. Sind Sie nächste Woche da?" Sie nickte, zog jetzt sein Heft heran. Erklärte noch einmal das mit den Brüchen und dem Kürzen. „Wer ist euer Klassleiter?" – „Herr Moritz." – „Hat Herr Moritz denn einmal mit dir gesprochen?" – „Ich war doch so lange krank, das ist ihm natürlich aufgefallen. Erst Blinddarm, dann die Röteln. Das ist doch nicht meine Schuld." – „Nein, Julian ist es nicht. Hat deine Mutter einmal mit Herrn Moritz gesprochen?" – „Ja." Jetzt wieder Brüche, sie erklärte dann noch etwas, musste aber noch zu Ömer, der eine Frage hatte. „Was soll ich bei der Aufgabe machen? Was heißt beziehungsweise?" Kayla drehte sich um. „Ich verstehe das auch nicht." Es war sogar einigermaßen leise, selbst Lorans schien sich zu konzentrieren. Julian hatte seinen Kopf schon wieder auf die Arme gelegt. Die Tür ging auf und Boris, der Kollege, kam herein. „Kommst du mal schnell!" Sie sprang auf, überquerte den Gang, stand in Boris Zimmer. Am Boden lag Max und reagierte nicht. Sie bewegte ihn vorsichtig. „Er ist vom Stuhl gefallen, ausgerutscht."

Hatte Boris das nicht kommen sehen? Jetzt öffnete Maximilian die Augen. „Kannst du aufstehen? Warum bist du überhaupt auf den Stuhl gestiegen?" Sie sah bei der Frage auch Boris an. Kurz darauf ein notdürftiger Unfallbericht von Boris, mit ihrer Unterstützung. Ein Blick auf die Uhr, Hausaufgabenzeit zu Ende, alle zusammen vom zweiten Stock noch einmal in den Schulhof. Julian lief hin und her, Kopf gesenkt, plötzlich blieb er vor ihr stehen. „Es ist doch ungerecht. Was soll ich jetzt machen?" Ihr fiel zuerst nichts ein, er wartete. „Ach, Julian, man hat immer eine zweite Chance, da bin ich mir bei dir ganz sicher. Ein Kaugummi?" Sie wollte ihm auf den Rücken klopfen, tat das ganz kurz, besann sich aber und zog die Hand wieder zurück.

„Hallo, kann ich die Tischtennisschläger haben?" Sie war abwesend, für einen Moment war sie weggetreten. Jetzt übergab sie die Tischtennisschläger, die sie vorhin geholt und so lange in der Hand gehalten hatte. Da kam plötzlich Herr Herbst zurück. Er winkte, das freute sie. Sie winkte auch. „Was machen Sie da? Mögen Sie Herrn Herbst?" Ena, ein Mädchen aus ihrer Gruppe, stand plötzlich neben ihr. Ena flüsterte Marlene etwas zu, dann rannte sie zu Berkay, jetzt kicherten alle drei. Noch eine halbe Stunde.

Nach der Schule liefen sie immer wieder durch den Magdalenen-Park, setzten sich beim Spielplatz auf die Bank und beobachteten die älteren Schüler beim Tischtennisspiel. Birgit fragte wieder wegen Übernachten, Frieda war das recht. Sie wollte Birgit auch etwas fragen, nämlich, wie sie den neuen Lehrer fand, der jetzt auf einmal aufgetaucht war, ein halber Lehrer, ein Referendar, aber Birgit schien an etwas ganz anderes zu denken, deshalb wartete sie noch.

Der neue Referendar war Anfang dieser Woche aufgetaucht. Sie hatten ihn in Deutsch und Religion. Mit Schwung hatte er die Tür geöffnet, die Tasche auf das

Pult geworfen, aber ohne Lehrermacht, wie Bayer oder Fink, der vom letzten Jahr, der seine Faust an Schülerköpfe gepresst hatte, an ihren natürlich auch.

Der Referendar, der Köhler hieß, trat nicht so auf, als würde er Unterschiede machen, deshalb war es auch etwas lauter, das tat Frieda leid. Sie lächelte ihn deshalb an, sie war nicht laut, sie wollte nicht, dass er wieder ging. Er hatte sie angesehen, zurückgelächelt, da war sie sich sicher, ein zartes Lächeln in ihre Richtung.

Sie erzählte es Birgit, die nichts verstand. Birgit hatte nur Augen für die älteren Schüler aus dem Magdalenen-Park. Als Frieda das Wochenende wieder bei ihrer Freundin übernachtete, fing sie wieder damit an. „Dass er uns versteht, das sehe ich ihm an. Er spricht auch mit uns, deshalb ist er nett. " Birgit stritt das nicht ab. „Das stimmt, aber wir lachen auch." Sie kicherte. „Ja, aber er ist gut." – „Aber er kann nichts machen. " – „Er macht schon etwas." Ihre Rücken berührten sich, weil das Bett so schmal war. Lichter von der Straße tanzten in der oberen Zimmerecke, das war die Ampel kurz vor der Brücke über die Eisenbahn. Birgit schlief, das hörte sie genau, Frieda sah sich das tanzende Licht an, dachte nach. Würde man eine Zeichnung machen, wäre Herr Köhler nicht auf der anderen Seite, wie ein normaler Lehrer das war, nein, er wäre wesentlich näher bei ihnen, mit ausgestrecktem Arm konnte man ihn sogar erreichen.

Vielleicht würde er bald den Bayer vertreiben, so einer wie der Bayer könnte ja auch einmal an einem Herzinfarkt sterben.

Sie ging mit den anderen Betreuern und den Schülern nach oben, stellte die Stühle hoch. Es war sechzehn Uhr. Frieda räumte mit ihrem Kollegen noch zusammen, plötzlich der Kopf von Julian. „Sie mögen doch Muffins? Habe ich schon gefragt?" – „Muffins, immer." Er war schon wieder verschwunden. Sie ging nach Hause, hatte die Woche einiges zu erledigen, dachte sogar an Julian, sprach noch einmal mit Herrn Moritz, seinem Klassleiter. „Ist nicht noch etwas zu machen?"– „Julian, ich weiß, er hat keine Chance, was soll ich denn machen? Er ist in Deutsch und Englisch so schlecht, und auch in den anderen Fächern läuft es nicht besonders. Er hätte vielleicht wiederholen sollen. Er war auch länger krank, das hat es natürlich nicht besser gemacht."– „Kann ich was tun?" Er schüttelte den Kopf. „Julian hat seinen Kopf woanders. Er hat mit seiner Mutter Probleme, lebt alleine mit ihr." – „Ich weiß." Frieda wusste das. Herr Moritz sah sie an, zuckte die Schultern. Er habe keine Zeit, müsse einen Referendar betreuen. Es sei sein erster Referendar. Er mache seine Sache gut. Frieda nickte, sah, dass er müde war, dachte, Referendare sind Gold wert, wollte aber nichts sagen.

Sie und Birgit, das ging ganz gut. Sie versuchten, möglichst viel zusammen zu machen, aber immer wieder wurden sie getrennt. Es kam dann aber doch so, dass sie beide aus dem einen oder anderen Grund nach der Stunde bei Herrn Köhler herumstanden. Sie stellten Fragen oder trödelten, sahen ihm beim Zusammenpacken zu. Frieda stand fast am Pult, Birgit etwas weiter hinten. Frieda sah es so, dass sie sich schon vorgearbeitet hatte. Es war auch nötig, weil Bayer so schlechte Laune hatte. Einmal behauptete er, dass sie aufsässig sei, das würde er ihr ansehen, ja allein dieser Blick, sie hatte aber gar nichts getan, aber schauen musste ja erlaubt sein. Er sagte dann, dass sie keine fürs Gymnasium sei, das sagte er vor der ganzen Klasse. Würde er doch nur einen Herzinfarkt bekommen. Er müsste ja nicht sofort sterben, aber auf jeden Fall länger wegbleiben. Sie hätte gerne gefragt, warum er immer über sie sprach und ob ihm das gefiel, aber das ging nicht. Birgit kaute neben ihr auf ihrem Bleistift herum, die hatte es gut, hatte ihre Ruhe. Einmal steigerte der Bayer sich so hinein, sagte, er würde dann den Udo Jürgens-Song ‚Ich bin wieder da‘ singen, wenn sie die Probezeit nicht bestehen würde. Ihre Mutter mochte Udo Jürgens, das war schon genug. Nach seinem Geläster wurde er aber still. Vielleicht war ihm selbst seine laute Stimme aufgefallen. Vielleicht hatte er in diesem Moment gespürt, was für ein Mensch er war.

Was Birgit genau darüber dachte, zum Beispiel, wenn Bayer wieder laut wurde und sie gut davonkam, während über Frieda einiges niederprasselte, war nicht klar. Tatsache war aber, dass sie ruhig blieb, keinen Stress machte. Über Angst oder etwas Ähnliches hatten sie nie gesprochen, auch nicht über den Gedanken, sich manchmal einfach aufzulösen.

Bayer ließ Birgit mehr oder weniger in Ruhe. Sie wollte nämlich gar nicht aufs Gymnasium. Warum sie es nicht zusammen versuchten, hatte Frieda gar nicht gefragt, wollte sie, traute sich aber nicht.

Gerade heute hatte Bayer nach langer Zeit mal wieder seine Laune herausgelassen. Er hatte beim Austeilen der Matheschulaufgabe ganz leise gesungen ‚Ich bin wieder da‘. Außer ihr hatte es vielleicht nur Birgit gehört, weil er sich so weit über ihren Tisch gebeugt hatte, mit Sicherheit war noch etwas davon bei Silvia und Peter, den Zwillingen, angekommen. Ein Klassenzimmer verstärkt doch alles.

Frieda dachte, dass der Bayer entweder eine kranke Frau oder gar keine Frau hatte. Sonst wäre er doch nicht so. Birgit neben ihr blieb stumm, hätte Birgit etwas gesagt, wäre es für sie beide besser geworden, für Frieda hundertprozentig.

Der Bayer blieb nicht lange vor ihrem Tisch stehen, er war längst wieder woanders, quatschte und quatschte. Frieda dachte auch darüber nach, wie man Bayer ärgern könnte. Sie dachte sogar an anonyme Anrufe aus der Telefonzelle, aber sie hatte keine Telefonnummer. Birgit war mit ihrem Kopf im Magdalenen-Park, über Bayer verlor ihre neue Freundin nicht so viel Worte, obwohl sie den Bayer natürlich auch nicht mochte. Frieda hätte außerdem niemals neben einer sitzen können, die den Bayer mochte. Die nächsten Tage geschah gar nichts. Herr Bayer erschien sogar gut gelaunt. Er redete niemanden dumm an und lachte sogar. Er hatte eine neue Schultasche, das freute ihn wahrscheinlich so sehr, dass er vergaß, sich an die Schüler zu kleben. Es verging einige Zeit, einmal traf sie aber wieder sein Blick. Er war gerade dabei, das Fenster zu schließen. Frieda schaute sofort wieder weg.

Ostern ging vorbei und auch nach Ostern war es noch ruhig. An einem dieser Tage, kurz vor Pfingsten, sprachen sie mit Herrn Köhler. Sie waren nicht so laut, ärgerten den Referendar natürlich nicht, wie das die Zwillinge gerne taten. Wenn Herr Köhler sich Richtung Tafel drehte warfen einige aus der Klasse kleine Kügelchen durch den Raum. Robert und Andi lispelten, weil Herr Köhler mit der Zunge ein bisschen anstieß. Frieda konnte Brigit davon überzeugen, sich in ihrer Ecke ruhig zu verhalten. Herr Köhler sprach über den Tod, den von Angehörigen. Sie sollten alle etwas schreiben. Sie wollte erzählen, dass sie sich neulich mit Birgit im Leichenhaus fremde Tote angesehen hatte, aber was wäre, wenn Herrn Köhler das nicht gefiel. Am Ende putzte Frieda die Tafel. Das war sogar freiwillig geschehen, Birgit wartete. Der Rest der Klasse war längst nach Hause gegangen. Bald seien doch Ferien, sagte er. Da könnten sie ihn gerne einmal besuchen kommen. Frieda hätte so etwas nicht gedacht, was sie da hörte, putzte die Tafel vor Freude noch einmal, sie war nun so nass, dass das Wasser auf den Boden tropfte. Also musste sie wieder alles trocknen und das dauerte und dauerte, und er war noch da und Birgit wartete. In der ersten Ferienwoche der Pfingstferien sei er zu Hause. Birgit wartete, überließ das Frieda, die mit einem Fingernagel am Pultlack herumkratzte, aber in Wahrheit am liebsten in die Luft gesprungen wäre. „Ja, wir kommen", hörte sie sich sagen. Kurz darauf lächelte Birgit, und ab da schien alles erreichbar. Das war doch besser als Magdalenen-Park. „Eine Tasse Kakao, wenn ihr mögt. Am besten Mittwoch so gegen fünfzehn Uhr." Das hatte Frieda schon aufgesaugt. Er beschrieb ihnen genau den Weg. Sie wusste ungefähr, wo das war. Frieda zitterte innerlich. Birgit war dann auch begeistert, das konnte sie gar nicht verbergen. Niemand würde etwas erfahren, wo sie den Nachmittag verbringen würden, was sie da machten, darin war sie gut. Sie hatte ein eigenes Leben, jetzt sogar einen Referendar, der sich für sie interessierte.

Sie übernachtete noch einmal bei Birgit, da konnten sie in Ruhe noch einmal alles besprechen. Heidrun war wieder da. Frieda fragte Heidrun, dann stand sie schon in ihrem Zimmer, das ihr so gut gefiel. Heidrun auf ihrem Schreibtischstuhl ihr zugewandt, mit ihren glänzenden, langen Haaren. Vorsichtig strich sie über die Spitzen. „Ist es gut auf dem Gymnasium, Heidrun?" – „Die Lehrer sind teilweise okay, teilweise aber Idioten. Wir haben einen Herrn Dr. Hicker, der uns in Latein fertig machen will." – „Latein", wiederholte Frieda.

„Glaubst du, dass die Lehrer anders sind?" Heidrun erstaunt, „was meinst du?" Frieda hob die Schultern, sagte aber nichts. Heidrun setzte sich jetzt an den Schreibtisch, deshalb ging Frieda wieder hinaus.

„Wir erzählen niemandem, dass wir zu Herrn Köhler gehen. Das muss wirklich geheim bleiben." - „Und Heidrun?" - „Nein, auch deiner Schwester keinen Piep. Wir erzählen einfach niemandem davon." Später lagen sie im Bett, erzählten sich Geschichten. „Ich habe Heidrun gefragt, ob es gut ist in ihrer Schule. Ich wollte das wissen." Birgit sagte nichts, schlief schon nach kurzer Zeit.

Sie würde einen großen Schritt weiterkommen, sich entwickeln, sich wirklich entwickeln zu dem, was wichtig war, und zu Hause über alle hinwegsteigen, ohne dass sie eine Ahnung hatten, ohne dass sie etwas Genaueres über sie wussten. Aus der Stille heraus würde sie in riesigen Schritten vorwärtsgehen. Noch drei oder vier Mal schlafen, dann würden sie die Hauptstraße hinuntergehen, zwei oder drei Ampeln überqueren, das kostete Zeit, deshalb mussten sie gut planen, ihnen blieb nichts anderes übrig. Sie schlief jetzt neben Birgit ein.

In der darauffolgenden Woche kam sie früher, weil Herr Moritz noch einmal ganz genau nachrechnen wollte. Vielleicht war in Deutsch und Englisch doch noch etwas möglich. Die Chance war gering Sie hätte, statt immer nur mit Felix zu diskutieren, hinter dem Vorhang Julian sehen müssen.

Jetzt kamen sie, Herr Moritz, dicht gefolgt von Herrn Herbst. „Ich habe wirklich nicht gesehen, dass er so viel Hilfe braucht." Die Lehrer nickten. Sie saßen zu dritt im dritten Stock, Sitzgruppe, eingerichtet für genau diese Gelegenheiten. „Haben Sie einmal mit der Mutter gesprochen?" Frieda schüttelte den Kopf. „Okay, ich habe alles noch einmal durchgerechnet. Da ist leider nichts mehr zu machen. Die Mutter hat ihn außerdem längst in der Mittelschule angemeldet." Sie sprachen dann noch. Herr Herbst, der Referendar, sagte wenig, aber gute Sachen. Sie hatte nur leider wenig Zeit, die Betreuung begann.

Sie war mit Birgit bereits unterwegs, dann die Straße entlang, schon vor der zweiten Ampel, gerade noch durch den Magdalenen-Park gelaufen, dort niemandem begegnet. Den ganzen Weg über hatte sie Angst, dass ihr Referendar die Verabredung vergessen hätte und vielleicht in die Ferien gefahren wäre. Sie stellte sich vor, dass sie mehrere Male klingeln würden ohne eine Reaktion. Am Ende würden die Nachbarn aufmerksam werden und eine Menge Fragen stellen. Birgit lief neben ihr, sie war nicht so, dachte sicher nicht das, was Frieda durch den Kopf ging. Birgit mochte Herrn Köhler natürlich auch, aber Birgit hätte nicht das Gleiche getan. Jetzt musste sie sich wieder konzentrieren, ohne sie wäre nichts passiert. Birgit würde schließlich auch profitieren, vielleicht nicht so sehr wie Frieda, aber sie würde etwas darin finden, was ihr am Ende gut gefallen würde, da war sich Frieda ziemlich sicher. Sie würden eine ganz tiefe Erfahrung machen, die sie von den anderen unterschied.

Sie hatten jetzt die letzte Straße überquert, vorbei am Juweliergeschäft und Blumenladen, rechts der Schuster, den sie von ihrer Mutter kannte, noch weiter hinten dann das Backsteinhaus. Herr Köhler hatte gesagt der zweite Eingang. Jetzt standen sie davor. Birgit sah Frieda an, als würde sie am liebsten umdrehen. Es dauerte so lange, bis der Türöffner surrte. Dann nahmen sie sich an der Hand, gingen hinein, links die Briefkästen, rechts eine schwere Tür, wahrscheinlich ging es hier in den Keller. Sie stiegen hinauf, zweiter Stock, die Stimme von Herrn Köhler im Treppenhaus.

Herr Köhler stand in der Tür, bat sie herein. Birgit ging zuerst, sie folgte, langsamer, aber als er sie ansah, starkes Herzklopfen. Sie setzten sich sofort auf das Sofa. Er lächelte, sagte, dass er heiße Schokolade zubereiten werde. Frieda strich über die Decke, die über das Sofa gebreitet war, sah gehäkelt aus, Patchwork oder so, an den Wänden Fotos. Ihr gefiel es hier. Gleich kam die heiße Schokolade.

Er fragte sie nach ihren Plänen für die Ferien. „Wir fahren in der nächsten Woche in den Urlaub. Irgendein See, Schweiz, Italien oder an den Bodensee. Doch, Bodensee, kann sein." – „Weißt du das nicht?" Frieda ärgerte sich kurz. Birgit sagte nichts. Sie fuhren nicht in den Urlaub. Frieda fuhr mindestens einmal im Jahr. Der Kakao wurde serviert.

„Hier ist es schließlich auch sehr schön. Es lohnt sich absolut, in der Gegend Urlaub zu machen." Frieda sah ihn an. Er hatte das nur gesagt, um bei Birgit Punkte zu machen. „Wir wollten einmal zum Trimmdich-Pfad", Birgit mit ihrer rauen Stimme. Frieda verzog den Mund, was war denn das? Das hatte ihrem Vater auch immer Spaß gemacht, mitten im Wald Stationen aufzusuchen und dann Klimmzüge zu machen, moosige, feuchte Holzlatten anzufassen und drüber zu springen. Wenn sie Pech hatten, war bald alles vorbei. Dann müssten sie wieder aufstehen und die Wohnung verlassen, könnten auch nicht mehr wiederkommen. Außer es gab einen Grund, wirklich zurückzukehren. Eben dann, wenn man etwas vergessen hatte. Sie müsste

etwas liegen lassen. Sie könnte dann einfach unange-
meldet noch einmal vorbeischauen, ohne dass es
komisch wäre. Sie würde dann alleine noch einmal
Kakao trinken, alleine ihm gegenübersitzen, alles noch
einmal. Sie würde zwischen den Polsterkissen die einzelnen Perlen herausziehen, die sie gleich fallen ließ. Sie
hatte eine Feile aus ihrer Jeans gezogen, das müsste
genügen, um ihr Armbändchen mit den vielen Perlen
zum Platzen zu bringen.

„Wollt ihr noch Schokolade?“ Frieda hatte gar nicht
richtig zugehört. „Träumst du gerade?“ Herr Köhler
lachte, er lachte sie an. „Ich habe jetzt auch Ferien, muss
aber arbeiten, in der zweiten Woche wollte ich ein bisschen im Allgäu wandern gehen.“ Frieda dachte, wandern, aber mit wem genau? Sie wollte fragen, ob er eine
Frau hatte. „Wandern kenne ich, das haben wir in der
Familie auch öfter gemacht. Wir waren in Hinter-
glemm, in Österreich, sind auf einen Kogel gestiegen,
dann kaufte mein Vater die Zeitung und berichtete von
einem Angriff auf die Olympischen Spiele in München.“ Herr Köhler nickte betroffen. Frieda war mit sich
zufrieden, ihr Kettchen löste sich gerade auf, in dem
Moment, in dem Herr Köhler etwas zu den Olympischen Spielen sagte. Sie setzte sich auf das Kissen,
damit die Perlen besser zwischen die Polster rutschten.

„Ich muss bald wieder weiterarbeiten, muss schließlich eine ganze Menge korrigieren und vorbereiten. Das
könnt ihr euch sicher vorstellen.“ Das hatte sie sich
gedacht. Gut, dass sie vorbereitet war, das war ihre
Stärke. Er begleitete sie zur Tür. Als er öffnete, berührte
er ihren Arm, ganz kurz sogar ihre Schulter, oben am
Gelenk. Alles ging so schnell, aber sie spürte es doch,
sie spürte das ganz genau. Sie waren noch nicht ganz
unten, da fing Birgit laut zu lachen an. Frieda lachte nur

wenig, strich nur über ihren Arm, ihre Schulter, sie spürte noch die Berührung. „Was ist denn das für ein Typ, hast du das Wohnzimmer gesehen? Und der Teppich am Boden." Birgit lachte. Frieda schwieg, fand es gut, wie Herr Köhler seine Wohnung eingerichtet hatte. Frieda hatte ihre eigene Meinung, außerdem einen Plan. Sie würde erst einmal keinen Verlust ihrer Kette reklamieren. Sie würde erst einmal nach Hause gehen, morgen aber dann wiederkommen, vor seiner Tür stehen. Das wäre in jedem Fall noch vor dem Urlaub mit ihrer Familie. Sie würde schon von zu Hause wegkommen, da fiel ihr auf jeden Fall etwas ein. Wenn es eine Sicherheit gab, dann war das ihre Sicherheit. Keiner hielt sie auf, keiner zu Hause kannte ihre Wege und außerdem würde sie Zickzack gehen und dann würden sie wieder nichts kapieren. Gern hätte sie eigentlich Herrn Köhler noch etwas gefragt. Ob er T. Rex kannte, die hatte sie doch bei ihrer Freundin Marina gehört? Der Sänger war in der ‚Bravo', die natürlich auch Marina gehörte.

Sie musste sich alles ganz genau überlegen, wann sie noch einmal vorbeischauen würde. Auf keinen Fall durfte ihr da ein Fehler unterlaufen. „Hey", Birgit rempelte sie an. „Was ist mit dir, sprichst du nicht mehr mit mir? Bist du in Herrn Köhler verliebt?" Lachen, langgezogenes Lachen, das immer wieder neuen Anlauf nahm. Frieda ärgerte sich, woher wusste Birgit, dass etwas war? „Nein, bin ich nicht."

Im Magdalenen-Park trennten sie sich, Birgit sah sie an, ihr Blick von der Seite war neu, er enthielt Fragen, vielleicht hatten sie jetzt eine Freundschaftskrise, alle hatten Krisen. Ihre Eltern hatten ständig Krisen, wenn man nach ihren Blicken und der Lautstärke ging. Trotzdem war etwas ganz eigenartig, Birgit und sie hatten sich gedreht, wie die Figuren aus dem Wetterhäuschen ihres

Großvaters, nur dass sie sich nicht mehr zurückdrehen konnten, das war ausgeschlossen. Sie würden aber weiter befreundet bleiben. Dabei hatten sie sich neulich erst geschworen, dass nichts zwischen ihnen stehen dürfe.

Sie ging aus dem Lehrerzimmer, jetzt kamen die Schüler, Mensaessen, heute Burger, also volle Zufriedenheit, dann raus an die frische Luft, später Hausaufgaben.

Julian saß ganz hinten neben seinem Freund Felix, beide vor Burgern, Felix redete die ganze Zeit, Julian aß, schien einsilbig. Einmal sah er zu ihr hinüber, langer Blick. Anschließend Pausenhof, auslüften der vierzig Schüler, zusammen mit den anderen Betreuern, hin und her laufen. Julian hatte sich etwas erhofft, auch die Mutter hatte noch einmal angerufen. Felix, sein Freund, kam sogar auf sie zu. „Können Sie für Julian irgendetwas unternehmen, damit er hierbleiben kann?" – „Ich werde selber mit ihm sprechen." Ihr Kollege sah sie an. „Hängst du in irgendetwas drin oder hast du irgendetwas versprochen?" – „Kann ich doch gar nicht." Nach der Pause der Schülerstrom, Verteilung auf die Klassenzimmer. Sie waren zu zehnt. Felix und Julian saßen wie gewohnt hinten. Julian sprang sofort auf, verteilte Muffins und Servietten. „Hat meine Mutter gebacken. Mögen Sie zwei?" – „Ich? Nein, danke. Ein Muffin reicht." Er lief umher, warf anschließend die leere Tupperschüssel in die Ecke, Frieda sagte heute nichts.

Alle aßen, anschließend wurden Hausaufgaben gemacht. „Mittelschüler, Mittelschüler", flüsterte lachend Lorans. Frieda reagierte sofort, sagte, er solle das lassen, das sei nicht schön, trotzdem habe man mehr Möglichkeiten als früher, das wäre alles überhaupt kein Drama. Julian aß einen Muffin nach dem anderen, dann legte er den Kopf auf den Tisch. Frieda sagte nichts. Am

Ende nur: „Alles Gute für dich, Julian. Du gehst deinen Weg, das weiß ich ganz genau. Wenn du einen Rat brauchen solltest, du weißt, wo du mich findest. Komm vorbei, aber wirklich." Das sagte sie mit Nachdruck. Er blieb vor ihr stehen, sah aus, als hätte er gerade wirklich geschlafen, rieb sich die Augen, dann lief er davon. Die anderen waren schon weg, es war vier Uhr nachmittags. Auf dem Schulhof auf einmal Stille, nur der Hausmeister lief hin und her und füllte den Automaten mit Süßigkeiten.

Frieda dachte an Herrn Köhler, sie lag im Bett, schloss die Augen, legte beide Hände auf den Bauch. Er müsste das spüren, und dann sah sie ihn, sah, wie er ihr die Tasse Kakao gereicht hatte, sah sich auf seinem Sofa sitzen, alles könnte wieder … So wie es jetzt für sie war, könnte alles in einem Moment aufeinandertreffen.

Früh morgens machte sie sich auf den Weg. Gleich nach dem Frühstück erzählte sie, dass sie in den Magdalenen-Park wollte. Sie hatte in den Spiegel geschaut, Brigit schon gestern für heute abgesagt, ihr erzählt, dass sie den Goldhamsterkäfig säubern müsste, alle Ecken ausputzen, das kostete Zeit. Jetzt auf dem Weg dachte sie daran, dass keiner wusste, wo sie war. Sie war frei, würde sogar auf den Herrn Fink aus dem letzten Jahr pfeifen, auf seine Faust, diese kalte Männerhand am Kopf, wie ein großer grauer Stein, der aus dem grauen Anzugsärmel herausragte und an ihrer Schläfe landete.

Sie war im Magdalenen-Park, gleich die Treppen hinunter. Die Straße war lang, jetzt lief sie schneller, schon bei der Bäckerei, gerne würde sie sich eine Meringue aus dem Schaufenster geben lassen.

Sie war angekommen, auf Anhieb den richtigen Eingang gewählt. Es war elf Uhr vormittags. Sie läutete, sah, dass die Tür gar nicht ins Schloss gefallen war. Langsam stieg sie nach oben. Herr Köhler stand da, Hand am Türrahmen, er sah sie so an, als ob er gar nicht überrascht wäre. „Entschuldigung, aber ich habe mein Armkettchen bei Ihnen vergessen. Es muss aufgeplatzt sein und alle Perlen sind zwischen die Polsterkissen gerutscht. " Er nickte lächelnd, verschwand, die Tür halb angelehnt. Durfte sie einfach rein, wahrscheinlich nicht. Es dauerte nicht lange, dann stand er wieder vor ihr, streckte ihr eine kleine Blechdose hin. „Das sind die Perlen, die ich gefunden habe.“ Frieda wagte nicht zu sagen, dass sie noch einmal zusammen suchen könnten, auch an einem anderen Tag, wenn es besser für ihn wäre. Sie sah auf die Perlen, spürte, dass Tränen kamen, nein, waren schon wieder weg. Ihr war nur kalt, auf einmal fror sie mitten im Sommer. Sie sah nach oben. Er lächelte sogar, nur dass kein Weg in die Wohnung führte.

„Schöne Ferien, Frieda“, Tür zu, ganz schnell. Frieda lief die Treppen hinunter, die Augen brannten, weil jetzt doch Tränen kamen. Sie lief ganz langsam, links die Straße, rechts wieder die Meringuen, aber verschwommen, grüne, blassrosa, das hätte sie alles gern probiert, hätte sie vorher machen sollen. Endlich war sie wieder am Park angekommen. Sie würde niemandem davon erzählen. Allerdings war sie sich ganz sicher, dass das nicht Herr Köhler gewesen war, vielleicht hatte er Pillen geschluckt oder er war krank, hatte Fieber und sie hatte es nicht bemerkt. Das könnte gut sein, Kranke wollen nie, dass man in ihre Nähe kommt und sich ansteckt.

Mit ihrer Feile kratzte sie an der Parkbank, bis unter dem grünen Lack braunes Holz zu sehen war. Sie saß lange da, kratzte und kratzte, irgendwann wurde das Kratzen langsamer. Sie betrachtete den grünen Staub an ihren Fingern. Langsam stand sie auf, sah sich das Stück mit dem abgerubbelten Lack an. Sie sah immer mehr Kinder mit ihren Eltern in den Park strömen, es waren Ferien.

ZWISCHEN FLUSS UND KANAL

Es war erst Vormittag. Leichte Nebelschwaden zogen über die Flussauen, trotzdem war es nicht richtig kalt. Der Fluss und sein Kanal lagen noch ganz ruhig da. Die ersten Hundebesitzer waren bereits zu sehen. Dagmar hatte auch einen Hund. Einen Mischling, glaubte Paula. Nach den eisernen Brücken, über die manchmal noch die Lokalbahn fuhr, beschlossen sie abzubiegen und anschließend bis zum Aurbacher Wäldchen zu laufen. Ein alter Ort, den sie aus der Kindheit kannten. Der Fluss führte normalerweise nicht viel Wasser, außer einmal vor zwanzig Jahren, da hatten sie Hochwasser erlebt. Ein Rinnsal war zu einem reißenden Fluss geworden. Jetzt floss er wieder flach hinter den Weiden. Wenn man zum Wasser wollte, musste man aufpassen, dass man im matschigen Boden nicht abrutschte. Die Weide, an der man sich festzuhalten versuchte, verbog sich fast. Das Wasser war braun. Früher wurden Kaulquappen gesammelt, um die Entwicklung zu Fröschen zu beobachten.

Einmal hatte man hier eine ermordete Krankenschwester gefunden, das hatten sie sogar in ‚Aktenzeichen XY ungelöst' gebracht. Es wurde eine Menge geflüstert, und ihre Clique um Axel hatte damals selbst nach Spuren und echten Haaren gesucht. An der Stelle, die im Fernsehen gezeigt wurde, hatte man dann angeblich Fußabdrücke gefunden, aber mit der Zeit war das mit der Krankenschwester wieder in Vergessenheit geraten, trotzdem war das Aurbacher Wäldchen Aktenzeichen XY geworden.

Sie waren noch nicht vorne an der Brücke angekommen, eine Insel zwischen Fluss und Kanal. Damals hatte dort ein Kiosk gestanden, der zu Eis und Bier eingeladen hatte.

Dagmar und Paula kannten sich von früher, hatten sich aber länger nicht getroffen. Vor vielen Jahren waren sie sogar für kurze Zeit zusammengezogen. Paula konnte sich gerade nicht mehr vorstellen, wie das gekommen war, weil sie mit Dagmar immer streiten musste. Ehrlich gesagt, hatten sie sich damals nicht besonders gut verstanden. Dagmar dachte noch immer, dass Paula ihren damaligen Freund verführt hätte, aber das war ein Märchen, nur leider nicht aus Dagmars Kopf zu bringen. Die Geschichte hatte der Mann damals nur erfunden, weil er nicht wusste, wie er Dagmar endgültig loswerden sollte. Das wiederum hatte Paula durch einen ihrer Bekannten herausgefunden, konnte aber Dagmar nicht überzeugen. Außerdem hatte Dagmars damaliger Angebeteter geklaut. Er hatte ein paar wirklich wertvolle Messer aus ihrer Wohnung mitgehen lassen. Dagmar behauptete, diese Messer seien nie in ihrer Küchenschublade gewesen, und Paula beteuerte, dass sie nie mit diesem Messerklauer ins Bett gegangen wäre.

Bei Kerzenschein habe sich dieser Werner von der ganz romantischen Seite gezeigt. Dagmar war nach dem Spätdienst nach Hause gekommen und da saß Paula mit Werner bei flackerndem Licht. Paula musste am nächsten Tag wieder und wieder beteuern, dass er zwischen acht und neun Uhr geklingelt habe und nur auf Dagmar warten wollte. Paula hätte ihn sonst gar nicht hereingelassen. Da wäre rein rechnerisch Zeit gewesen. Das war natürlich richtig, aber es war ganz anders abgelaufen, weil Paula eben nicht wie Dagmar über ihn dachte, aber das war Dagmar nicht beizubringen. Dabei war Dagmar, diese Dagmar, eigentlich gar kein Kind von Traurigkeit, und ein paar Monate später wurde schon Jan gezeugt.

Hatte der berühmte Kerzenabend wirklich alles ruiniert oder war es doch das Kind gewesen? Keiner konnte es genau sagen, auch ihre gemeinsame Freundin Carola, die immer wieder vorbeikam, konnte die Bruchstellen nicht genau analysieren. Dagmar war dann in einen Vorort gezogen, wo ihre Eltern wohnten. Genauer gesagt, um die Ecke, in ein von den Eltern finanziertes Haus. Paula blieb allein in der Wohnung zurück. Das Zimmer von Dagmar blieb leer, ab und zu ließ sie einen Mann übernachten, der ihr gefiel, aber einziehen wollte sie partout niemanden lassen. Nach ein paar Monaten hatte sie genug, kündigte und nahm sich in der Altstadt eine kleine Wohnung. Sie hatte Dagmar in ihrem neuen Vorstadthäuschen dann doch ein paar Mal besucht und sich später auch den kleinen Jan angeschaut, war mit ihm durch den Garten gelaufen. Das verlief sich aber ziemlich schnell. Manchmal schrieben sie sich zum Geburtstag noch eine Karte, später eine SMS, aber außer diesen Glückwünschen passierte über zehn oder fünfzehn Jahre lang nichts.

Jetzt hatten sie sich nach langer Zeit einmal wieder verabredet, weil sie unabhängig voneinander beschlossen hatten, dem Job ade zu sagen. Dagmar war im Supermarkt zusammengeklappt und hatte sich geweigert, zum Psychologen zu gehen. Jedenfalls steckte ihr Paula die Visitenkarte eines Psychiaters in die Tasche, die wollte Dagmar zuerst zerreißen. Es sah schon wieder nach Streit aus. Es lag etwas in der Luft.

„Ich habe das Rauchen aufgehört, das ist gut", Dagmar konnte verdammt spitz sein. Paula antwortete nicht. Sie selbst war nie im Supermarkt umgefallen oder hatte zu zittern begonnen, obwohl sie noch immer rauchte. „Meine Mutter war damals dabei. Das war total peinlich." Paula stellte sich ihre eigene Mutter vor, wenn sie selbst einen Zitteranfall hätte. „Die Mutter, oh je, die will man da nicht neben sich haben." Das ärgerte wieder Dagmar. Warum ärgerte sie sich immer über alles?

„Du darfst das auch nicht auf die leichte Schulter nehmen." Was wollte denn Dagmar mit diesem Satz schon wieder? „Was willst du mir denn damit sagen? Ist das eine deiner Botschaften?" Paula war jetzt laut geworden. „Keine komische Botschaft, sondern die Wahrheit, die Wahrheit über dich. War das bei dir nicht auch so eine zähe Sache?" Dagmar konnte nicht aufhören. „Zäh?" – „Ich habe es nicht ganz verstanden, aber diese ewige Müdigkeit, die war doch nicht normal. Die hat dich doch ganz schön platt gemacht." – „Ach so, das meinst du. Das war ein Virus. Hat sich alles ein wenig in die Länge gezogen." – „Dass ich nicht lache! Du bist ja dann auch aus dem Laden ausgestiegen. War wahrscheinlich gut." Paula ärgerte sich so sehr, dass ihr die Lust am Spaziergang verging. Es war aber nicht nur die Lust. Ihr war, als würden ihre Beine wegknicken. Der Nebel hing noch immer über dem Kanal, aber die Luft erwärmte sich immerhin.

„Hast du dich nicht auf unserer Sizilienfahrt mit dem Reiseleiter aus dem Staub gemacht und mich mit dem Busfahrer sitzen lassen? Aber dann blieb mein Antonio und dein Reiseleiter war weg. Tut mir leid, ist mir nur gerade wieder eingefallen." Jetzt wurde diese öde Urlaubsgeschichte wieder ausgegraben, dachte Paula. – „Antonio ist wegen dir damals nach Deutschland gekommen. Gut hast du ihn dann aber nicht behandelt." – „Wer sagt denn das?" – „Er selbst hat mal Andeutungen gemacht. Bei jedem Wetter musste er mit dir radeln, nur weil du dir das eingebildet hast. Du hast ihn nur durch die Gegend gejagt, um ihn zu testen. Aber was sollte denn bei dem Test herauskommen? Sag, du erinnerst dich schon." – „Hat er sich bei dir beschwert?" – „Nicht direkt!" – „Ausgerechnet bei dir, du scherst dich doch normalerweise um niemanden." – „Wie meinst du das?" – „Wie meine ich das wohl? Jan und ich waren dir damals ziemlich egal. Du bist in die Stadt gezogen und hast jeden Abend Party gemacht. " – „Klar, warum nicht? Du wolltest doch mit dem Kind deine Ruhe und dann habe ich eben nicht mehr angerufen. Außerdem bin ich nicht als Erste aus unserer Wohnung ausgezogen." Das müsste reichen, dachte Paula. Ihr wurde langsam wärmer, sie glaubte zu brennen oder zu glühen.

Sie schwiegen eine Weile. Der Hund lief vorne weg. Er war jetzt die kleine Böschung hinuntergelaufen, wahrscheinlich Richtung Fluss. „Das mit Antonio hat mir später leid getan. Wir haben uns ja auch wieder versöhnt. Ich bin mit Kind und Kegel dann nach Sizilien gezogen." – „Das habe ich damals nicht verstanden. Das Kind war doch gar nicht von ihm." – „Das wusste er natürlich, hat ihm aber nichts ausgemacht." – „Nichts ausgemacht? Bist du dir da sicher?" – „Das war seine Mutter, die mich später nicht mehr mochte." – „Du hast doch einen Vogel. Was hast du denn erwartet?" – „Aber hattest du jetzt eigentlich wirklich nichts mit Werner an diesem Abend. Ich bin nach dem Spätdienst gegen zehn Uhr angekommen und ihr seid friedlich bei Kerzenlicht dagesessen. Eure Gesichter haben richtig geglüht." – „Gesichter geglüht? Was redest du denn da? Dieser Werner mit den langen Fingern? Niemals! Warum fängst du wieder damit an? Er hat damals nur diese Andeutung gemacht, damit du ihn aus der Wohnung wirfst und er als freier Mann nach Indien aufbrechen kann. Es war fies, diese Märchen in die Welt zu setzen." – „Das kann nicht sein!" – „Doch, das ist hundertprozentig so gewesen."

Dagmars Hund fing an zu bellen. Paula balancierte jetzt auf einem Ast. „Alle haben von Werners Indienplänen gewusst. Alle!" Dagmar ärgerte sich über Paulas Gerede. Sie wollte gerade Paula vom Ast stoßen, aber die sprang noch rechtzeitig herunter. Der Hund knurrte. Dagmar lief wütend voraus. Ihr Hund blieb eine ganze Zeit neben ihr, plötzlich war er nicht mehr zu sehen.

Hier hatte Paula geraucht. Mit Axel, ihrem ersten Freund, die Kim, die sie entweder der Mutter geklaut oder am Zigarettenautomaten vorne beim alten Lebensmittelladen gezogen hatte. Den Rauch in der Nase. Rauchen war Freiheit. Rauchen machte frei. Rauchen und denken, das kam zusammen. Sie sah Axel und sich, wie sie die Zigaretten in der Hand hielten und keiner der Spaziergänger sie da unten am Wasser sehen konnte.

Sie lief jetzt unter einer gebogenen Weide hindurch, rutschte ab, dachte an den süßen Geruch der Kim aus Mutters Etui. Wenn sie die Augen schloss, sah sie, wie Axel ihr die Hand reichte, um sie zu sich hochzuziehen. Er hatte struppige braune Haare und lange Fransen, die in die Augen hingen.

„Komm, lass uns gehen, sonst sehen sie uns noch rauchen." – „Du weißt, Axel, ich bin dabei." Sie glaubte seinen Kuss zu spüren, ein Kuss mit weichen Lippen, aus einem Gesicht noch ohne Bart.

Oder war es, weil sie und er weglaufen mussten. Der Kioskbesitzer vom ‚Glück am Kanal' war ihnen nachgelaufen. Ihnen, die sich doch ganz still verhielten. Sie wollten nur zusammen sein und ein bisschen ihre Ruhe haben. Das war doch nicht zu viel. „Ich gehe zur Polizei", rief er ihnen nach. „Eure Eltern sollten euch mal sehen." Und dann mussten sie schnell weg. Dabei wäre der Kioskbesitzer wahrscheinlich gar nicht zur Polizei gegangen, weil sie ihm egal waren. Er wollte einfach nur ungestört Eis und Bier verkaufen.

Sie waren gerade an seiner alten Hütte vorbeigekommen. Der Blitz hatte die Eiche neben dem Holzhäuschen getroffen und der Baum war auf den Kiosk gestürzt. Es musste richtig gekracht haben, das konnte man ein paar Tage später in der Zeitung lesen. ,Glück am Kanal' adieu.

„Ist bei dir alles okay?" Dagmar lachte neben ihr so ein doofes, nicht aufhörendes Lachen. Paula hatte Dagmar eingeholt. Sie wollte sie packen und schütteln, aber dann besann sie sich und lief lieber mit gesenktem Kopf eine ganze Weile direkt am Wasser entlang. Der Abschnitt zwischen Kanal und Fluss war früher eine verwilderte Wiese ohne diese ganzen Spaziergänger gewesen, eine Ecke, die nicht weiter beachtet wurde und später in das Aurbacher Wäldchen führte.

Paula lief schneller, sie war jetzt fast bei Dagmars Hund angekommen, der in einem fort bellte. Nur Dagmar beeilte sich nicht. Juri hatte irgendetwas entdeckt, das er ihr zeigen wollte.

Gräser wie langstielige Kerzen zwischen Kieselsteinen breiteten sich immer mehr aus. Der Hund ließ nicht locker. Er lief wieder los, quer über die vom Fluss gewaschenen Steine. Er bellte kräftiger, er wollte, dass sie ihm folgten. Gleich war Paula bei ihm angekommen. „Juri, Juuuuri, komm zurück!", schrie Dagmar von hinten. Jetzt hatte Paula Juri endlich erreicht. Als sie ihn gerade streicheln wollte, sah sie die zwei Körper auf der Kiesbank liegen. Das waren junge Typen, nicht besonders groß, eher zart von Statur, die scheinbar schlafend übereinander lagen. Als hätte sie jemand im gleichen Moment umgestoßen. Man konnte fast an eine Inszenierung denken, wie sie da lagen. Wäre nicht der Hund gewesen, hätte es bei diesem Anblick eine besondere Stille gegeben. „Hallo", rief sie. „Hallo! Was ist mit euch? Kann ich helfen?" Ihre Stimme kam ihr hier einsam vor. Sie musste schreien. Sie musste versuchen, die Jugendlichen aufzuwecken. „Ha-llo, hall-llo!" Sie beugte sich etwas nach unten.

„Dagmar, Daaaag-mar! Schnell! Hier auf der Kiesbank liegen zwei Typen." Die zwei Typen waren auf keinen Fall tot. Wenn man genau auf ihren Brustkorb sah, konnte man ihre Atmung beobachten. Das war gut, trotzdem wusste sie nicht, was genau mit ihnen passiert war.

Paula ging richtig in die Hocke. Sie war Halbleblosen noch nie so nahe gekommen. Sie beugte sich über sie. Kein Alkohol, kein besonderer Geruch, das war eigenartig. Irgendetwas musste sie doch komplett umgeblasen haben. Sie waren wie in stiller Übereinkunft zusammengeklappt. Nach einer Schlägerei sah es auch nicht aus. Am ehesten kämen Drogen in Frage. Und was sollten sie und Dagmar jetzt tun?

Ließ Dagmar sich absichtlich so viel Zeit? Sie klatschte in die Hände. „Dag-maaar! Daaag-mar, Beeilung!" Das müsste sie hören, das war jetzt am frühen Vormittag hier jenseits der Stadionstraße in der Natur richtig laut. Der Hund war wieder davongelaufen. Wäre Juri nicht gewesen, hätte sie überhaupt nichts gesehen. Aber Juri war Dagmars Hund, das sollte sie mal schön bedenken.

Paula wollte sich jetzt aber nicht drücken. Der Hund rannte hin und her. Das mit dem Krankenwagen könnte auch übertrieben sein. Man wusste doch gar nicht, was genau richtig war, deshalb fuhren wahrscheinlich so viele an den Unfallstellen vorbei. Mit einer Fußspitze berührte sie ganz sachte den Fuß des blonden Jugendlichen, anschließend schob sie den Fuß unter seine Rippen. Bewegte er sich jetzt oder bildete sie sich das ein? Der Kopf ging plötzlich etwas zur Seite wie bei einer Gummipuppe. „Hallo, braucht ihr Hilfe? Hallo! Hier sind wir!" Aber es kam keine Reaktion. Vielleicht stellten sie sich schlafend oder waren in irgendeinem anderen Bewusstseinszustand. Die normalen Spaziergänger kamen später und die Hundeläufer hatten längst ihre Pflicht getan. Früh morgens war es frisch und Ende August rückte schon der Herbst an. Sie überlegte, ob sie ihre Jacke ausziehen und dem Kleineren von beiden unter den Kopf legen sollte.

Das waren Momente, die sich keiner wünschte, außer denen, die wahnsinnig gerne zupackten, aber die waren selten, und meist trafen zuerst Leute wie sie und Dagmar ein. Die ließ sich aber noch immer nicht blicken. Es könnte sein, dass sie das absichtlich tat.

„Komm mal! Komm bitte! Vielleicht haben wir nicht viel Zeit. Hier liegen zwei Jugendliche. Das musst du dir ansehen."

Dagmar stand auf einmal neben ihr. „Hier liegen sie und ich schreie schon eine Viertelstunde nach dir." – „Das stimmt doch gar nicht. Du willst mir jetzt ein schlechtes Gewissen machen." – „Das war doch eindeutig." – „Du kannst mich mal."

Dagmar sah plötzlich aus, als würde sie gleich weglaufen. „Halt! Du musst jetzt hier bleiben! Was machen wir denn nun mit ihnen? Sie riechen nicht nach Alkohol. Es muss etwas anderes passiert sein. So wie sie da liegen, sind sie vielleicht aufeinander gefallen." Dagmar wirkte teilnahmslos. „Wir müssen doch etwas machen!" – „Was möchtest du denn machen? Lass sie einfach schlafen. Sie leben doch. Wahrscheinlich zu viel Drogen eingeworfen." Das konnte man sich vorstellen. Hinten war nur ein Wohngebiet, aber es könnte sein, dass sie vorher auf einer Party im alten Stadion gewesen waren.

„Mir ist das egal. Ich ruf jetzt den Rettungswagen." Dagmar zog ein Gesicht, blieb aber ruhig. „Du hast doch auch einen Sohn." – „Ich würde ihn in dieser Situation nicht retten. Quatsch! Was willst du denn von mir hören?"

Paula wählte 112 und wurde verbunden. Ganz ruhig beschrieb sie den Platz, wo die Jugendlichen lagen. Ob sie sich bewegten, fragte jemand am anderen Ende der Leitung. „Sie leben, aber mehr kann ich Ihnen nicht sagen. Wahrscheinlich Drogen, aber man weiß ja nie genau. Ich möchte keinen Fehler machen."

Als sie aufgelegt hatte, richtete sich einer der Jugendlichen langsam auf. Dagmar und Paula gingen einen Schritt zurück. Nach einer Weile drehte er den Kopf zur Seite. Er übergab sich.

Paula wusste nicht mehr, ob sie jetzt notwendig oder überflüssig war. Es würgte sie. „Er braucht ein Taschentuch", stieß sie hervor. – „Willst du ihm den Kopf halten?" – „Ich halte keinen Kopf und wenn schon", wollte Paula sagen, herauskam aber nur ein leises Murmeln. Dagmar stand breitbeinig da, wie eine Supersiegerin, wie eine, die alles im Griff hat. Ihr Hund stand daneben und machte keinen Mucks.

Der andere Junge drehte sich jetzt zur Seite und schloss wieder die Augen. „Vielleicht gehen wir mal langsam weiter. Du hast ja den Notruf getätigt." Paula trat von einem Fuß auf den anderen, während der Jugendliche, der gekotzt hatte, langsam nach hinten kippte.

Sie erinnerte sich, dass sie mit ihrem Schlitten einmal direkt in einen Jungen gefahren war. Die Schlittenkufen hatten sich verhakt und er war vom Schlitten geschleudert worden. Er hatte dagelegen, wie die zwei jetzt da lagen, nur dass es jetzt keinen Schnee gab. Komischerweise war ihr selbst nichts passiert, nur die Hand hatte etwas geschmerzt, aber das erzählte sie den Eltern nicht. Sie wusste bis heute nicht, warum sie so ungeschickt gewesen war. Ihr schlechtes Steuermanöver wollte sie auf jeden Fall vertuschen, deshalb hatte sie ihren eigenen Schlitten, so schnell es ging, wieder nach oben gezogen. Der Junge folgte ihr nicht, wahrscheinlich lag er noch im Schnee, als sie schon wieder oben war.

„Die paar Minuten wird gewartet." Dagmar wirkte erstaunt, blieb aber stehen. Paula stand jetzt ganz aufrecht da. Sollte sie noch etwas tun? Nein, gleich würden die Sanitäter eintreffen.

Zugegeben, sie hätte sich früher mehr für Dagmars Sohn interessieren können, dann hätte sie jetzt nicht so steif vor den Jugendlichen gestanden, aber vorhalten konnte Dagmar ihr das alles natürlich nicht.

Vorne konnte man den Rettungswagen kommen sehen. Er fuhr nicht besonders schnell. Würde er einfach den Weg durchfahren, anschließend quer über die Wiese? Paula winkte mit beiden Armen. Der Rettungswagen zuckelte über den Parkplatz für Wohnmobile, überquerte anschließend das Gleis der Lokalbahn und fuhr dann den Weg neben dem Kanal entlang. Die beiden Jugendlichen bewegten sich wieder. Sie stützten sich jetzt gegenseitig, um auf die Beine zu kommen. Sie hielten sich aneinander fest, kein Blick Richtung Paula oder Dagmar. „Hallo, alles okay?", fragte Dagmar, die

Arme in die Hüfte gestützt. Nichts! Paula streckte die Arme aus, aber keine Reaktion. Sie wurden nicht einmal eines Blickes gewürdigt.

„Ihr müsst warten. Gleich kommt jemand." Das war das Signal. Sie fingen an zu laufen, ohne sich noch einmal umzudrehen. Sie waren bereits am Fabrikkanal angekommen. Immer noch stützten sie sich gegenseitig. Als der Rettungswagen vor Dagmar und Paula stand, deuteten sie nur die Richtung an.

„Lass uns auf die Sanitäter warten. Sie kommen sicher gleich mit den Jugendlichen zurück!" Dagmar wirkte mürrisch, widersprach aber nicht. Sie setzten sich auf einen Stein und sahen zum Fluss hinunter. „Du hast ihren Zustand überbewertet, aber ich kann das schon verstehen. Du hast ja keine Kinder." – „Das hat doch damit nichts zu tun." – „Wir hätten gar nicht hierherkommen sollen. Wir waren noch nie hier spazieren. So früh war ich außerdem nur alleine mit meinem Hund unterwegs. Aber du wolltest das Treffen in aller Früh, weil du am Nachmittag ausgebucht bist. Den Morgen verbringt man besten ganz alleine." Paula atmete tief durch.

Mit Dagmars Sohn traf Paula überhaupt keine Schuld, das war schon mal klar. Das Kind war viel zu früh gekommen und sie hätte es ja auch nicht kriegen müssen. Sie war ihr nichts schuldig, und das mit den Männern war komplett ausgeglichen. „Ich habe lediglich die 112 angerufen. Das ist ja keine große Sache.", sagte sie. Paula wartete. Sie war froh, dass Dagmar jetzt nicht weiter bohrte. Sie saßen noch immer auf dem Stein. Der Nebel hatte sich längst verzogen und die Sonne zeigte sich. „Siehst du, da kommen deine Sanitäter wieder."

Der Rettungswagen fuhr langsam an ihnen vorbei, und obwohl Paula winkte, hielt niemand an. „Das können die doch nicht machen. Wir haben sie schließlich gerufen und alles richtig gemacht." Dagmar ärgerte sich auch, das konnte man sehen. Sie war Spezialistin im Beleidigtsein, das hatte Paula beim Zusammenwohnen herausgefunden. „Sie müssen uns doch sagen, was mit ihnen los ist." – „Müssen sie nicht, Datenschutz." Dagmar zog eine Nagelfeile aus der Tasche.

„Ich muss langsam los." Paula wollte endgültig aufbrechen. – „Stimmt's, du musst dich auf deinen Termin vorbereiten." Dagmar hatte die Feile wieder eingesteckt. Sie stand jetzt mit ihrem Hund vor Paula. „Mach's gut." Dagmar ging weg, ohne groß zu lächeln.

Paula hob den Kopf. Sie war doch eine ganz eigenständige Person, die Hilfe holen konnte, wenn sie es für notwendig hielt, oder etwa nicht? Sie war jetzt wieder bei den eisernen Brücken angekommen, Dagmar saß bereits im Auto, irgendwo mitten im Stau.

Sie war ruhiger geworden. Sie hätten vielleicht nie zusammenziehen dürfen. Dann war Dagmar auf einmal weg und sie alleine in dieser gesichtslosen Wohnung zurückgeblieben.

Auf dem Parkplatz hatte tatsächlich der Rettungswagen geparkt. Er stand da, als gäbe es in der Stadt nichts für ihn zu tun. Hatten sie die Jungs schon versorgt oder war das ein anderer Wagen? Ein Sanitäter lehnte am Auto und rauchte eine Zigarette. „Waren Sie gerade hinten am Fabrikkanal?" – „Ja, schon. Alles okay." – „Aber das war doch höchstens eine halbe Stunde?" – „Die Jungs sind einfach abgehauen. Wir sind noch einige Zeit den Weg entlanggefahren. Wahrscheinlich haben sie sich ziemlich schnell erholt." – „Sie haben nicht einmal nach Alkohol gerochen." – „Jetzt gibt es viele Kräutermischungen, die man im Internet bestellen kann, da riechen Sie nichts. Oft kann man nicht einmal im Blut etwas nachweisen und weiß dann gar nicht, wie man genau helfen soll." – „Ach so. Und was machen sie hier? Pause?" Der Sanitäter nickte. Jetzt kam sein Kollege, aber der sah sie nur an, ohne irgendetwas zu fragen. „Haben Sie uns vorhin gerufen?" – „Ja." Sie sah dem Mann in die Augen, der einen Thermosbecher in der Hand hielt.

Langsam lief sie die Stadionstraße entlang. Am alten, ungenutzten Stadion wurden alle Fußballspiele auf einer großen Leinwand übertragen. Da hing ein altes Plakat mit den Terminen der wichtigen Spiele. Sie sah auf ihr Handy und bemerkte, dass sie mit Dagmar vor ihrem Treffen lange gar keinen Kontakt gehabt hatte. Mindestens ein Jahr her, dann auch nur zweizeilige Geburtstagsgrüße.

Hatte nicht sie das Treffen gewünscht? In Wahrheit interessierte sie Dagmar gar nicht so sehr. „Einer ist dem anderen fremd", hatte sie einmal zu ihr gesagt. Das war vielleicht nicht besonders taktvoll gewesen.

Als sie zu Hause angekommen war, legte sie sich auf ihr Bett, zog sich langsam aus und dachte an Axel, an ihren Axel, der ihr die erste Zigarette zwischen die Lippen gesteckt hatte. Er würde ihr später die Kippe aus der Hand nehmen und sie hinter die Steine führen, die an dieser Stelle besonders groß waren. Er trug diesen quer gestreiften, eng anliegenden Pullover. Sie hatte auch einen gerippten Pullover in Orange, Blau, Beige. Axel war älter, so alt, dass man ihn richtig als Freund haben und sich verlieben konnte. Das wusste sie ganz genau. Er war auf jeden Fall der reifste Junge seiner Klasse. Das hatten auch ihre Freundinnen sofort verstanden. Sie hatte jetzt das Bild von der Schulhoflinde vor Augen, als er fast die ganze Pause neben ihr gestanden hatte und alle sie beide hatten sehen können. Ihre Hand nahm er nicht, das tat er später am Fluss, wo sie heute mit Dagmar und dem Hund spazieren gegangen war.

Sie war das erste Mädchen, seine erste Freundin auf jeden Fall, das hatte er zu ihr gesagt. Axel, ihr Axel lag neben ihr. Sie schoben ihre gerippten Pullis nach oben. Sie atmeten tief, zwei Bauchnabel vor der Berührung. Wieder schloss sie die Augen, um ganz bei Axel am Fluss zu sein. Sie lagen hinter den Steinen und er hatte sogar seine Cordjacke unter ihren Kopf gelegt. Sie wollten ganz alleine sein, endlich ihre Ruhe haben. Später hätten sie alles ausprobiert und sie würden es wieder tun und sich andere Plätze suchen. Plötzlich waren sie in einem großen Park, dann in London auf einer Reise und dann auf einem Schiff, und es waren immer sie beide. Weit weg wären sie trotzdem jung geblieben.

Sie sah die Jugendlichen vor sich, wie sie vor den Johannitern flohen, und sie sah Axel, der an dem Brückenpfeiler stand, wo oben die Stadionstraße entlangging. Sie stellte sich vor, wie sie die dunkelbraune Cordhose ausziehen würde, die gelben Clogs hatte sie längst abgestreift. Ihr war es egal, ob Leute kamen, sie machte immer weiter, erst bei sich, dann bei ihm. Er wartete doch schon darauf.

Das Zimmer begann sich zu drehen. Sie lag noch immer auf dem Bett. Ganz nackt, ganz allein, nur die Beine gingen wie bei einer Schere auseinander. Axel hatte keine haarige Brust, aber Antonio aus Sizilien hatte eine haarige Brust, da war sie sich ganz sicher, obwohl sie mit dem wirklich nichts hatte. Axel hatte Augen, die blau waren, wie wunderbare Murmeln. Sie schloss wieder die Augen, weil sie dann sein Blau besser sehen konnte. Jetzt tauchten die Jugendlichen schon wieder auf. Nichts war passiert, die Sonne schien. Dagmar und Paula hatten ihre Sonnenbrillen aufgesetzt und standen am Kiosk ,Glück am Kanal', um sich ein Eis-Sandwich von Schöller zu kaufen.

DAS KÖLN KONZERT

Es war eher ein großer Zufall, von seinem Tod erfahren zu haben. Ich saß in der Frühlingssonne am Brunnen unseres Stadtmarktes, die ersten Sonnenstrahlen nach einer langen Winterpause genießend, nachdem ich das fiese Virus besiegt hatte, das einen ewig müde hält.

Da kam Frank. Vermutlich war es das gute Wetter, das ihn auf die Idee brachte, sich eine Weile neben mich auf den noch zugedeckten Brunnen zu setzen. „Sonnst du dich? Ich mich jetzt auch." Kurz darauf stand er schon wieder auf, ging ein paar Schritte, kam wieder zurück. Wir schwiegen eine Weile, nur die Sonne genießend. „Du kennst doch Hubert, den Gitarristen von ‚Rebecca'? Von früher müsstest du ihn eigentlich kennen!" Mein Körper machte eine schnelle Drehung. „Ja, ja klar, kenne ich den! Wir haben uns sogar nach all den Jahren einmal verabredet. Aber was ist mit ihm?" – „Hubert, ja". Mir fiel wieder unser letztes Treffen ein. Frank hüstelte leicht. „Er lebt nicht mehr. Er ist in Griechenland ums Leben gekommen. Beim Surfen einfach abgetaucht, stell dir vor! Ein Herzinfarkt, haben die griechischen Mediziner gesagt. Das ist allerdings schon vor einem halben Jahr gewesen. Anfang Oktober ist er mit seiner Frau nach Lesbos geflogen. Außer Rita war niemand dabei. Sie musste anschließend alles mit den griechischen Behörden regeln."

Er sagte dann noch etwas von einer Überführung, aber ich hörte nicht mehr so genau zu. Als ich mich ihm wieder zuwenden wollte, war er verschwunden. Ich erhob mich, weil es kühler geworden war. Zu Hause drehte ich sofort die Heizung auf. Ich war froh, heute den ganzen Tag alleine zu sein, weil Harry auf einer Fortbildung war.

Tatsächlich habe ich Hubert vor zwei Jahren immer wieder vor dem Konservatorium stehen sehen. Ich scheute es, ihn einfach anzusprechen, weil ich mich damals aus dem Staub gemacht hatte. Eine E-Mail erschien mir die beste Form. Hubert wunderte sich über meine Nachricht, war aber sofort bereit, sich zu verabreden. Es war wie damals nach seinem Musikunterricht.

Wir hatten uns kennengelernt, als ich sechzehn oder siebzehn war. Ich hatte damals mehrere Musiker gefragt, ob sie Interesse hätten, für einen guten Zweck aufzutreten. Es ging um die Indianer Nordamerikas. Die Einnahmen des Konzerts sollten an eine indianische Schule fließen. Ich fragte ‚Mephisto‘, ‚Lehmann‘ und ‚Rebecca‘, die bekanntesten Bands in der Region, außerdem den Liedermacher Bernd Lutzenhofer. Die Anfrage löste bei den Musikern Bewunderung aus, ein bisschen Spott war aber auch dabei. Bei ‚Rebecca‘, damals meine Lieblingsgruppe und eine echte Größe in der Region, hatte ich Bedenken, dass ich die Verhandlungen vermasseln könnte. Ihr Verhandlungspartner war ein nervöser Typ, der Armin hieß, aber dann kam der Gitarrist dazu und wir konnten uns einigen. Das war Hubert. Bei der Band ‚Mephisto‘ hatte ich eher ein komisches Gefühl, aber ihre Musik kam bei den Leuten ziemlich gut an, mit viel Nebel und Stroboskop.

Es war ein Saal, in den achthundert Zuschauer passten, und nur wenige Stühle blieben frei.

Ich las zur Einführung, leicht zittrig, einen Text von einem eng beschriebenen Zettel ab. Das eingenommene Geld war für eine Schule bestimmt, die ihre Schüler in den einzelnen indianischen Sprachen unterrichtete. Religion und Brauchtum spielten auch eine große Rolle. Ich hielt mich nicht besonders kurz, drehte sogar auf, weil die üble Situation der Indianer unter die Haut gehen sollte. Anschließend spielten die Bands.

Es war ein super Konzert, fanden die meisten Besucher. ‚Mephisto‘ hatte aber beschissen, weil sie Ausgaben vorgetäuscht hatten, die sie nie und nimmer hatten. ‚Rebecca‘ bestand darauf, die Abrechnung an einem anderen Tag zu machen, weil alle Musiker nach dem Konzert schnell wegmussten, mit der Band ‚Lehmann‘ und dem Liedermacher gab es keine Probleme.

Am nächsten Tag fuhr ich nach dem Nachmittags-unterricht der Schule mit dem Fahrrad sofort in die Innenstadt. Es war eines dieser altbackenen Cafés, das Hubert von ‚Rebecca‘ vorgeschlagen hatte.

Hubert, langes blondes Haar, alles in allem ein ange-nehmer Typ! Er musste nicht im Vordergrund stehen, dauernd quatschen, und was er im Café sagte, war ganz nach meinem Geschmack. Er erzählte ein bisschen von der Band und davon, dass er in einer Musikschule Unterricht gab. „Wir leben alle auf dem Land, ungefähr vierzig Kilometer von hier. Zwei Familien, bald drei, kannst du dir das vorstellen?“ Ich konnte mir Familie überhaupt nicht vorstellen, weil mir meine Eltern und meine Brüder total auf die Nerven gingen. „Martin, der Saxophonist, wohnt auch bei euch draußen? Der Bruder von Armin, richtig?“ – „Ja, genau! Er ist Krankenpfleger, kein Musiker von Beruf. Das ist vielleicht gar nicht schlecht.“

Ich spielte mit dem Kaffeelöffel. Draußen lief Eva vorbei, die gerade in Ethik neben mir gesessen hatte und mich vielleicht jetzt beim Kaffeetrinken sah. Mir fiel auf, dass Hubert mich immer wieder ansah, aber ich dachte auch an Dominik, mit dem ich gerade zusammen war und der mir großartige Fotos vom Konzert versprochen hatte. „Kannst du eigentlich auch einmal am Abend ausgehen?", fragte Hubert, als wir aufbrachen. „Ich – meinst du? Ich, kann eigentlich machen, was ich will." Er hatte mich so angesehen, als hätte er Einschränkungen befürchtet, aber da kannte er mich schlecht, ich durfte mehr als meine Freundinnen, da war mein Vater ausnahmsweise mal lässig. Wir brachen dann ziemlich schnell auf und ich beschloss, meinem Freund Dominik nichts davon zu erzählen. Hubert hatte mich gar nicht gefragt, ob ich einen Freund hätte, aber er wiederum hatte gleich von Frau und Sohn erzählt, was mir ziemlich übertrieben vorkam.

Ich traf meinen Freund. Natürlich lief ich wieder Dominiks unangenehmem Vater über den Weg, der einmal meinte, dass er aufs Gas gestiegen wäre, wenn er mich auf der Straße erkannt hätte. Er lachte über seinen Scherz, ich aber nicht. Immer wieder diskutierte ich mit meinem Freund, aber eigentlich war der Vater das Problem. Das machte mich so wütend, dass ich Dominik bei einem Spaziergang anschrie, warum er mich denn nicht besser verteidigen würde? Aber er wollte mich nur beruhigen, dabei kam blah, blah, blah aus seinem Mund.

Ich hatte erst nach einiger Zeit erfahren, dass Dominik noch eine Schwester hatte, die allerdings nicht mehr lebte. „Das war Selbstmord wegen der Schule", viel mehr brachte ich aus ihm nicht heraus. Ich war so geschockt, dass ich den Eltern, die ich dafür verantwortlich machte, nicht mehr über den Weg laufen wollte.

„Wir können uns in Zukunft nicht mehr bei dir treffen, das ist mir alles zu unheimlich bei euch zu Hause", sagte ich eines Nachmittags. Jetzt endlich wagte ich mich vor. „Nein, das ist Einbildung. Meine Eltern haben nichts gegen dich." Dominik hatte gar nicht aufgeschaut, sondern nur die Fotos sortiert, die er gerade in seiner Dunkelkammer vergrößert hatte. „Schau mal, du bei deiner Rede, dann kam ‚Lehman'. Das war gar nicht so übel, vielleicht hättest du noch mehr ins Publikum schauen können." Ich stand vor dem Mikrofon und las den Text über die Indianer. Es gefiel mir, da auf der Bühne zu stehen, auch wenn ich ein kleines Doppelkinn hatte, das auf der Schwarz-Weiß-Aufnahme nicht zu übersehen war.

Ehrlich gesagt, gefiel es mir, dass Dominik ein Foto nach dem anderen von mir schoss. Einmal hat er mich mit Andrea-Maria auf dem Deck eines Parkhauses aufgenommen. Wir sind mit fliegenden Haaren über das Deck gerannt, da hat er uns in voller Bewegung fotografiert, anschließend haben wir uns hingelegt, ich mit ausgestreckten Armen und leicht geöffnetem Mund wie in einer Filmszene, und er hat alles festgehalten.

Dominik und ich gingen dann fast nur noch zu mir, obwohl es mir eigentlich nicht so gut gefiel, aber schlimmer als bei ihm war es auf gar keinen Fall. Meine Eltern hatten nichts gegen ihn, und so konnten wir über Stunden in meinem Zimmer sein. Einmal rief sein Vater an und sagte zu meinem Vater, dass ich seinen Sohn verführen würde, aber das beeindruckte meinen Vater nicht, so dass wir wieder unsere Ruhe hatten und alles ausprobieren konnten, aber man hätte nach meinem Geschmack schon etwas mehr machen können.

Dann rief Hubert an. Es war ein ganz normaler Werktag, als plötzlich das Telefon klingelte. „Es ist für dich!" Ich riss die Tür auf und stand schon neben meiner Mutter. „Es ist ein Mann, kein Jugendlicher", hörte ich sie sagen. „Hallo, hier spricht Hubert." Ich hatte eigentlich nicht mehr damit gerechnet. Auf keinen Fall zu viel Freude zeigen, immer zurückhaltend bleiben, ging mir durch den Kopf. „Hallo, ja klar, Hubert. Ich weiß schon! Geht es dir gut?", fragte ich leise. Meine Mutter war in der Küche und sollte auf keinen Fall zuhören. „Stehst du in der Telefonzelle?", fragte ich ihn, weil es so klang, als würde er ein weiteres Geldstück einwerfen. „Ja, ich habe gleich wieder Gitarrenunterricht. Ich wollte fragen, wann können wir uns sehen?" Ich antwortete nicht sofort. „Geht es nächsten Dienstag? Bei mir geht es leider nur am Dienstagabend." Ich schwieg, um ihn ein bisschen hinzuhalten, weil ich komplett nachgeben musste. „Ja gut, dann nächsten Dienstag." – „Ich würde dich abholen, dann können wir irgendwohin gehen." – „Abholen wieso? Gut, abholen geht auch!" Ich nannte ihm die Adresse und sagte, dass er nur einmal klingeln müsse, ich käme dann schon.

Wir hatten für die indianischen Schulen eine ordentliche Summe zusammenbekommen, die ich über einen Journalisten in München weiterleitete.

Nach einiger Zeit kam ein Dankesschreiben aus den USA, aus South Dakota von der Red Cloud Indian School. Mein Engagement bröckelte etwas, weil ich tausend andere Dinge im Kopf hatte, aber den Brief las ich sofort beim monatlichen Treffen unserer Unterstützungsgruppe vor. Ich sagte zu den Mitgliedern, dass ich mich ein wenig zurückziehen würde. Den Grund würde ich später nennen.

Dominik mit dem idiotischen Vater war auch nichts, was ich auf Dauer gut gebrauchen konnte, schrieb ich abends in mein Tagebuch. Ich hatte noch die Wohngemeinschaft in der Nähe, aber neulich waren alle so bekifft, dass ich gleich wieder abgezogen war. Es war gerade so viel los, dass ich mich um die Schule kaum mehr kümmern konnte.

Meine Eltern fragten manchmal, wo ich gerade herkäme, aber im Grunde war es ihnen fast egal. Meine Mutter hatte nur einmal gesagt, dass Dominik so hübsch sei und ihr auch gefallen würde, aber den Kommentar fand ich ziemlich doof.

Es war der Sonntag, der vor dem Dienstag lag. Ich hatte beschlossen, vormittags etwas für die Schule zu arbeiten und dann zu Dominik zu gehen. Es sollte das letzte Mal sein. Ich hatte alles innerlich vorbereitet. Ich musste nur noch bis zum Nachmittag warten, dann über die Bahnbrücke, rechts abbiegen, anschließend links in die Veithstraße, bis zum großen grauen Haus mit den geschmacklosen Balkonen.

Die Wohnanlage war 1970 gebaut worden, stand in Buchstaben auf der grauen Mauer. Im zweiten Stock wohnte Dominik mit seinem kleinen, schüchternen Bruder, der toten Schwester und den befremdlichen Eltern. Ich benutzte immer den Aufzug, weil mir das Treppenhaus zu dunkel war. Im zweiten Stock musste ich dann die braunen Holztüren abzählen, dann war ich da, die vierte Tür links.

Es herrschte Grabesstille, als ich die Wohnung betrat, nur aus dem Wohnzimmer der Eltern drangen gedämpfte Stimmen. „Hallo, Dominik, bist du da?", fragte ich in die Wohnung hinein. Cat Stevens sang leise, das erleichterte. Dominik war gerade mit der Reinigung seines Kameraobjektivs beschäftigt. „Ganz schön verliebt in die Fotografie." Ich setzte mich auf sein Bett, stand aber sofort wieder auf und lief in seinem Zimmer auf und ab. Er war schon mit dem nächsten Objektiv beschäftigt. „Ich habe einen neuen Mann kennen gelernt, der ist sehr in mich verliebt." Ehrlich gesagt, hatte ich bisher keine Ahnung, was das mit dem neuen Gitarristen werden würde. Bei Dominik regte sich nichts. Er würde wahrscheinlich in zwei Jahren noch in diesem Zimmer hocken und seine Fotoobjektive putzen. „Woher weißt du denn das schon so genau?" – „Das spüre ich. Außerdem will ich nicht so lasch weitermachen." Er fragte nach einer Begründung, aber ich wollte nur weg. Dass ich seinen Vater nicht ausstehen konnte, wollte ich ihm natürlich nicht sagen. – „Dann ist es wegen meiner Eltern?" Ich schwieg und zählte die Sekunden, wie beim Schluckauf, da hielt ich auch immer die Luft an und zählte, weil er dann am besten wegging. „Tut mir leid, aber die Luft ist raus!" Jetzt zum ersten Mal war sein Blick so softig, dass ich es fast nicht aushalten konnte. Schnell verließ ich die Wohnung. Er blieb zurück, völlig unvorbereitet. Zugegeben, das war brutal, aber es erleichterte mich sofort.

Ich lief durch das Viertel, dann über die Eisenbahnbrücke, unter mir raste ein Güterzug durch. Ich hielt mir die Ohren zu und lief Richtung Park. Die Tischtennisplatten waren beide besetzt, die Spieler von früher waren verschwunden. Ich lief schneller, so schnell, dass ich meine Tränen gar nicht spürte, weil sie gleich salzig im Gesicht trockneten. Es war ja nur der Ärger über die Dominik-Familie. Wie ein dicker Pickel würde auch der Ärger mit der Zeit vergehen.

Cat Stevens ‚Morning has broken' pochte in meinem Kopf. Typisch, dass ihm diese Musik gefiel. Janis Joplin mochte er nicht, hätte aber auch nicht gepasst. Auf den Wegen im Stadtpark sah ich Kinder wie Roboter neben ihren Eltern. Es war der Sonntag, der verflixte Sonntagnachmittag.

„Bist du schon wieder da?" Es gab ein ‚schon' Dasein oder ein ‚erst' Dasein und am besten war es, man hörte es nicht. Von meinem Zimmer aus starrte ich in den Garten hinaus, sah Vögel auf einem Ast sitzen und wieder davonfliegen. Dann griff ich zum Tagebuch. „Heute haben Dominik und ich Schluss gemacht. Jetzt muss ich nicht mehr seinen ollen, fiesen Vater treffen, das ist ein echter Vorteil."

Die Katze sprang vom Zwetschgenbaum auf die Fensterbank, nach einer Weile öffnete ich das Fenster, um sie ins Zimmer zu lassen. Sie strich um meine Beine, bis ich sie in der Küche fütterte. Meine Mutter kochte etwas, aber ich sah nur der Katze zu, die einen ungemeinen Berg Futter in sich hineinschlang, ohne auch nur einmal den Kopf zu heben. Als sie fertig war, putzte sie sich und verschwand. Ich wäre jetzt auch gerne mit ihr verschwunden, hatte aber versprochen, dass ich zum Essen bleiben würde.

Meine Eltern hatten keine Ahnung, und ich war stolz, dass sie überhaupt keinen Durchblick hatten, aber bei meinem Bruder war das anders! Der erzählte wirklich jede Kleinigkeit! Immerhin, ich hatte ihm streng verboten, etwas von mir auszuquatschen. Sein Gerede war manchmal ein wenig undurchsichtig, deshalb wollte meine Mutter von mir alles wissen, aber von mir erfuhr sie nichts, eine alte Regel! Ich redete schon mit ihr, aber den gleichen Mist, den sie mir erzählte, drehte ich um, dann blickte sie nicht mehr durch und ich hatte meine Ruhe.

Am Dienstag holte der Gitarrist von ‚Rebecca' mich ab. Ich freute mich riesig! Wir hatten ausgemacht, dass er an der Haustür klingeln und ich anschließend das Haus verlassen würde, ohne dass er noch einmal aussteigen müsste, was schon ein wenig komisch war, aber mir von Anfang an gefiel, weil keiner aus der Familie dann gaffen oder kommentieren konnte.

„Ich bin dann weg!", rief ich und schwebte durch die Dunkelheit in Richtung des gegenüber parkenden R4. Im Dunkel sah ich Huberts feine Zahnlücke, als er zur Begrüßung lächelte. „Schön, dass du Zeit hast." Ich strahlte auch, wollte mich aber zurückhalten. Er schlug eine Kneipe vor, die ein wenig außerhalb lag.

Den Dienstagabend nach seinem Musikunterricht könnte man beibehalten, so hatte ich den Rest der Woche noch für anderes frei. Die Rockmusik in der Kneipe war die, die ich auch zu Hause auf meinem Tonband hörte, nur ein bisschen erweitert. Wir saßen ganz eng auf dem Sofa, redeten über dies und das. Von der Schule erzählte ich nicht viel, eher von anderen Erfahrungen. Es kam mir so vor, als würde er bereits übers Küssen nachdenken, zögerte aber noch. Ich stellte mir den Kuss mit ihm gefühlvoll vor. So wie er mich zwischendurch ansah, würde er leidenschaftlich, aber nicht zu gierig werden.

Ich erzählte etwas über die Indianer, aber er hörte mir nicht lange zu, sondern kam schnell auf Indien zu sprechen. Indien, ein beeindruckendes Land, und seine Musik sei unglaublich spannend! „Du warst schon da? Also hast du die Sitar von dort mitgebracht?" Ich kannte nur das ,Concert for Bangladesh' mit Ravi Shankar an der Sitar. Mein Bruder hatte die LP vor kurzem ange-schleppt, wahrscheinlich geklaut, weil bei ihm in letzter Zeit so viele neue Platten dazugekommen waren. Den Namen ,Ravi Shankar' ließ ich geschickt ins Gespräch fließen. Alles in allem begann ich den Abend zu genie-ßen. Er erzählte jetzt von seiner eigenen Musik, und dass er ständig Ideen für ein neues Musikstück habe, aber die Proben mit den anderen Musikern lästig seien. Er sei ein zu großer Perfektionist! „Du bist bekannt wie ein bunter Hund. Schau dich mal um!" Er reagierte nicht, ich aber sah, dass die anderen zu uns hersahen. Dominik traf ich noch ein letztes Mal, weil er mir weitere Fotos vom Benefizkonzert versprochen hatte, Bilder von ‚Lehmann', Bernd Lutzenhofer, von ‚Mephisto' mit dem verrückten Schlagzeuger, der mich beschissen hatte, und dann natürlich von ‚Rebecca' mit Hubert an Gitarre und Sitar.

Wir saßen in meinem Zimmer, hielten die Köpfe gesenkt und tranken Tee aus meinen braunen Teetassen. Am Ende sagten wir fast nichts und ich fragte mich, warum er die Fotos nicht einfach in den Briefkasten gesteckt hatte.

Als ich das nächste und auch das übernächste Mal Hubert traf, wusste ich, dass es mit uns jetzt so weitergehen würde. Ich sprach auch nach dem fünften Mal noch mit niemandem darüber, nur zu Hause begann man sich zu amüsieren. Es war der Mann, der nur klingelte, aber sofort wieder in seinem Auto verschwand. Mir war das total recht. Ich wollte sowieso meine Ruhe haben. Ich war fast stolz, weil er unsichtbar blieb. Ich hatte ein eigenes Leben, könnte man sagen, es fehlte nur Geld, um auszuziehen. Mit Hubert sprach ich auch einmal über meine Eltern, aber das brachte nichts. Vielleicht war es peinlich, sie zu erwähnen, weil er das alles schon hinter sich hatte.

Dann erfuhr ich plötzlich von meiner Freundin Andrea, dass Gary sich umgebracht hatte. Und alle standen Kopf.

Gary war der Freund einer Bekannten, der besten Freundin von Andrea. Ich kannte ihn auch ziemlich gut. Er hatte sich vor den Zug geworfen.

Ich tat an dem Tag nichts mehr, saß nur im Eck und dachte nach. Ein paar Bilder und Gespräche mit ihm, aber auch ein tiefes schwarzes Loch. Dann fiel mir die erste Begegnung ein. Er wollte nach Kanada, um Holzfäller zu werden. Ich hatte ihn das allererste Mal in einer Wohngemeinschaft getroffen, ehe er sich nach Kanada abgesetzt hatte. Vor einiger Zeit war er zurückgekommen, nachdem Kanada offenbar nicht seine Erwartungen erfüllt hatte. Kurz darauf war er Martina begegnet. Gary und Martina wurden ein Paar. Keiner wusste, was genau mit ihm los war, nicht einmal Martina hatte in ihn wirklich hineingesehen.

Ich hatte so eine Beerdigung noch nie erlebt. Es wurde enorm viel geweint und geschrieen, aber geschrieen wurde eher aus purer Verzweiflung und tiefem Schmerz. Noch nie hatte ich Eltern erlebt, die so am Boden zerstört waren. Herr Möller, sein Vater, war der Schularzt, bei dem ich kürzlich antreten musste. Ein großes Arschloch, das jetzt völlig am Boden war. Vielleicht hätte er früher mal seinem Sohn zuhören sollen. „Mädchen, du bist doch nicht krank. Du bist ein raffiniertes Stück!" Sein weißer Arztkittel war voller Flecken, wahrscheinlich hatten die im Schulamt oder im Gesundheitsamt wenig Geld. Für meine Begriffe dauerte mein Besuch beim Möller mit Vogelscheuchenfigur viel zu lange. Und dann ausgerechnet Möller wiedersehen.

Er griff zur Schaufel, warf ein bisschen Erde auf Gary, der schon in der Grube lag. Der evangelische Pfarrer aus meiner Schule hielt eine Rede, obwohl das bei Selbstmördern normalerweise nicht von der Kirche vorgesehen war.

Einige Tage danach hatten Martina und Andrea in Garys Stammkneipe eine eigene Trauerfeier organisiert. Andrea sagte in ihrer kleinen Rede, dass sie an ihm in letzter Zeit keine großen Veränderungen bemerkt hatte, aber was sieht man denn schon in einem Gesicht.

Nach Beerdigung und Trauerfeier war ich so weit unten, dass ich Hubert dringend anrufen musste. Es klingelte eine ganze Weile, dann nahm jemand ab. Im Hintergrund hörte ich Kindergeschrei, was mich ziemlich nervte, aber dann sagte die Stimme am anderen Ende der Leitung mehrmals „Hallo, Haaaalloooo, Ha lo ho. Wer spricht denn da?" Ich hatte Pech. Es war die Ehefrau. Ich hatte keinen Piep herausgebracht! Ob das auffällig war, war mir gleich.

Wütend zog ich an der Telefonleitung, bis sich die Steckdose an der Wand lockerte. „Das sieht aus wie pure Zerstörungslust", fuhr mein Vater mich an.

Ich traf mich mit meiner Freundin Andrea, die mir einiges über Gary erzählte, aber hinterher waren wir noch viel niedergeschlagener. Ich war so traurig, dass ich schon fast Dominik besucht und den Blick seines Vaters auf mich genommen hätte, aber im letzten Moment machte ich kehrt. Ich überlegte, ob ich ihm einen Brief schreiben sollte, aber irgendetwas hielt mich davon ab. Er war zwar feinfühlig, aber dann fiel mir die Geschichte mit der Schwester wieder ein und ich hielt es für keine gute Idee, ausgerechnet in diese Familie zu gehen. Ich lief weiter und weiter und dachte, dass der Vater für Gary die Hölle gewesen war, aber sich auf die Gleise werfen, das war so brutal, das war schonungslose Selbstvernichtung.

Am Abend wollte ich unbedingt weggehen. Ich war ganz alleine, was mich normalerweise nicht störte. „Hat das Weggehen heute was gebracht?", fragte meine Mutter, als ich wieder zurück war. „Und dein Abend? Wie war der überhaupt?", gab ich zurück. Wir standen uns gegenüber und fauchten uns an. Mir gefiel es, manchmal richtig böse zu ihr zu sein und heute war nicht mein Tag. Ich hörte ihre Schritte noch aus der Küche, da lag ich bereits mit meinem Tagebuch im Bett und schrieb etwas über Andrea und Gary und dass ich Hubert jetzt besonders vermissen würde.

Am Dienstag das gewohnte Läuten an der Tür. „Wer könnte das sein?", fragte mein kleiner Bruder, und meine Mutter lachte nur. „Das ist der Freund deiner Schwester, ein ganz Geheimnisvoller!" Es war immer der gleiche Kommentar. Ich riss die Jacke von der Garderobe, suchte in meiner Tasche nach meinem Portemonnaie und verschwand. Draußen atmete ich erst einmal durch. Ich beobachtete das Auto, das mit seinem Fahrer ganz still wartete, und überlegte auf dem kurzen Weg, was ich Hubert genau erzählen sollte, ehe ich in seinen R4 stieg, der uns schnell aus dem verdruckten Viertel wegbrachte.

„Hallo", er drückte mich so fest an sich, dass ich kaum Luft bekam. Die Scheiben beschlugen. Er suchte jetzt mein Gesicht. Ich war ganz gerührt, aber ein bisschen sauer, außerdem wollte ich nicht beobachtet werden. „Der Anruf, ich habe dich am Samstag …", begann ich, aber er küsste mich immerzu. Irgendwann sagte er, dass er gerne meine Stimme gehört hätte, aber leider seine Frau ans Telefon gegangen sei. Ich wollte nichts von seiner Frau wissen und auch nichts von seinem kleinen Kind, pfeif drauf! Ich hatte meine eigenen Vorstellungen!

Der R4 fuhr an. Nach der Brücke ordnete er sich links ein und hielt anschließend an der Ampel. Am

Ende der Straße konnte ich schon das Kneipenschild leuchten sehen. Es war unser Ort, unsere Sicherheit, hier wurden wir nicht gestört.

Wir hatten uns kaum hingesetzt, da kam ein Mann auf uns zu, der Hubert begrüßte. Er war ungefähr in seinem Alter, aber genau konnte ich es nicht sagen, weil er einen Vollbart trug. Er quatschte kurz mit Hubert. Als der Typ weg war, griff Hubert sofort zum Bier und zog richtig an. „Ist irgendetwas mit ihm?" – „Das war der Leiter der Musikschule, wo ich unterrichte. Sein Bruder wohnt wohl hier in der Nähe, deshalb kommen sie hierher." Wir schwiegen eine ganze Weile. Dann erzählte er irgendetwas von seinen Ferien und einem geplanten Bandauftritt auf dem Land. „Zu dem Festival kommst du nur mit dem Auto hin. Der Ort ist so winzig und abgelegen. Schade, ich kann dich leider nicht mitnehmen."

Ich wartete darauf, dass er mich fragte, was der Grund meines Anrufs gewesen war, aber das tat er nicht. Hubert sah mich ein paar Mal so eindringlich an, dass mir ganz komisch wurde, und ich wusste jetzt, dass er mich gern hatte, weil er das alles gar nicht spielen konnte. „Gab es einen bestimmten Grund für deinen Anruf?", endlich, wenn auch erst auf dem Heimweg, kam er darauf zurück. „Nein, hat sich schon erledigt." Ein starker Regenschauer zwang ihn rechts heranzufahren. Wir hörten dem Prasseln zu. Nach einer Weile ging es wieder weiter. Vor dem Haus öffnete ich die Autotür und roch die dampfende Regenluft. „Noch eine letzte Zigarette?" Ich schüttelte den Kopf, stieg aus. Mein Haar, Apfelshampooduft, hatte er in sich aufgesaugt. Meine Freundinnen schworen sowieso auf grünen Apfel. An der Haustür drehte ich mich noch einmal um und winkte zurück. Die Autotür öffnete sich erneut, sein Zigarettenstummel landete auf der Straße.

Ich hatte jetzt eigentlich nur ihn, weil ich Dominik ja abserviert hatte. Meine Mutter wunderte sich, dass der nette Gymnasiast nicht mehr vorbeikam, aber ich nahm ihr das Interesse nicht ganz ab. „Die bei mir daheim", hatte ich neulich zu Andrea gesagt, „interessieren sich nur für ihr Tennisspiel! Neulich haben sie sogar neonfarbene Tennisbälle gekauft!" Sie war meine beste Freundin, der ich immer wieder etwas anvertraute, vieles behielt ich auch für mich. Ich hatte ihr auch von Hubert erzählt. Ganz neu war, dass er mich zu sich einladen wollte.

„Du musst ihm aber schon sehr wichtig sein", führte Andrea an. Wir saßen in meinem Zimmer und tranken Tee aus Schälchen, die ich zum letzten Geburtstag bekommen hatte. „Ja, kann sein." Ich spürte, dass sie ein wenig neidisch war, weil ich angedeutet hatte, dass er älter war und Musiker, eben Gitarrist bei ,Rebecca', der bekannten Band. „Was ist mit Martina?", fragte ich nach einer Weile. „Sie macht eine Lehre als Orgelbauerin, das weißt du, aber im Moment geht sie nicht mehr in den Betrieb." – „Der Tod von Gary ist so hart." Ich kaute auf meinen Lippen herum, und Andrea stierte auf die Teekanne, die auf einem Stövchen stand.

Am darauffolgenden Samstag war es soweit. Hubert holte mich gegen Mittag ab. Ich saß jetzt zum ersten Mal bei Tageslicht in seinem Auto. Ich mochte es nicht, dass er mich zur Begrüßung leicht küsste, weil meine Familie aus dem Fenster schauen könnte, und drängte ihn, schnell loszufahren. Hubert war guter Laune. Er erzählte eine lustige Geschichte und noch eine zweite.

Wir lachten eine ganze Weile, erst jetzt fiel mir die hügelige Landschaft auf. Ehrlich gesagt, kam ich nie bis ins Hinterland. Ich blieb immer in der Stadt, höchstens fuhr ich mal mit dem Fahrrad eine halbe Stunde, aber das war das Äußerste der Gefühle. Ich wollte mich auf keinen Fall vom Kern zu weit wegbewegen. Ich war es gar nicht gewöhnt, über so kleine Straßen zu fahren. Das Leben auf dem Land erschien mir langweilig und spießig und ich stellte mir die Stille ohne Stadtgeräusche auf Dauer schrecklich vor. Meinetwegen hätte er also nicht diesen Aufwand betreiben müssen. Vorsichtig sah ich zur Seite, aber er lächelte nur zu mir herüber. „Das ist ein respektabler Aufwand, um mir dein Zuhause zu zeigen." – „Nein, das ist doch keine Mühe, sondern genau das Gegenteil." Wir schwiegen wieder. Wir waren jetzt schon über eine halbe Stunde unterwegs, und mir wurde es langsam zu viel. „Wir sind gleich da", kam es von der Seite. Wir hatten die ganze Fahrt nicht viel gesprochen, aber kurz vor dem Ortsschild sagte er, dass er den Eindruck habe, mich bedrücke etwas. Ich käme ihm ruppiger und ein bisschen distanzierter vor. Das wäre vorher nicht so gewesen. „Ein Freund ist gestorben." – „Dann war er jung? Das tut mir leid!" – „Klar, jung, ein bisschen älter als ich." Er fuhr im Ort langsamer, wahrscheinlich waren wir bald da. Wir waren jetzt schon vierzig Minuten unterwegs. „Krankheit?" – „Nein, Gleise." Er fuhr jetzt im Schritttempo an der Dorfkirche vorbei, und außerhalb von außerhalb war endlich der Ortsteil Aufhof und unser Ziel erreicht.

Hier lebten die ‚Rebeccas' zusammen, hier produzierten sie ihre Leckerlis, wie sie die Taler nannten, die Camembert-Größe hatten. Die Musik war natürlich die Hauptsache bei Hubert. Gottseidank! Auf dem Grundstück befanden sich das Wohnhaus und ein Flachbau.

Wahrscheinlich war das einmal ein Stall gewesen. Als ich klein war, hatte unsere Familie Ferien auf einem Bauernhof gemacht. Seither war ich nicht mehr in so eine abgelegene Gegend gekommen.

„Das ist unser Projekt. Hier leben zwei Familien, und im Flachbau befindet sich unser Übungsraum. Man hat viel Platz auf dem Land. Wir können die Musik aufdrehen, so lange wir wollen. Jede Art von Krach ist möglich. Ein Paradies!" Für mich sah hier nichts nach Paradies aus. Die Leckerlis waren wegen der vielen Feigen vor allem klebrig, fast primitiv, aber für den Feinschmecker waren die Taler sowieso nicht gedacht. Er fragte mich, ob ich Kaffee oder Tee wolle, aber dann kochte er glücklicherweise Kaffee. Ich sah mich um, entdeckte die Schallplatten mit indischer Musik, Rockmusik, Pink Floyd und Jazz natürlich auch. Chick Corea fiel mir auf. Den kannte ich. Wir setzten uns auf eine Matratze, ziemlich bodennah. „Die Tagesdecke habe ich aus Indien mitgebracht." – „Ehrlich gesagt, riecht sie nach Sandelholz wie aus dem indischen Laden bei uns in der Stadt." Er lächelte nur, als hätte er das nicht gehört, und ich kam mir sofort einfältig vor. Er zog mich an sich und ich schloss beruhigt die Augen. So wie er mich küsste, dachte ich mir, dass ich für ihn etwas Besonderes sein müsste! Wahrscheinlich spürte er, dass ich den Leckerli-Bauernhof null anziehend fand. Wir zogen die Schuhe aus und ließen uns nach hinten fallen.

Es war nicht so viel passiert, wie ich ursprünglich erwartet hatte, deshalb drehte ich mich auch enttäuscht auf die andere Seite. Er war plötzlich wie von der Tarantel gestochen aufgesprungen und hinausgelaufen. Mit einer LP in der Hand kehrte er zurück. Vielleicht hatte er die ganze Zeit nur an diesen Moment gedacht und sich deshalb kaum für meinen Körper interessiert, außerdem viel zu wenig meine Haut studiert, meinen Busen und meinen Bauchnabel fast nicht beachtet.

„Diese Platte von Keith Jarrett ist ganz besonders. Ich habe sie vor nicht allzu langer Zeit entdeckt." Ich war jetzt auch aufgestanden. Das letzte Mal war ich bei der Konfirmation und der Oblate so verkrampft dagestanden. Auf dem Schwarz-Weiß-Cover war ein Mann zu sehen, der sich über einen Flügel beugte, zumindest war das die typische Pianistenhaltung. Keith Jarrett kannte ich bisher nicht. Das Foto wirkte etwas verblichen, aber das lag eher an der Aufnahme. „Das ist Keith Jarrett, wie gesagt, ein wunderbarer Pianist. Ich persönlich habe so etwas noch nie gehört! Das Konzert hat er in Köln gespielt. Er singt sogar manchmal dazu!"

Für mich klang die Musik, die ich jetzt in Huberts Armen hörte, fast klassisch und nicht richtig wie Jazz, oder es war irgendetwas dazwischen. Er strich mir über das Gesicht. Keith Jarrett spielte weiter. Ich wollte auf keinen Fall einen banalen Kommentar loslassen. „Die Musik ist wunderbar. Wie aus einem Guss!" Nichts ist schlimmer, als sich für Geschenke zu bedanken. Irgendetwas ging immer schief.

Als wir später aufbrechen wollten, fand er den Autoschlüssel nicht mehr. Er überflog das Schlüsselbrett, die Kommode im Flur und den Küchentisch, konnte aber nichts finden. Ich hatte mich auch erhoben, im Hintergrund lief noch immer das ‚Köln Concert', aber jetzt hörte keiner mehr zu. „Wo waren wir denn noch gewesen? Erinnerst du dich?" – „Nein, eigentlich nicht. In der Küche hast du mal Kaffee gekocht." Ich ging in das Matratzenzimmer zurück. Sollte ich hier weitersuchen? Auf der indischen Tagesdecke lag der Schlüssel jedenfalls nicht. Wenn ich den Kopf ein wenig drehte, konnte ich

Hubert durch das kleine Fenster nervös um seinen R4 laufen sehen. Das Autodach glänzte, kein Schlüssel. An einen Renaultreifen schmiegte sich eine getigerte Katze. Ich verließ das Haus, um sie zu streicheln. Als sie davonlief, lag da der Schlüssel. Erleichtert umarmte mich Hubert.

„Deine Platte!" Er stieg bei laufendem Motor wieder aus, um das ‚Köln Concert' vom Plattenteller zu nehmen.

Auf der schmalen Landstraße kam uns ein Auto entgegen. Der Fahrer hob die Hand zur Begrüßung. „Auf dem Land ist man bekannt wie ein bunter Hund." – „Mich stört das normalerweise nicht." Ich sah vorsichtig auf die Uhr, aber wir waren erst zehn Minuten gefahren.

„Wenn jemand uns im Auto sitzen sehen könnte, wie wir durch die Landschaft schaukeln, was denkst du, hätte der für einen Eindruck von uns?" Hubert sah mich ratlos von der Seite an, aber er antwortete nicht. „Sag mal!", forderte ich ihn auf. „Er würde einen rostigen R4 sehen!" Er lachte. – „Nein! Man würde sich vielleicht fragen: Was haben die miteinander zu tun? Wie kommen sie in diese Gegend? Suchen sie etwas?" – „Aber so genau kann man uns doch gar nicht sehen!"

Hubert warf mir jetzt einen nachdenklichen Blick zu. Längere Zeit wurde nicht gesprochen. Wir erreichten langsam größere Ortschaften, mussten an Ampeln anhalten, wieder anfahren und innerhalb der Ortschaften die Geschwindigkeit drosseln. Auf der linken Seite tauchte ein Industriegebiet auf. Je näher wir der Stadt kamen, desto mehr Lärm um uns herum. Jetzt gefiel mir Hubert wieder an meiner Seite, als wir mitten in der Stadt an der Ampel standen, links und rechts von uns Autos, im Strom über die Brücke. Das Schild mit den Partnerstädten, der offizielle Eintritt in die Stadt, hatten wir längst passiert. „Wir sind gleich da. Darf ich dich da vorne absetzen? Der Schlüssel und die Baustellen haben Zeit gekostet." Ich nickte nur, sah sein Profil, und als er seitlich heranfuhr, beugte ich mich zu ihm hinüber. „Danke für die Musik", flüsterte ich, sprang aus dem Auto und lief über die Straße, ohne mich noch einmal umzusehen. Es war ein normaler Samstagabend. Meine Mutter hantierte in der Küche, und ich huschte in mein Zimmer, um Keith Jarrett ganz schnell in Sicherheit zu bringen. Das Problem war, dass ich gar keinen Plattenspieler hatte, nur meine Eltern.

Ich wollte nach dem Landausflug auf jeden Fall noch ausgehen. Den Abend alleine zu verbringen, erschien mir öde. Er hatte mich nicht verführen wollen. Hatte er vielleicht noch eine andere Frau? Eine dritte Frau, mit der er auf der indischen Tagesdecke lag oder in deren Wohnung? Aber das schaffte er nicht. Warum war er dann so zurückhaltend?

Er hätte zumindest eine Widmung auf das Plattencover schreiben können. Einmal hatte er mich sogar gezeichnet. Die Bleistiftzeichnung war auf jeden Fall von Herzen gekommen! Hatte ich ihm eigentlich schon etwas geschenkt? Ein Foto vom Benefizkonzert hatte ich ihm einmal mitgebracht.

Ich lag noch immer mit geschlossenen Augen auf meinem Bett und hörte, wie mein Vater sich in der Küche über irgendetwas aufregte. Es wurde Zeit, endlich auszuziehen.

Am folgenden Dienstag fiel unser Treffen aus, weil Hubert einen Vorspielabend mit seinen Gitarrenschülern hatte. Er hatte es mir am Montag gesagt, also einen Tag zuvor, irgendwo in der Telefonzelle stehend.

Zuerst war ich voller Wut, aber dann dachte ich, dass diese Dienstagspause gut sei, um ein bisschen zu unterbrechen.

Als meine Eltern am Wochenende beim Tennisspielen waren, legte ich im Wohnzimmer Keith Jarrett auf. Es war jetzt keiner da und so konnte ich dem Singen bei seinem Spiel besser zuhören, obwohl ich es schon ein bisschen übertrieben fand, aber auch wieder genial. Man hörte fast die Zuschauer im Saal atmen. Ob Hubert mich mal nach Indien mitnehmen würde? Ob er sich das selbst wünschte? Jetzt müsste man erst einmal sehen, wie alles weiter verlief. Ich hatte meiner Mutter neulich erklärt, dass er eine wichtige Band hatte, die auf allen größeren Festivals im Umkreis spielte und selbstverständlich im Rocklexikon zu finden sei, aber die blöde Kuh hatte nur herumgestichelt und gefragt, warum er immer in seinem Auto verschwinden würde.

Meine Freundin Andrea erfuhr natürlich ein bisschen mehr. Sie wiegte bei meinem Bericht den Kopf hin und her. Sie kannte eigentlich keinen einzigen verheirateten Mann genauer. Deswegen war ihr Rat nicht so viel wert wie der von Gabi, die verschiedene Männer kannte, aber Gabi war gerade nicht da. „Glaubst du das hat Zukunft?", fragte sie vorsichtig. „Bist du meine Freundin oder nicht? Ein Nicken, würde schon genügen." – Sie legte mir den Arm um die Schultern, das hätte dann auch nicht sein müssen.

Ich selbst glaubte aber an eine Zukunft, zumindest ein bisschen. Er könnte vielleicht in die Nähe der Musikschule ziehen, das wäre mit meinem Fahrrad kein größeres Problem. Jeden Tag treffen wäre vielleicht zu viel, ziemlich sicher sogar.

Am Dienstag war alles wie gewohnt. Hubert klingelte, mein Haar roch nach Apfelshampoo und ich schwebte über die Straße zu seinem R4.

Dass ich kurz vor dem letzten Wochenende einen neuen Mann kennengelernt hatte, erzählte ich ihm natürlich nicht. Das war außerdem purer Zufall gewesen. Der Typ wohnte ganz in meiner Nähe, war in meine Schule gegangen, hatte aber schon das Abitur in der Tasche und war jetzt Zivildienstleistender im Spastikerzentrum. Morgens holte er mit dem Schulbus die Kinder ab, deshalb kam er auch an unserem Haus vorbei. Schräg gegenüber wohnte die Familie Fleming mit dem kleinen Jakob, den nahm er dann mit. Ich hatte versucht, den Platten meines Fahrrads zu flicken, was ewig gedauert hatte, aber so konnten wir uns ein bisschen kennenlernen. Jakob war das letzte Kind auf der Tour, deshalb konnte er sich Zeit nehmen. Jetzt, als ich zu Hubert ins Auto schwebte, kam mir die Begegnung, der über mein Fahrrad gebeugte Wolfi, plötzlich in den Sinn.

Hubert war heute besonders nett, roch an meinem Apfelhaar und begrüßte mich mit einem tiefen Kuss. Er habe mich die letzte Woche wirklich vermisst. Das war nett, nützte aber unterm Strich nichts! Ich überlegte, ob er jetzt ein Hotel vorschlagen würde, um ein bisschen was zu machen, aber das tat er nicht. Er wollte nur wieder auf dem Sofa sitzen. Die Wohngemeinschaft, die ich seit ein paar Jahren gut kannte, hätte da nicht lange gefackelt. „Sag mal, wir sitzen ja nur auf dem Sofa in der Öffentlichkeit!" – „Aber was schlägst du vor? Was sollen wir denn sonst tun?" Ich hatte dazu schon meine Ideen, antwortete aber nicht. Das mit dem Hotel müsste von ihm kommen, und dann müsste er mich entschlossen dahin führen. Eintreten, an der Rezeption bezahlen, und mit dem Zimmerschlüssel spielend, lässig hochgehen. Wir saßen wieder auf dem hellbraunen Samtsofa, aber bei mir kam keine Stimmung auf. Dabei hatte ich mich bis zum Klingeln an der Tür noch gefreut.

Mit Wolfi könnte ich vielleicht sogar mehr anfangen. Immerhin wohnte er ganz in der Nähe, und man konnte mit ihm über die eigene Schule, Freunde und die vielen Idioten im Leben reden. Meine Gedanken waren ein bisschen fies, aber ich konnte nichts dagegen tun. Ich sagte, dass ich Gelegenheit gehabt hätte, die Musik anzuhören, und er freute sich. Ich sagte, dass ich mal auf dem Klavier Debussy probiert hätte und dass der mir zu Keith Jarrett einfiel. Er hörte mir aufmerksam zu, als würde ich ihm gerade etwas Neues zu dieser Musik erzählen, dabei hatte ich zu Hause eine Besprechung in der Wochenzeitung ‚Die Zeit' gelesen. Klavier spielte ich aber wirklich, das hatte ich Hubert sofort unter die Nase gerieben.

Ich sagte dann noch etwas zur Musik und zu Chick Corea, aber dann beugte er sich schon über mich, und ich vergaß, dass wir wieder nur auf dem Kneipensofa saßen und manchmal Salzstengel dazu hingestellt bekamen, wie in einer Weinstube. Vielleicht wollte er mit dem richtigen Sex noch warten. Vielleicht hatte er seine eigene Idee und Zeit und Ort mussten total passen. Ich hätte auch Andrea fragen können, was sie dazu meinte. Gabi vielleicht auch, aber die lachte mich irgendwann aus.

Als er mich gerade fest im Arm hielt, so dass mir wieder ganz warm wurde, tauchte plötzlich das Kontrollmännchen wieder auf! Er wolle nicht stören. Pah! Er hatte ein Bier in der Hand und kam ganz nah. Hubert hatte sich aus der Umarmung gelöst und nach vorne gebeugt, als wäre das mit mir ein riesengroßes

Missverständnis. Er lachte und versuchte ganz locker zu wirken. Ich saß im Sofaeck und beobachtete die beiden Männer, die mich sofort links liegen ließen. Sie schimpften über einen Kollegen, der offenbar total unzuverlässig war, aber wahrscheinlich schimpfte Hubert nur mit, um mich unsichtbar zu reden. „Ich gehe dann mal wieder", sagte der Chef der Musikschule nach einiger Zeit.

Wir hatten ihn zum zweiten Mal getroffen, das war jetzt das Problem. „Das hat er absichtlich gemacht. Er hätte ja vorn beim Billardspiel bleiben können." Hubert war verstimmt und verunsichert, das sah ich ihm an. Er erzählte dann noch von einem Bandauftritt und dass der Mann am Mischpult ausgefallen sei. „Gut, dass du nicht beim Konzert warst! Ist eigentlich alles okay? – „Alles okay", ich steckte mir eine neue Zigarette an. Gerne hätte ich jetzt wie eine Französin ausgesehen, die in den Filmen so überlegen rauchen konnten, dass es einem echt den Vogel raushaute. Vielleicht könnte ich bald nach Paris fahren, Rue des Abbesses 7 unterhalb vom Montmartre. Ich hatte schon den Stadtplan gekauft. Hubert hatte ich das noch gar nicht erzählt.

Der Zivildienstleistende, der mir neuerdings gefiel, war auch schon in Paris, hatte er mir vor kurzem erzählt. „Paris ist meine Stadt, eine wilde und verdammt lässige Metropole!"

Es wäre besser, noch ein bisschen zu warten. Ich sah dem R4 nach, der erst nach einer Weile wieder anfuhr, so als wäre innen noch etwas zu überlegen gewesen. Sein kleines Scheinwerferlicht leuchtete noch in der ausladenden Kurve. Dann war er nicht mehr zu sehen, weil er vorne an der Kreuzung warten musste, ehe er unerlaubt links abbiegen würde. Das hatte ich ihm schon beim ersten Mal gesagt, dass hier so gut wie nie die Polizei vorbeikam und man einfach quer über die Straßenbahnschienen fahren konnte.

ERIC

Ohne ihren Freund hätte sie nie wieder in ihrem Leben auf dem Tennisplatz gestanden, dabei hatte sie Tennis einmal ganz nett gefunden, aber das war lange her. Im Mädchensport hatten sie ein bisschen Tennisspielen gelernt. Als der Kurs zu Ende war, wurde mit ihrer Freundin Birgit auf dem Hartplatz der Schule weitertrainiert, bis sie der Hausmeister vertrieb. Richtig gut spielten sie aber nie, weil sie zum Spielen nur sich hatten. Ein richtiger Verein war damals nicht in Frage gekommen, weil sie ihre Eltern nicht fragen wollten, da diese sehr mit sich beschäftigt waren. Roberta benutzte den alten Schläger ihrer Mutter, den diese bereits aussortiert hatte. Der fast fertig gebaute Turm am Rande des Stadtparks, über dreißig Stockwerke, war einer ihrer Treffpunkte geworden. Mit dem Aufzug fuhren sie hinauf und mit dem zweiten Aufzug wieder hinunter. Das waren die höchsten und schnellsten Aufzüge der Stadt.

Oben lasen sie, dass dort bald ein Café eröffnen würde, aber bisher war noch nichts zu sehen. Sie packten nach der Schule ihre Schläger aus und spielten gegen die Betonwand. Brigit lachte, schlug den Ball gegen den Pfeiler. Roberta übernahm den Ball, sie waren hier allein, es war wunderbar. Wasser tropfte durch eine Öffnung und es bildete sich bei Regen eine Pfütze auf ihrem Spielfeld. Einmal hörten sie Stimmen, bestimmt Bauarbeiter. Sie versteckten sich unter einer Treppe.

Als Roberta nach der fünften Klasse ins Gymnasium kam, änderte sich ihr Schulweg und ihre Freundin Birgit sah sie nie wieder. Den Tennisschläger hatte sie ihrer Mutter wieder zurückgegeben. Das Café im Turm war endlich fertig, bot den besten Blick auf die Stadt, während man selbst bei einem Stück Walnusstorte im Warmen saß.

Jahre später stand sie mit ihrem neuen Freund und einem Tennisschläger vor dem Eingang des Tennisvereins. Sie hatte ein komisches Gefühl, aber sie wollte es Max zuliebe noch einmal versuchen. Er sagte, dass auf jeden Fall etwas von früher hängengeblieben sein müsste. Sie bemühte sich, fand den Tennislehrer aber dumm, machte trotzdem weiter, spielte immer wieder mit Max, der viel Geduld hatte. Wenn sie neben ihm eine Trainerstunde nahm, winkte er aufmunternd zu ihr herüber. Sie selbst hatte grundsätzlich nichts gegen den Sport.

Für Max war Tennis ein guter Ausgleich zu seinem Beruf, den sie mit Information Technology angegeben hätte. Er ging richtig aus sich heraus, verzog das Gesicht beim Match, rannte über den Platz und trocknete am Ende seinen verschwitzten Nacken und sein Gesicht mit einem Handtuch ab. Die anderen Männer nahmen ihn in ihre Mitte, weil sie ihn gerne mochten. Genaugenommen wäre sie gar nicht notwendig gewesen. Roberta empfand dabei nichts, es war ihr egal, sie war sowieso nur Max zuliebe gekommen. Sie war weder besonders freundlich, noch launisch den anderen Mitgliedern gegenüber, sie sah es einfach als ihre Aufgabe an, hier aufzutauchen. Sie wollte nicht schon wieder den Vorwurf hören, nur zu machen, was ihr selbst am besten gefiel.

Heute war sie noch immer mit dem Umkleiden beschäftigt, es dauerte länger, weil sie sich nach dem Duschen am ganzen Körper eincremen wollte. Nebenan ging die Dusche an. Eine Frau, langes dunkles Haar, groß und gut gebaut, fast ein bisschen robust, sie war ihr im Verein nie aufgefallen, musste ungefähr in ihrem Alter sein. Sie hatte die Augen geschlossen, summte vor sich hin. Roberta erschrak kurz, beobachtete dann durch die halb geöffnete Tür ihre Bewegungen.

„Habe fast einen Schrecken bekommen. Plötzlich hörte ich Wasser laufen. Irgendjemand war unbemerkt hereingekommen", erzählte Roberta kurz darauf. „Das könnte Emily gewesen sein, die schleicht sich immer an", lachte Hubert. Hubert war ein Mann, der manchmal mit Max spielte, ihn außerdem dazu hatte bewegen können, der Mannschaft beizutreten, er hielt ihn für talentiert. Sie saß zwischen Max und Hubert auf der Holzbank hinter dem Umkleideraum. Emily war auch herausgekommen, holte sich einen Energy Drink und ging davon. Sie hatte einen festen Gang, auch kein Tennisröckchen, sondern Trainingshose, das sah nach geschmeidigem Satinstoff aus. Roberta glaubte zu sehen, dass sich so manche Augenpaare in ihre Richtung bewegten, aber nach kurzer Zeit war sie verschwunden. Max stand auf, sah müde aus.

Auf dem Heimweg fragte sie Max nach Emily. Ob er etwas über sie wisse. „Der Name ist komisch. Wo kommt sie her? Vielleicht Amerikanerin?" – „Das glaube ich nicht. Frage mal lieber Hubert, der kennt sich aus."

Sie sprachen nicht mehr darüber. Erst später fing Roberta nochmal damit an. „Emily ist geheimnisvoll." – „Kann sein, habe nie darüber nachgedacht. Sie hält eher Abstand, glaube ich. Ihr Mann ist auch nicht oft zu sehen, kenne ihn kaum, aber ein rundum sympathischer Typ." – „Ich kann mir bei Emily keinen Partner vorstellen." – „Ja, vielleicht, aber das muss dich doch gar nicht beschäftigen." – „Es beschäftigt mich aber."

Sie sah Emily länger nicht, weil sie selbst gerade gar nicht zum Spielen kam, und als sie die Trainerstunden wieder aufnahm, spielte sie immer am hinteren Platz, in einiger Entfernung von möglichen Zuschauern. Anschließend überredete sie Max zu einer kleinen Reise. Sie fuhren an den Gardasee, badeten, wanderten, aßen am See, sahen sich das Mausoleum von Gabriele D' Annunzio an, auch das Freilichttheater. Irgendwann liefen sie im D'Annunzio-Museum an einem Spiegel vorbei, schauten sich an, Max küsste sie auf die Stirn. Er sagte später, dass sie viel zu lange vor dem Spiegel gestanden und nichts vom Museum mitbekommen hätten.

Sie waren wieder zurück, abends gab es ein Grillfest, der Tennisverein feierte ein Jubiläum, und obwohl sie lieber ins Kino gegangen wäre, war klar, dass sie sich mit Max zusammen dort sehen lassen musste. „Du bist doch auch Mitglied geworden." – „Deshalb kann man doch wegbleiben, ist doch nichts dabei." – „Kommt darauf an." – „Auf was denn genau?" Sie stellte sich vor, wie Emily plötzlich auftauchen würde, sie könnte sie einfach ansprechen, sich neben sie setzen und ihr die Hand geben und sagen: „Angenehm, Roberta. Ich bin auch erst spät dazugestoßen." Nein, das würde sie nicht sagen, das würde Emily gar nicht interessieren.

Sie zog eine weiße Hose an, einen kurzärmligen dunkelblauen Pulli, Sandalen, nicht besonders hoher Absatz. Max lief neben ihr, er ging ein bisschen voraus, darüber war sie froh. Er prüfte den Wind, gab ihr ein Zeichen.

Jetzt waren sie angekommen, alle grüßten, Hubert lachte sie an. Der Platz neben ihm war besetzt, das war wirklich schade. Sie kannte die, die dort saßen, kaum. Sie glotzten zu ihr herüber, waren vielleicht betrunken. Dann standen sie auf, holten neues Bier, kamen aber nicht zurück. Roberta konnte endlich neben Hubert sitzen.

Sie hatte Emily bisher noch gar nicht entdeckt. Sie hätte natürlich auch auf die Frauen zugehen können, die in ihrem Alter waren, da gab es schon einige, aber sicher keine wie Emily. Emily hatte keine Kinder, das sah sie ganz genau, der Körper hatte dann einen anderen Glanz, die Frauen erkannten sich daran, das war phänomenal. Die Spielerinnen sahen zu ihr herüber, sahen sie jetzt eng neben Hubert sitzen, den sie mochte, der sie beschützte. In diesem Moment tauchte Emily auf, fester Schritt, Hand in der Hüfte, in der anderen die Dose, alle anderen hatten Gläser vor sich und saßen am Tisch. In einer gewissen Entfernung blieb sie stehen. Ihr Blick wanderte von einem zum anderen, dann sah sie Roberta an, kam auf sie zu, im letzten Moment drehte sie um. Sie konnte sich nicht einfach unter die anderen mischen, das gelang ihr nicht. Roberta dachte an eine Frau, die sie von früher kannte, Amerikanerin, vor ihr stehend, um vor dem Ende ihrer Militärzeit in Deutschland die letzte Telefonrechnung zu bezahlen. Es waren einige GIs in ihrem Büro gestanden. Den Anblick hatte sie nicht vergessen, es waren auch Frauen darunter gewesen, Emily, so glaubte sie sich zu erinnern, war einprägsam. Natürlich musste das nicht Emily gewesen sein, weil in Uniform doch alle etwas ähnlich aussahen, aber Gesichter vergaß sie nicht so leicht. Vielleicht auch, weil Emily sie so komisch ansah.

„Hast du dich einmal mit Emily unterhalten?", fragte sie Hubert. Hubert zuckte mit den Schultern. „Ich weiß nicht genau, ist ein wenig sonderbar. Plötzlich

ist sie da, keiner hat sie gesehen, fast so, als würde sie
ein bisschen in Deckung bleiben wollen. Ihr Ehemann
ist aber sehr nett, lacht auch mehr als sie. Möglich, dass
sie Amerikanerin ist wie er, wahrscheinlich U.S. Army,
GIs. Ich kann mich natürlich täuschen. Aber Militär
passt zu ihr. Bei ihm bin ich mir gar nicht so sicher,
vielleicht Zivil."

Jetzt erst sah sie die Lampions, die hatte die Pächte-
rin der Gaststätte aufgehängt, die Gesichter leuchteten
wie Farbkreide auf Papier. Emily saß nun fast alleine
unter einer Linde, lehnte den Kopf an den Baum.

Das Licht der Lampions erreichte sie kaum. Irgendjemand setzte sich zu ihr. Sie hörte die beiden Ehepaare,
deren Namen sie sich nicht merken konnte, über den
nächsten Sommerurlaub sprechen. Max hatte sich weg-
gesetzt, so dass sie plötzlich zum Kern um Hubert zu
gehören schien. Als sie gerade aufstehen wollte, spürte
sie eine Hand an ihrer Hüfte, das musste Moritz gewesen sein. Sie hielt die Luft an, spürte den Sekt, den
Marianne aus der Küche ihr immer wieder nachge-
schenkt hatte, ging dann langsam an der Bierbank entlang, an Max vorbei, dieser, glasige Augen, mit einem
Ehepaar im Gespräch. „Roberta, komm zu uns!" Sie
hörte ein Auto wegfahren. „Das war Emily mit ihrem
Mann."– „So früh?" – „Irgendetwas ist vorgefallen." –
„Was soll denn vorgefallen sein?" – „Keine Ahnung,
jedenfalls musste sie wohl dringend weg, da hat er sie
abgeholt. Emilys Mann ist Amerikaner, hat lange für
die Amerikaner gearbeitet, aber kein GI, also kein Sol-
dat, hat er uns erzählt. Er will Erich genannt werden."
Die das sagte, war Susanne, eine Frau, die bei keiner
Feier fehlte. Roberta setzte sich neben Max. Sie sah auf
die Uhr. Hinten wurde ein neues Fass gezapft, lange
Schlangen bildeten sich.

Braungraues Gebäude, Arbeitsstelle, Emily, ziemlich sicher Emily, mit dem Einzahlungsbeleg vom Postamt, Uniform, Stiefel, klopfte nur kurz, stand im Zimmer. Einmal hatte sie den falschen Betrag einbezahlt, da musste sie noch einmal ins Postamt kommen, sie stampfte mit dem Fuß auf, fluchte. Steffen und Roberta hatten Mühe, sie zu bitten, noch einmal einzuzahlen und noch einmal wiederzukommen.

Roberta schloss die Augen. Sie könnte ihren Kollegen anrufen. Der würde sagen: „Emily, sicher, war doch ein Spektakel, wenn auch nicht unser einziges."

„Schön, dass Roberta heute auch unter uns ist", Susanne war nicht mehr zu bremsen. „Übrigens, Emily verkauft jetzt Versicherungen. Sie ist ziemlich erfolgreich darin, erzählt man jedenfalls. Klar ist sie Amerikanerin. Hast du die Dose mit dem Energy Drink gesehen?"

„Erich plaudert gerne, sympathisch, ein witziger Typ, kann einen ganzen Tisch unterhalten, aber nicht, dass ihr meint, er wäre ein Großmaul, nein, ganz gewandt, fein mit diesem amerikanischen Akzent, man hört gerne zu", mischte sich Hubert ein. „Er hat uns einmal erzählt, dass er seine Tennisbegeisterung einer älteren Frau zu verdanken hat. Das ist doch der Klassiker, habe ich geantwortet, aber er hat vornehm geschwiegen. Jeder hat sein Geheimnis."

„Manchmal ist es auch Langeweile, die uns zu einem Tennisschläger greifen lässt", warf Roberta ein. Sie dachte an ein Parkhausdeck.

„Einfach nach irgendetwas zu greifen, weil Zeit im Übermaß da ist. Ich bin auf dem Land groß geworden, habe mich im Garten versteckt, um nicht mithelfen zu müssen, da habe ich dann die freie Zeit ausgekostet. Langeweile, vielleicht, ich weiß es nicht mehr." Hubert schwieg, Roberta sah ihn von der Seite an. „Auf die Langeweile“, sagte er lachend. Sie stießen an. Susanne erzählte Max leise etwas über ihre Arbeitsstelle und Roberta erzählte Hubert vom Holzschläger ihrer Mutter, den sie als Kind einmal aus dem Fenster geworfen hatte, um seine Robustheit zu testen. „Stell dir vor, diesen Holzschläger habe ich neulich bei meiner Mutter aus einer Truhe im Keller herausgezogen, Mäuse haben am Griff genagt. Die Mäusezähnchen haben das geschafft, was mir nicht gelungen ist. “ Sie lachte eine Weile. „Lass uns gehen“, kam von der anderen Seite. Max stand auf, legte ihr den Arm um die Schulter, sie verabschiedeten sich. Es war spät geworden. Sie winkte, war weg, dachte an Emily mit der Cola-Dose, vielleicht war das Langeweile bei Emily, vielleicht eine Emily-Marke, gut bei Versicherungen, schlau, gute Taktik, auch hier im Verein.

Langeweile bedeutet vor allem große Freiheit. Das wusste sie ganz genau, das wusste Birgit, das wussten viele Freunde von ihr, die damals ganz in ihrer Nähe waren, die sie zusammen mit ihrer Freundin traf, die auf Parkbanklehnen saßen. Sie alle lebten diese Freiheit, saßen manchmal stumm da und beobachteten, wie hinter dem hier sehr lichten Park sich die Zeiger am Glockenturm bewegten, immer wieder die volle Stunde durch.

Sie hatte mit Birgit das, was sie in der Schule über das Tennisspiel gelernt hatten, dann im Rohbau des Parkhauses ausprobiert. Manchmal stellten sie sich vor, in einer nahen Zukunft gute Spielerinnen zu sein, was sie dann leichter durch die langen Nachmittage trug. Irgendwann hatte sich alles geändert, aber es sah nur so aus, als wäre alles für immer verschwunden.

Wenn sie jetzt an dem Parkhaus vorbeikam und das inzwischen marode Parkdeck sah, erinnerte sie sich, wie sie einmal voller Wut den Holzschläger vor Birgit auf den Betonboden geschmissen hatte. Roberta entdeckte damals keine einzige Schramme am Griff. Tränen waren ihr in die Augen gestiegen. Was müsste sie denn noch machen? Hatte die eigene Kraft denn gar keine Wirkung?

Sie waren jetzt zu Hause angekommen. Über den Abend im Tennisverein sprachen sie nicht mehr. Max war ein Mann, der nach seinem anstrengenden Beruf beim Tennis ausspannen wollte. Er hatte immer Tennis gespielt. Bei allen schwierigen Lebensfragen griff er zuerst einmal zum Schläger. Das Spiel half ihm, Antworten zu finden. Deshalb war Tennis unantastbar. Roberta konnte alles tun, aber das Tennisspiel in Frage zu stellen, war ausgeschlossen. Sie hatte ihm von den Nachmittagen mit Birgit nie erzählt, das war eine ganz andere Sache. Hätte sie Max nicht kennengelernt, würde sie ja gar nicht auf diesem Tennisplatz stehen.

Es dauerte nicht lange, da zog sie eine Einladung aus dem Briefkasten. Heiner, Tennisvorstand seit der ersten Stunde, feierte seinen Geburtstag, da konnten sie nicht fehlen. Heiner war vom ersten Moment an nett zu ihr gewesen. Sie hatte zuerst gedacht, dass nur ein paar Mitglieder eingeladen waren, aber dann stellte sich heraus, dass doch ziemlich viele kamen.

Als sie ankam, entdeckte sie als Erstes Emily, die auf sie einen ganz anderen Eindruck machte als beim letzten Mal. Sie füllte Gläser mit Sekt, die sie auf den langen Tisch stellte. Roberta versuchte zu lächeln, wollte etwas Nettes sagen, aber es gelang ihr nicht. Emily sah gar nicht zu ihr herüber. Versicherungen hin oder her, sie war sich jetzt ganz sicher, dass Emily damals vor ihrem Schreibtisch gestanden hatte. Es war nun keine Vermutung mehr. Es war eine Tatsache. Sie hatte eine amerikanische Uniform angehabt, Stiefel, beim ersten Mal war sie an der Tür stehen geblieben, beim zweiten Mal war sie direkt vor Robertas Schreibtisch getreten. Das war, nachdem man sie wegen der falschen Einzahlung noch einmal ins Postamt geschickt hatte. Steffen, ihr Kollege war beschützend hinter ihren Schreibtisch gekommen. Sie bearbeitete damals mit ihm die Telefonanschlüsse der amerikanischen Streitkräfte. Einen Moment hatten ihr Kollege und sie gedacht, Bedrohung, Waffe oder wann geht sie wieder. Sie ging und kam nach der richtigen Einzahlung dann noch einmal vorbei, in einer eher unkomplizierten Sache.

Jetzt zog sie einen Energy Drink aus der Tasche statt sich beim Sekt zu bedienen.

Einmal war Roberta von einem Freund von Heiner bedrängt worden, aber dann hatte Max gesagt, sie solle das nicht an die große Glocke hängen, vielleicht sei Felix betrunken gewesen.

„Lass uns anstoßen, lieber Heiner", sagte einer, der so ähnlich aussah wie Felix, aber sein Zwillingsbruder war. Das große Muttermal auf der Wange verriet sofort, dass es sich nicht um Felix handelte.

Fabian, der Schriftführer, sagte ein paar Worte, alle nahmen Platz. Roberta jetzt zwischen Fabian und dessen Frau. Alle hoben das Glas, Emily sah sie erst nicht. Doch dann kam sie und zog jemanden hinter sich her, aber das war jemand, den sie noch nie im Verein gesehen hatte, rosa Polohemd, helle Hose, sehr elegant.

Roberta stand auf, hielt ihr Glas hoch, stieß mit Heiner an, mit Fabian, dessen Frau, drehte sich weiter, wollte jetzt auch Emily erreichen. Emily lachte jetzt sogar, vielleicht erkannte sie Roberta. Sie schob ihren Mann nach vorne. Warum hatten die zwei plötzlich diesen leuchtenden Auftritt? Heiner rief: „Da ist er ja!" „Schön, dass du noch gekommen bist, Erich." Zwei, drei Schritte, dann war Erich mittendrin, im Zentrum angekommen, hier schlug das Herz des Vereins, wer es bis hierher schaffte, war wirklich beliebt. Er kam Roberta auch bekannt vor, erst Emily, dann Erich. Sein ganzer Körper kam ihr gut bekannt vor, der Blick, selbst die leichte Drehung, die er machte. Er verbreitete am Tisch sofort gute Laune. „Prosit, Heiner", Erich hatte ein Glas von Emily gereicht bekommen, die sich jetzt wieder zurückzog.

Erich legte seinen hellen Pullover ab, setzte sich nach dem Anstoßen wieder auf seinen Platz, die Beine übereinandergeschlagen, den Kopf noch immer von Roberta weggedreht, so als würde er das absichtlich machen. Sie kannte den Mann, sonnenklar, er war in ihr Jugendzimmer gekommen. Sie saßen auf ihrem rostroten Schlafsofa nebeneinander. Emily aß ihr Steak auf einem Pappteller, der immer wieder hin und her rutschte. Er setzte sich jetzt zu ihr. Sie flüsterte ihm irgendetwas zu. Der weiße Pullover war von der Stuhllehne gefallen. Mit zwei Fingern hob er ihn auf. Heiner redete noch immer, war Beleuchter am Theater, da gab es viele Geschichten. Roberta nickte, sah aber vorsichtig dorthin, wo Emily und Erich saßen. Das war nicht Erich, sondern Eric. Heiner erzählte, wie die Beleuchtung im Theater einmal ausgefallen war. Es sei ihnen dann aber gelungen, den Betrieb nach kurzer Zeit wieder aufzunehmen, alle Beleuchter hätten am Ende auf die Bühne kommen müssen und der Applaus wäre ein einziger Beleuchterapplaus geworden.

Erich hatte den Stuhl verrückt, so dass er in ihre Richtung sehen konnte. Er glotzte, jetzt erkannte er sie, das sah sie ganz genau. Sein Kopf leicht geneigt, Lächeln, wie immer, Roberta würde sagen ‚Waschsalonlächeln for ever'. Keiner sah, wie sie sich in diesem Moment wiedererkannten, wie Bilder durch ihr Gehirn rasten. Emily war wieder zum Grill gelaufen. Heiner war inzwischen aufgestanden, um sich neues Bier zu holen. Er war es, es war hundertprozentig Eric. Ein bisschen graues Haar, sonst wirklich Waschsalon, Straßenbahnknotenpunkt Nord, keine schöne Ecke. Er hatte sie bei ihrer ersten Begegnung durch die große Glasfront gesehen, während er vor der Trommel saß und auf seine Wäsche wartete. Kurz darauf stand er schon neben ihr an der Ampel. Ein Kettchen mit ihrem Namen war ihr aus der Hosentasche gerutscht, Eric hob es auf. Das war schön, wie er es ihr gleich um den Hals gelegt hatte. Sie war normalerweise nie in dieser Gegend, hatte aber eine Freundin besucht, die wegen einer Blinddarmentzündung im Krankenhaus war. Dann Einladung zum Kaffee, gleich um die Ecke. Vor dem Fenster wieder gewaltiger Verkehr, aber innen zwei Tassen Kaffee in aller Ruhe.

So einen wie Eric hatte sie noch nie kennenglernt. Im Café hatte er immerzu gelacht, lud sie ein, sprach über das Leben, aber amüsant, rollendes ‚R', amerikanischer Akzent. Roberta hörte nicht, ob es dahinter Probleme gab, sondern fand diesen federleichten Ton hinreißend, ganz im Gegensatz zu Begegnungen mit Freunden, die langsam abhoben. Sie kannte keine Amerikaner, konnte also nicht sagen, wie sie waren. Vergessen hatte sie diesen ersten Eric-Moment nie.

Jetzt, Jahre später, stand er wieder vor ihr. „Hallo Eric." – „Hallo Roberta! Wie kommst du denn hierher? Ich wusste gar nicht, dass du dich für Tennis interessierst." Sie überlegte, ob sie etwas dazu sagen sollte, sah, dass er noch immer lächelte, wie früher, aber die Leichtigkeit war brüchiger geworden. „Wie geht es denn Mutti? Ist ewig her, war lustig, hat damals gut gespielt."

Roberta stand, ja sie stand noch, jetzt breitbeinig, sicherer Stand, sollte sie sich besser gleich hinsetzen? Hoffte nur, dass keiner die Frage gehört hatte und jetzt auf ihre Antwort wartete. Sie lächelte, was sollte sie sonst tun? Sie sah Emily, die sich weiter hinten mit jemandem unterhielt. Emily, die Soldatin, der sie außerdem einen Telefonanschluss ganz schnell wieder freigeschaltet hatte, weil sie irgendeinen Schrieb von einem hohen Militär dabei hatte. „Thanks", ein Seitenblick. Das war's. Das war Emily.

„Wie es meiner Mutter geht? Na so weit gut, was soll ich sagen?" – „Mutti war unglaublich!" Sie drehte sich weg. Vor ihr stand Eric und hinter ihr Heiner mit einem Bier in der Hand und bester Laune. Er sah abwechselnd sie und Eric an. „Du nennst ihn Eric, nicht Erich?" – „Ja, wir kennen uns von früher." Roberta befürchtete, dass Eric gleich irgendetwas erzählen wollte, aber nichts geschah. Es sah eher so aus, als hätte er gerade den Faden verloren. „Sag bitte einen schönen Gruß von mir." Roberta hatte richtig gehört. Vielleicht war sein denkendes Lächeln für ihre Mutter bestimmt. Dabei hatte sie sich im ersten Moment gefreut, ihn wiederzusehen, konnte man gar nicht anders bei ihm.

Sie sahen sich noch immer an, unklar war aber sein Mienenspiel, auch das Blitzen in seinen Augen konnte sie inzwischen nicht mehr deuten.

Nach einer Weile winkte er Emily.

Als Eric sie die ersten Male zu Hause besucht hatte, da war ihre Mutter immer wieder um die Ecke gebogen, hatte gelacht und gerne ‚Hallo' gesagt. Robertas Zimmer hatte sich ganz in der Nähe der Küche befunden, in der ihre Mutter immer zu tun hatte. Er war ihr dann auch begegnet, als er den Flur überquerte, um ins Badezimmer zu gelangen. An der Wohnungstür stieß sie schon bald dazu, um ihn zu verabschieden. Sie erinnerte sich genau, wie ihre Mutter sich vordrängte. Ihre Mutter und Eric hatten zu diesem Zeitpunkt längst ein paar Sätze ausgetauscht, während Roberta in ihrem Zimmer auf ihn wartete. Roberta hatte bei dieser Entdeckung das Gefühl, irgendetwas würde hier schief stehen.

Bald schon wurde er zum ersten Mal von ihrer Mutter am Nachmittag zum Kaffee eingeladen. Roberta wollte Einspruch erheben, aber Eric war sofort von dem Vorschlag begeistert, und auf einmal zählte ihre Idee, sich erst einmal gemütlich ins Zimmer zurückzuziehen, überhaupt nicht mehr.

Die Mutter hatte im Esszimmer den Tisch gedeckt, den Kuchen ausgeteilt und Eric, das konnte sie genau sehen, fühlte sich mindestens so wohl wie in ihrem Zimmer. Er saß da, verschränkte die Arme hinter dem Kopf und lächelte zufrieden. Er konnte es gut mit ihrer Mutter, die die ganze Zeit lachte und den Kopf wie ein Teenager in den Nacken warf. Roberta wusste nicht, wie sie Eric vom Kaffeetisch wieder in ihr Zimmer bekommen sollte, auch weil ihre Mutter dies und das erzählte und Eric irgendwie bei der Stange hielt. Er war einundzwanzig und Roberta sechzehn, aber all das interessierte ihre Mutter nicht.

Roberta hatte sich in einen Stuhl gesetzt, die Beine angezogen und langsam ihr Glas geleert. Heiner schien zufrieden, die Leute lachten, manche hatten rote Köpfe. Hinten wurde schon wieder ein neues Fass angezapft.

Eric war sie immer wieder besuchen gekommen, inzwischen lud er sich sogar selbst ein. Sie gingen spazieren, sprachen über dies und das. Als Roberta und er gerade vor der Haustür standen und Eric sich verabschieden wollte, stieg ihre Mutter aus dem Fiat einer Bekannten, schwenkte ihre Tennistasche und lud Eric gleich für die nächste Woche ein.

Roberta wollte das verhindern, aber dann sagte ihre Mutter zu ihr, dass sie ja selbst früher gehen könne, und Eric stimmte zu. Nein, er tat das nicht aus Verpflichtung, das hatte sie schon bald erkannt. Es gefiel ihm, eingeladen zu werden.

Als Eric beim Kaffee erzählte, dass auch er Tennis spiele, war die Begeisterung ihrer Mutter groß. Sie schob ihm sofort ein weiteres Stück Kuchen auf den Teller. Roberta glaubte, dass sich da etwas anbahnte. Sie schaute einmal zu Eric, dann zu ihrer Mutter. Das ging eine ganze Weile so. Als es jetzt plötzlich darum ging, zusammen Tennis zu spielen, und sich die Sache zu konkretisieren schien, war sie längst zu einem Schatten geworden, einem Schatten, der auf einem Korbstuhl saß. Sie müsste gehen, aber in diesem Moment hörte sie, wie in aller Ruhe ein Termin vereinbart wurde. Anschließend dauerte es nicht mehr lange, dann ging Eric nach Hause.

Um sie herum wurde gefeiert, ein paar Mitglieder versuchten sich an einem Gedicht über Heiner, aber die Anlage war übersteuert, ein Pfeifen, sie hielt sich die Ohren zu, später ging das Programm weiter. Zwei Freunde spielten Querflöte und Gitarre, die Gäste waren fast zu laut, trotzdem ging das Duo nicht ganz unter.

Roberta hatte sich gedacht, dass sich zwischen Eric und ihr automatisch etwas entwickeln würde. Jeder hatte das gedacht, jeder hatte gedacht, dass Eric eher bei ihr im Zimmer sitzen würde als am Kaffeetisch. Jeder würde bestätigen, dass das normal war, was sie sich dazu dachte.

Eric und ihre Mutter hatten tatsächlich einen Tag bestimmt, an dem sie zusammen Tennis spielen wollten. Sie hatte es selbst gehört, das Match sollte an einem Freitagmittag stattfinden, ehe ihr Vater von der Arbeit kam. Ihre Mutter hatte Eric irgendetwas zugezischelt. Um dreizehn Uhr wollten sie sich treffen. Ihre Mutter würde kichern, weil sie sich wie eine Überlegene fühlen würde.

Roberta sah noch, wie ihre Mutter das Haus verließ, vergnügt, eine Tennistasche schwingend. Sie selbst kam gerade aus der Schule. Sie hatte extra einen Umweg gemacht, kam von der anderen Seite, wollte ein Aufein-andertreffen vermeiden. Auf dem Tisch stand eine Suppe, die inzwischen lauwarm war. Sie sah auf die Straße, draußen auf dem Bürgersteig eine schwarze Katze, das war Wuschi, ihr Kater. Schnell lief Wuschi über die Straße in Nachbars Garten. Sie versenkte den Schöpflöffel in der Suppe, füllte den Teller, sah dem gemahlenen Pfeffer zu, wie er auf der Suppenoberfläche schwamm. Sie schöpfte nach, dann fiel ihr wieder Ten-nis ein. Sie räusperte sich. „Was denn? Doch alles lächer-lich", sagte sie laut in den Raum hinein. Jetzt abräumen, irgendetwas tun, am Fenster sitzen ist aber auch etwas. Ihr Bruder hatte davon nichts mitbekommen, niemand außer ihr und ihrer Mutter natürlich.

Nachbarn von gegenüber stiegen aus ihrem alten Fiat aus und liefen ins Haus. Das waren die, die keine Katzen mochten. Es war schon fast eine Stunde vergangen, und sie saß noch immer auf dem Stuhl und starrte nach draußen. Wenn ihr Vater jetzt käme, würde es vielleicht rauskommen, weil er eine Frage stellen würde, und sie wäre dann die Letzte, die die Mutter schonen würde. Eric traf nicht einmal ein Viertel der Schuld.

Sie konnte jetzt aber nicht alleine auf ihren Vater warten, das ginge nicht. Ganz leise stand sie auf. Sie wollte lieber gehen. Langsam öffnete sie die Haustür.

Das Programm war zu Ende, sie verabschiedete sich von Heiner, dankte ihm für den netten Abend. Max stand neben ihr, freute sich wahrscheinlich, dass sie das herausbrachte. Jetzt schnell weg. Max fragte sie auf der Heimfahrt nach Eric, aber sie erzählte nur, dass sie ihn von früher kannte. Er wechselte dann das Thema, schneller als sie es selbst vorgehabt hatte. Zu Hause legten sie sich sofort ins Bett.

Roberta war unten am Fluss, ließ Steine mehrmals springen, hatte sie mit zehn geübt. Sie dachte an Silvia mit ihrer Blinddarmreizung, an den Rückweg entlang der Schrebergärten. Die Sonne stach. Im Haus würde ihre Mutter jetzt ihr Tennisröckchen ablegen, hatte sie schon so oft beobachtet. Roberta kannte sogar die Stellen ihrer beginnenden Krampfadern.

Max musste sie lange überreden, verstand natürlich, dass es mit Eric zu tun hatte. Irgendwann sprang sie auf, sagte: „Gut, ein Match, ich bin dabei." Von Eric hatte sie in dieser Zeit nichts gehört. Sie hatte die Wochen nach ihrem Wiedersehen erwartet, dass er sie einmal anrufen würde. Vielleicht war es Emily, die das verhinderte?

Heute wollte sie mal wieder mit Max spielen. Sie hatte sich für Samstagmittag entschieden. Die meisten machten zu diesem Zeitpunkt ihre Wochenendeinkäufe.

Als Max gerade zum Aufschlag anhob, entdeckte sie Eric und Emily am vorderen Platz. Sie waren gerade angekommen. Jetzt hob Emily den Arm und dann sah Roberta vorne den gelben Ball fliegen. Sie selbst spielte unkonzentriert und nach einer gewissen Zeit beendeten sie ihr Match. Max wirkte unzufrieden, sagte, sie solle sich nicht immer von anderen durcheinanderbringen lassen, die seien doch gar nicht so wichtig. Roberta lief zum vorderen Platz, stellte sich an den Rand. Emily hielt inne. Eric lächelte ein bisschen verlegen, hätte wohl lieber weitergespielt. Pech für ihn, dachte sie. „Ich möchte dich etwas fragen. Geht das?"– „Warum nicht." – „Wo hast du mit meiner Mutter gespielt? War das damals im Verein meiner Eltern? Hat sie überhaupt keine Bedenken gehabt? Hat sie nicht einen Moment nachgedacht?" – „Was meinst du genau? Ehrlich gesagt, ist doch ewig her." – „Und noch etwas ..."– „Was denn noch?"- „Habt ihr eigentlich noch ein zweites Mal gespielt?" – „Das ist doch nicht mehr von Bedeutung." – „Doch. Habt ihr oder habt ihr nicht? Gib einfach ein Zeichen." Eric nickte ganz langsam. Sie hatte es genau gesehen.

„Hast du Emily davon erzählt?" – „Wegen Mutti, wegen Liss?" Liss sagte er. Liss hatte sie noch nie jemanden sagen hören, dass klang jung und charmant, als wäre jemand anderer gemeint, vielleicht hatte ihre

Mutter gar nicht an sich gedacht, als sie ihm den Namen angeboten hatte, sondern spontan in die Luft gegriffen, wie sie und Eric ein Luftpaar waren oder Schauspieler, das käme auch hin.

Eric schüttelte jetzt den Kopf, sah plötzlich ganz doof aus.

Roberta erinnerte sich, wie sie einmal zusammen einen Biergarten besucht hatten, und als sie nicht sofort bedient wurden, hatte er das persönlich genommen, wollte nicht gehen, ohne vorher den Kellner zur Rede zu stellen. All das sei nur wegen ihm, weil er schwarz war, Afroamerikaner eben. Sie wollte ihn überreden, aber da war nichts zu machen. So etwas Ähnliches hatte sich noch einmal ereignet, aber dann konnte sie ihn unter Einsatz all ihrer Kräfte von seinem Vorhaben abbringen. Er verließ das Café dann nicht, blieb aber den Rest der Zeit stumm sitzen.

Kurz blitzte vor ihr ein Eric-Bild auf, jung, geschmeidig, ihm gegenüber die ältere Hausfrau, so unwahrscheinlich glücklich die Vorhand schlagend. Erschrocken schüttelte sie den Kopf, hinten spielten jetzt Max und Emily.

Als sie nach ihrem langen Spaziergang wieder zurück war, stand noch immer ihr Teller auf dem Tisch. Keiner war bisher aufgetaucht, keiner hatte es eilig, in das Haus zurückzukehren, selbst ihre Mutter, die immer erzählte, dass es so schön sei, war in Wahrheit froh, nicht immer hier zu sein. Die Stille im Haus war in Wahrheit voller nicht ausgesprochener Nachrichten, die herumirrten, irgendwann auch hörbar wurden. Da würde sich ihre Mutter wundern, da waren auch ihre eigenen dabei.

Kurz danach ging die Tür auf. Roberta erkannte sie an den Schritten. Sie rannte durch den Flur, stürzte hinten hinaus, Richtung Garten, war dann länger weg, Roberta sah die Mutter zurückkommen, rotes Gesicht von zu viel Aufregung, die Einkaufstasche ausleeren.

Ihre schnellen Bewegungen verrieten, dass sie nicht mehr viel Zeit hatte, bis ihr Mann nach Hause kommen würde. Die Küchentür war seit Jahren ausgehängt. Am Türrahmen ließ Roberta sich langsam auf den Boden gleiten. „Habt ihr zusammen Tennis gespielt?" – „Ja, hat Spaß gemacht." Ihre Mutter schnalzte mit der Zunge als wäre sie sechzehn oder siebzehn und Roberta genau das Gegenteil. – „Du spielst doch sonst immer nur mit Frau Schüssler und Frau Teichmann, warum diesmal nicht?" Ihre Mutter zuckte mit den Schultern, wusste nicht, was sie sagen sollte, lief noch schneller in der kleinen Küche hin und her. „Mir hat es gut gefallen." Roberta wollte sagen, dass das ihr Freund war, dass sie ihn vor dem Waschsalon kennengelernt hatte, aber dann kam nichts aus ihrem Mund. Die Mutter ließ eine rote Zwiebel fallen, die sie eilig wieder aufhob.

Als das Telefon klingelte, wollte ihre Mutter schnell an ihr vorbei, aber Roberta hatte sich jetzt erhoben. Mit gespreizten Beinen stand sie vor ihrer Mutter. „Halt!" Ihre Mutter wirkte verwirrt. Zum ersten Mal sah ihr Gesicht fast irr aus. „Lass mich durch!" Sie stampfte mit dem Fuß auf. „Die Roberta, die olle Nuss, lässt mich nicht durch", im Jammerton. Roberta stand noch immer im Türrahmen. „Komm, lass mich. Ist doch lächerlich." Es klang plötzlich so, als würde sie gleich zu heulen anfangen. Ihre Mutter hob die Arme, blieb aber stehen, wollte wahrscheinlich den Körperkontakt vermeiden. Jetzt drehte sie sich wieder weg, um Roberta nicht mehr ansehen zu müssen. Plötzlich begann ihre Mutter um Hilfe zu schreien. Roberta zuckte zusammen und gab den Türrahmen frei. Ihre Mutter lief durch.

Sie lief schnell den schmalen Flur entlang bis zum Telefon, hob ab, obwohl es längst nicht mehr klingelte.

Sie war tatsächlich noch einmal bis zum Waschsalon in der Vorstadt gelaufen, eine Stunde Weg war das. Es war wieder Sommer, nur dass fast ein ganzes Jahr vergangen war. Sie fragte sich, ob die Waschmaschinen ausgetauscht worden waren, weil der Raum heller wirkte. Ein paar Leute warteten auf ihre Wäsche, denen sie schonungslos ins Gesicht sah. Woher das mit dem intensiven Gucken kam, fragte sie sich auf dem Heimweg. Sie würde auch jeden Blickkontaktwettbewerb gewinnen, da hätte sie kein Problem. Sylvia, ihre Freundin, die hier wohnte, hatte sie vor einem Jahr gegen Eric ausgetauscht. Das war nicht gut, aber nicht mehr zu ändern, und Freundinnen warteten keine Ewigkeit, sie hätte es selbst nicht getan. Sie betrachtete sich eine ganze Weile in einem Schaufenster, dann noch in einem Spiegel, der auf dem Weg zur Innenstadt an einer Hauswand angebracht war. Mit der neuen Sonnenbrille sah sie umwerfend aus.

SUSANNA UND DIE KÖNIGINNEN
DER MAILÄNDER SCHIENE

Immer wieder fuhr das Spielzeugauto über die Seite, die sie aufgerufen hatte. Im oberen Teil war eine Puppenwiege zu sehen, ausgefeilte Animation der Seite ‚Ricordi e balocchi'. Kleine Metallautos, Fünfziger- oder Sechziger-Jahre-Modelle, außerdem eine große Menge Puppen. Die gute alte Zeit, ziemlich solide und verlässlich. Damals hatten sie in der Werkstatt nur Spielzeug aus Holz hergestellt, Massivholz, manchmal Sperrholz. Sie selbst hatte ein bisschen mit der Laubsäge gearbeitet, aber ihr fehlte die Übung, um ihnen wirklich eine große Hilfe zu sein.

Im Grunde war das mit dem Handwerk eine feine Sache, dachte sie heute, aber nicht mit Giorgio und Elfriede, und schon gar nicht in Mailand. In einer Stadt, die einen aufzufressen drohte. Elfriede war eine kleine Romy Schneider, nur mit einem bitteren Zug um den Mund und Giorgio hatte diesen prüfenden Blick, wenn er mittags von der Schule kam und sie beim Laubsägen und Leimen in der Werkstatt besuchte. Außer den kleineren Holzarbeiten sollte sie noch deren Kind betreuen.

Dass sie wieder mehr an Mailand denken musste, kam ganz automatisch, weil die Tochter ihrer Freundin als Au-pair ausgerechnet nach Mailand wollte. Sie sollte etwas dazu sagen, hatte die Freundin sich gewünscht. Ihre Fanny sollte sich unter dem Job und der Stadt etwas vorstellen können. Susanna hatte sich ein bisschen Zeit genommen. Jetzt saß sie bei Kaffee und Kuchen dem Mädchen gegenüber. Sie hatte Fanny lange nicht gesehen, aber es sah nicht so aus, als müsste man bei Fanny ein Blatt vor den Mund nehmen. Sie begann erst, als die Mutter das Wohnzimmer verlassen hatte.

,Au-pair' kann ein räudiger Job sein. Du wäscht das Blut aus den Bettlaken der Au-pair-Eltern, siehst alles, was in der Familie passiert, weil es sowieso auf deinem Wäschehaufen landet, den du sortierst. Du machst das mit einer Mädchenhausfrauengeduld, bis die Waschmaschine ihren Dienst quittiert. Wenn auch der Durchlauferhitzer noch streikt, gehst du wirklich die Wände hoch. Du hast nur frei, wenn sie dich laufen lassen, weil sie, ganz normal, über dich bestimmen. Die Familie ist stark, also pass auf! Wenn du rausfliegen willst, komm einfach nach zwölf nach Hause. Das tönt dann zum Abschied aus jedem Wohnungswinkel, dass du mehr oder weniger eine Schlampe bist. Die Au-pair-Familie ist mächtig, und wenn du gehst, folgt die nächste Ahnungslose. Und so geht es immer weiter. Daran siehst du, wie mickrig du bist.

Du denkst kurz, irgendetwas fürs nächste Au-pair erkämpfen zu können, aber da täuschst du dich gewaltig. Und Gewalt kommt sowieso vor. Pass genau auf, dann siehst du sie auch.

Susanna hatte sich bei Giorgio und Elfriede strikt an die Kinderbetreuungszeiten gehalten und sich erst abends zur Holzspielzeugfertigung in die Werkstatt begeben. Auch Giorgio, der immer kritisch war, hatte nichts gefunden, was er ihr wirklich vorhalten konnte. Ursprünglich hatten sie sich gar kein Au-pair-Mädchen gewünscht, sondern nur, um Susanna einen Platz zu geben, dem Experiment zugestimmt. Sie erinnerte sich nur grob an deren kleines Kind und die Betreuung,

Waldorfkindergarten. Meist standen die Mütter noch eine gewisse Zeit vor dem Gebäude in einem großen Kreis, als wäre der mit der neuen Pädagogik ein Geist, dem sie dankten.

Zu sehen, dass das Paar auch heute noch alleine Spielzeug herstellte, löste großes Erstaunen bei Susanna aus. Sie waren also immer dieser Zwei-Personen-Betrieb geblieben, ohne mehr zu wagen.

Besser wäre es vielleicht gewesen, nie wieder auf ihre Köpfe zu stoßen und die vielen Glasaugen ihrer Puppen betrachten zu müssen. „Was treibst du denn die ganze Zeit?", hörte sie jetzt Giorgio und Elfriede mit ihren bohrenden Stimmen aus dem Hintergrund heraus fragen, während sie gleichzeitig an ihren Holzspielsachen feilten. Sie waren verdammt alt geworden. „Du wolltest immer so viele Bücher lesen, aber dann bist du doch lieber ausgegangen." Das war Elfriedes scharfer Ton. Was ging das Elfriede und Giorgio eigentlich an?

„Wir haben ein Buch von Bertrand Russell bei dir entdeckt, aber die Bar Magenta hat dich mehr angezogen." – „Ich wollte nicht abends auch noch eure kritischen Blicke um mich haben, nein danke!", murmelte Susanna und schlug auf die Tischplatte. „Habt ihr sonst noch was?" – „Nein nichts mehr", schienen sie zu sagen. Susanna spürte Tränen aufsteigen.

Es gab noch eine andere Adresse, ganz in der Nähe des Mailänder Hauptbahnhofs, in der Via Melchiorre Gioia, einer ziemlich verkehrsreichen Straße. Dort war ihre erste Stelle gewesen. Sie hatte die Adresse über eine Organisation bekommen. Sie wollte längere Zeit in einer Familie verbringen, um die Sprache gut zu lernen. Dass ihr Zimmer einer Abstellkammer glich, war ihr nicht sofort klar, erst als sie stapelweise alte Tischdecken entdeckte, die ein Fach im Kleiderschrank für sie blockierten. Ein Eck war mit alten Kisten vollgestellt, so dass sie sich in ihrem Zimmer kaum umdrehen konnte.

Sie wollte jetzt auch die andere Familie googeln, die der Geschichte von Giorgio und Elfriede vorausgegangen war. Ohne die Cinicolas wäre sie gar nicht bei Giorgio und Elfriede gelandet. Es könnten im Internet ein paar alte Fotos aus Sportvereinen, eine Auszeichnung in der Firma, Kunst und Kultur oder sonst etwas sein. Ehe sie etwas finden konnte, tauchte das Ehepaar Lina und Gino Cinicola vor ihr auf. Das Gedächtnis hatte einen ganzen Film daraus gemacht. Gino, der Mann, hatte inzwischen natürlich ein gewisses Alter und war nach der Rente sicherlich wieder in seine Heimat Apulien gezogen. Seine Ehefrau Lina, eine temperamentvolle Sizilianerin, konnte sie auch nicht finden. Den Namen ‚Gino Cinicola‘ gab es natürlich in Mailand, aber dahinter verbarg sich ein junger Profiradfahrer.

Da fielen ihr die Töchter ein. Was war aus Laura und Alessandra geworden? Laura Cinicola hatte sie sofort gefunden. Sie war eine bedeutende Anwältin geworden.

Sie hatte das Mädchen Laura in dem erwachsenen Gesicht sofort wieder erkannt. Es waren die Augen, auch die Lippen, die helle Haut und der verträumte, fast zurückhaltende Blick, der heute noch so war, nur ein bisschen gereift, deshalb sicherer und klarer. Sie konnte nicht genau sagen, was es war, aber sie mochte das Mädchen vom ersten Au-pair-Tag an. Es kam ihr leider immer sehr angespannt und ängstlich vor, hatte einen nervösen Tick entwickelt, zwinkerte immerzu und räusperte sich so oft, dass man fast verrückt wurde. Unter welchem Druck musste dieses Mädchen stehen, hatte sie sich damals gedacht. Ticks dieser Art kannte sie eher von Erwachsenen. Das war Laura, da gab es keinen Zweifel. Es war wunderbar, dass sie Laura wiedergefunden hatte. Der weiche Blick, die schüchterne Offenheit für die Welt, dazu das feine Gesicht, hatten ihr schon etwas gegeben, worauf Susanna auf jeden Fall Rücksicht nehmen wollte.

Eine Alessandra Cinicola entdeckte sie auch, aber sie war sich nicht so sicher wie bei Laura.

Laura war damals noch ein Kind gewesen. Sie überlegte sich, ob sie ihr eine ganz einfache E-Mail schreiben sollte. Sie könnte sich unverbindlich melden und herzliche Grüße schicken. Sie könnte schreiben, dass sie manchmal an früher denken müsse. Sie könnte auch schreiben, dass Laura die Einzige aus der Familie gewesen sei, die Susanna nie vergessen habe, und das war nicht einmal gelogen.

An einem Abend beschloss sie, Laura Cinicola zu schreiben. Sie ging wieder auf die Advokaten-Seite, die sie schon ein paar Mal aufgerufen hatte. Laura hatte sogar mit deutschem Recht zu tun, kein Wunder bei dem deutschen Au-pair-Mädchen-Verschleiß der Familie. Die Kinder waren damals auf gute Schulen geschickt worden, das zahlte sich jetzt aus.

Sie schrieb an diesem Abend noch keine Mail, sah sich aber lange das Gesicht von Laura an. Wieder tauchte das Wohnzimmer der Cinicolas auf, das geschmacklose, ausladende Sofa, der dunkle Wohnzimmerschrank, aus dem sich Gino spät abends seinen Whisky holte. Die Familie aß unter der Woche oft in der winzigen Küche. Laura, die Ältere, war ein kluges und sehr braves Mädchen, andererseits war ihr gar nichts anderes übriggeblieben, sonst wäre sie wahrscheinlich sofort ins Internat verfrachtet worden.

Mit Laura und Alessandra hatte sie immer die Straßenbahn genommen. Sie waren an der fermata ‚Gioia‘ eingestiegen, durch die Via Turati bis zur Piazza della Repubblica gefahren. Wenn sie alleine fuhr, hatte sie immer ihr grünes Buch aufgeschlagen. Sie wusste, dass es Max Frisch gewesen war, aber sie wusste nicht, was das Buch genau für sie bedeutet hatte.

Am nächsten Tag rief sie die Kanzlei schon wieder auf und ließ sich schon wieder von Laura anschauen, dabei studierte sie die Präsentation von Laura ganz genau. Sie trug einen Blazer, der sehr klassisch war, doch die Bluse darunter bildete ein paar Falten. Sie sah sich die Ohren genau an, die Ohrläppchen waren angewachsen, wie bei der kleinen Laura. Der Blick kam ihr heute intensiver vor, so, als würde er Susanna erforschen wollen. Hatte sie nur diese blitzblanke Karriere gemacht oder war da noch mehr? Wahrscheinlich verbarg sie ihre Einsamkeit geschickt hinter diesem bezaubernden Auftritt.

Sie tippte auf das Mailsymbol und wartete bis sich das Kästchen für den Text öffnete.

„Hallo Laura, ich bin Susanna. Erinnerst du dich an euer Au-pair-Mädchen, das immer eine graue Gummitasche bei sich hatte? Früher habe ich Susanne geheißen, aber seit du mich dann ‚Susanna‘ gerufen hast, ist das mein neuer Name geworden Du bist also meine Namensgeberin. Es wundert dich wahrscheinlich, dass ich dir einfach so in dein Office schreibe, aber nach all den Jahren wollte ich gerne Kontakt aufnehmen, um zu erfahren, wie es dir geht. Du weißt doch, wer ich bin? Ich war in den frühen Achtzigern euer Au-pair, von dem ihr euch vorzeitig getrennt habt.

Du warst damals vielleicht acht oder neun Jahre alt und meistens an meiner Seite gesessen. Meine dunkelbraunen Haare waren damals kurz geschnitten. Du hast immer wieder gesagt, dass du meine Größe im Nu erreichen würdest.

Dann war da noch das grüne Buch, das ich bei meinen Straßenbahnfahrten mit euch auf meinen Knien ablegte. Darüber hast du dich lustig gemacht. ‚Du trägst es immer mit dir herum wie Alessandra ihre Puppe‘, hast du einmal gesagt und gelacht.

Ich arbeite schon länger an einem Fotoprojekt zu Mailand aus den Achtzigern. Es geht um Stadtentwicklung, Architektur.

Jetzt wieder zu meiner Zeit bei euch: Ein paar Fragen sind noch offen, ein paar Dinge würde ich dir natürlich gerne erzählen. Bist du einverstanden? Ich hoffe, Deine Eltern sind bei guter Gesundheit.

Ganz herzliche Grüße aus Deutschland,
Deine Susanna Kleiber.“

Das mit dem Fotoprojekt war ein wenig übertrieben, aber so öffnete sich vielleicht eine Tür. Hätte sie nichts Offizielles angeführt, wären ihre Chancen wahrscheinlich gegen null gegangen.

Sie saß jetzt wieder mit Laura auf dem Sofa. Laura war ihr immer ganz nahe gekommen. Offenbar gab es eine gewisse Sympathie. Laura hatte damals kurzes, welliges Haar, ein wenig jungenhaft, anders als die kleinere Schwester, die eher wie ein Püppchen aussah. Es begann ein ganz normaler Abend. Vielleicht dachten das die anderen auch, als erst einmal alles normal anlief. Sie hatte mit Lina, Alessandra und Laura Cinicola kurz vor acht zu Abend gegessen und sich dann mit den Mädchen noch ein wenig ins Wohnzimmer verzogen. Gino, der Ehemann, war spät aus der Arbeit gekommen. Seine Frau hatte ihn am Eingang abgefangen, um mit ihm etwas in der Küche zu besprechen. Die Kinder sollten von diesen Diskussionen ferngehalten werden. Das hatte Susanna verstanden. Sie wusste genau, worum es ging. Das Ende des gestrigen Abends saß ihr noch in den Knochen.

Sie hörte das Ehepaar jetzt laut miteinander sprechen, auch Laura neben ihr und Alessandra, die sich in den Wohnzimmervorhang gewickelt hatte, hörten die Eltern deutlich. Dabei war es noch gar nicht so laut, bei Gino und Lina ging noch mehr. Die Küche war so weit entfernt, dass sie nicht jedes Wort verstehen konnte. Sie hätte sich gerne hingeschlichen, konnte das aber wegen der Kinder im Moment nicht machen. Vielleicht hatte Laura deshalb Jura studiert, um ihrem Vater einmal entgegentreten zu können.

Der Fernseher lief leise, und als Susanna ausschalten wollte, war Laura dagegen. Wahrscheinlich beruhigten Laura die oberflächlichen Fernsehstimmen.

Susanna dachte, dass irgendwo in diesem Gebäude in irgendeinem Wohnzimmer über ihr gerade auch ein Au-pair aus Dänemark oder Schweden in seinem Zimmer saß und wartete, wartete, wie es mit der eigenen Au-pair-Familie weitergehen würde. Susanna wusste, dass genau dieses Au-pair jetzt am Fenster stand und über seine missliche Lage nachdachte. Leider wusste sie nicht in welchem Stock.

Während Alessandra sich hinter dem Brokatvorhang versteckte, saß Laura ganz aufrecht da, die Handflächen auf ihren Oberschenkeln abgelegt, als würde sie über einen bestimmten Plan nachdenken. Nach einiger Zeit stand sie auf und machte den Fernseher lauter. „Lass das bitte, Laura." Aber Laura hatte sich die Fernbedienung geschnappt und umgeschaltet. Die Stimmen im Fernseher waren ruhiger geworden, weil jetzt über Tiere in der Sahara berichtet wurde. Alessandra kam langsam hinter dem Vorhang hervor und setzte sich neben Laura. In der Küche wurde unverändert diskutiert.

Die Skandinavierin ging sicher laufend aus, weil sie abends eine lebendige Stadt erleben wollte. Sicher hieß sie Gitte, hatte extrem blondes Haar, blaue Augen und war unheimlich groß und nordisch selbstbewusst und jetzt zum ersten Mal in ihrem Leben blockiert. Hätte genau diese skandinavische Gitte klingeln und um Einlass bitten müssen?

War das ein Skandal, was sie gerade dachte oder war sie der Skandal? Für Gitte war das jedenfalls der größte Witz ihres Lebens. Sie würde sich vor Gino aufbauen, weil sie natürlich größer war, echte schwedische Größe, und fragen, ob er das wirklich ernst meine, das Gesicht schon zu einem breiten Grinsen verzogen.

Gino kam in diesem Moment ins Wohnzimmmer, Susannas Herz schlug schneller, wenn sie doch zu Gitte könnte. Er wollte die Kinder ins Bett schicken, aber Laura stand nicht sofort auf. Sie wurde vom Vater in strengem Ton hinausgeschickt. Beim Gehen drehte sich nur Laura noch einmal um. Kurz darauf waren die Mädchen in ihrem Zimmer verschwunden. Susanna hatte noch „Gute Nacht", gerufen, aber das erreichte sie nicht mehr.

Gino Cinicola stand mitten im Raum, das blasse Gesicht von auffälligen Problemfalten durchzogen. Der Mann hatte sich nicht einmal umgezogen. In seinem Anzug hing noch der ganze Arbeitstag. Die Krawatte hatte er ein wenig gelockert, aber das Bild des Technokraten blieb. Er ging zum Schrank, um sich einen Whisky zu holen.

Gitte würde schon hinter ihr stehen, Susanna würde ihren Kopf an ihr Mädchenbecken lehnen, besser als nichts, dann würde Gino hoffentlich mit seinem Glas einen Meter zurücktreten.

Sie überlegte, ob sie auch um einen Schluck bitten sollte, aber dann würde er wahrscheinlich noch schneller durchdrehen, was sich sowieso schon ankündigte. Lina, seine Frau, war weit und breit nicht zu sehen. Susanna wollte nicht, dass er ihr Zittern sah.

Er war ein Mann mit Ansichten wie vor hundert Jahren. Sie wusste es vom ersten Tag an. Gestern in der Nacht an der Wohnungstür hatte sich für ihn die einmalige Gelegenheit geboten. Er hatte es genossen, seine Schauerlichkeit über sie zu stülpen. Das innere Warnsystem in ihr hätte sofort im Hausflur losgehen müssen, dann wäre Gitte neben sie getreten.

„Setzen wir uns", sagte Gino Cinicola. Blödes Gerede, denn sie saß ja bereits, sie musste ja hier sitzen. Sie nickte nur. Nie hätte sie gedacht, dass so ein Moment einem das Blut in den Kopf pumpte, man gleichzeitig Magenbeschwerden bekam und ein Bein nervös zitterte. Das Gehirn arbeitete wie verrückt an einem Plan, um hier wegzukommen. Sie sah auf den Glastisch, auf dem die Tageszeitung lag und in einiger Entfernung das Whiskyglas stand. Wenn sie sich lange auf den warmen Blauton ihrer eigenen Jeans konzentrierte, entfernte sich die Stimme von Gino Cinicola, als würden die blauen Baumwollfasern den Ton ein wenig dämpfen.

Ihr Blick fiel wieder auf den Whisky, vielleicht war er auch noch Alkoholiker, so schnell wie er das Glas geleert hatte. Alles war möglich. Wenn sie vorsichtig den Kopf hob, sah sie das Ende seiner breiten Krawatte.

„Susanna, du bist jetzt einige Male spät nach Hause gekommen. Ich will nicht groß um den heißen Brei herumreden. Uns gefällt das nicht. Wir erwarten etwas anderes von unseren Au-pair-Mädchen. Du hast hier ein gutes Auskommen. Wir verlangen nicht zu viel. Du kannst am Sonntag immer deinen freien Tag nehmen. Andere Au-pair-Eltern lassen ihre Mädchen eher mehr arbeiten. Wir erwarten, dass du dich anders benimmst. Du bist bei einer guten italienischen Familie, da gehört sich das nicht. Ich kann mir nicht vorstellen, dass das in Deutschland so üblich ist." Die Stimme war so eisig, dass sie sich am liebsten sofort die Ohren zugehalten hätte, aber sie musste jedes Wort abspeichern.

Diese Predigt hörte die skandinavische Gitte im zehnten Stock. Sie öffnete das Fenster und steckte sich eine an. Einmal Mailand – Stockholm, komm! Das Gerede will sowieso keiner hören. Gittes Blechstimme klang wie Rockmusik.

„Ich sehe keine wirkliche Grundlage, auf der man weitermachen könnte." Das war der buchstabierte Rausschmiss. Deshalb hatte er die anderen Familienmitglieder weggeschickt. Das wollte er ganz alleine durchziehen. Sie schien ihm gewaltig gegen den Strich zu gehen. Sie presste die Handflächen auf das Sofa. Als sie wieder aufsah, war er weg, hinter seiner Schlafzimmertür verschwunden.

Vorsichtig öffnete sie die Wohnungstür und schlich nach unten. Sie würde jetzt alle Balkons von unten nach oben durchgehen, um ganz oben Gitte zu entdecken. Langsam lief sie durch das Treppenhaus, den Wohnungsschlüssel sicher in der Tasche. Unten öffnete sie die Haustür und setzte sich auf die letzte Stufe. Vor ihr lagen der Gehsteig, der Randstein und die Straße. Sie war gar nicht alleine, weil viele Passanten an ihr vorbeiströmten. Alle hatten zu feiern in dieser Stadt, die viel mehr zu bieten hatte als beschränkte Menschen.

Sie zündete sich eine Zigarette an. Wenn sie den Kopf schräg hielt und nach oben sah, kam ihr das Gebäude mit den vielen Wohnungen noch viel größer vor. Es ging locker bis zum zehnten Stock. Oben bewegte sich etwas, wahrscheinlich rauchte jemand wie sie, nur dass er oben bleiben konnte. Darüber war Gitte, der letzte Balkon vor dem freien Himmel. Susanna hob den Kopf, um den Rauch schräg nach oben zu blasen, Richtung Gitte und Richtung Himmel.

Was genau hatte sie eigentlich ausgefressen, war die Polizei gekommen? Niemand hatte einen Polizisten gesehen, nene, nichts. Sie war auch nicht aufgehalten worden. Vielleicht wäre sie sogar noch später gekommen, aber die Tram fuhr leider nicht länger, und dann hätte die Familie einen Schock bekommen und Gino wäre an seinem Whisky erstickt. Sie kicherte vor sich hin. Sie musste jetzt nachdenken.

Die Zigarette und der gleichmäßige Verkehr beruhigten sie. Als sie wieder zurückwollte, sah sie in der Pförtnerloge noch Licht. Der Mann der Pförtnerin tauchte auf. „Ist etwas passiert?" – „Nein, ist ihre Frau nicht da?" – „Sie schläft schon." – „Ich musste nur noch mal vor die Tür." Langsam lief sie bis in den sechsten Stock. Mit dem Aufzug wollte sie lieber nicht mehr fahren.

In dieser Nacht packte sie bereits ihre Sachen zusammen. Es wurde ernst. Morgen würde sie weg sein. Sie musste auf jeden Fall gehen, egal wohin. Mitten in der Nacht erwachte sie. Sie lag in ihrem Bett, fror, zog einen Pullover an, fror noch immer. Irgendwann hörte sie die erste Straßenbahn vorbeifahren. Der Morgen war nicht mehr weit, sie musste nicht mehr lange im

Dunkeln liegen. Mit der Zeit kamen immer mehr Autos dazu. Bald würde sie für immer diese unbequeme Liege verlassen, die ein Bett sein sollte, in der Bar Kaffee trinken, ein Hörnchen essen, einen weiteren Kaffee bestellen und dann starten.

Als sie aus ihrem Zimmer kam, waren die Mädchen gerade dabei, die Wohnung mit ihrem Vater zu verlassen. „Laura und Alessandra, ich gehe!" Sie riss die Wohnungstür auf. Ein Blick von Laura, dann zerrte sie der Vater in den Aufzug. Jetzt tauchte Lina Cinicola auf. Sie hatte einen strengen, frostigen Blick, wünschte alles Gute. Was war das eigentlich für eine Frau, die einem so einen Blick schenkte? Susanna zog ihre große Reisetasche hinter sich her. Sie musste jetzt sofort in die Bar, um mit Ulrike zu telefonieren. „Wo gehst du denn jetzt hin? ", fragte Lina Cinicola noch, aber Susanna zog die Tür schnell hinter sich zu.

Ein paar Minuten später, war sie in ihrer Bar Regina angekommen. Es war eine ganz gewöhnliche Bar, aber sie mochte das Ehepaar, das sie betrieb. Alle wichtigen Telefongespräche führte sie meist vom Münztelefon dieser Bar aus. Jetzt wählte sie die Nummer von Ulrike.

Susanna war frei, ganz und gar frei, nur durch ein dünnes Band mit Ulrike verbunden. Als es tutete, schob sich das Bild von Ulrike vor Gitte. ‚Pronto' mit Hamburger Akzent am Ende der Leitung. Sie hielt den Hörer ganz fest und redete und redete. Später warf sie noch einmal eine Münze ein. Ihr kamen kurz die Tränen, die wischte sie weg, redete weiter, mit dem Rücken zur Bar. Ulrike war nicht überrascht, weil Susanna schon Andeutungen bei ihrem letzten Treffen gemacht hatte. Susanna sah an sich herunter. Ihre graue Gummitasche und das grüne Buch würden sie durch die Stadt tragen.

Eine Stunde wartete sie jetzt schon auf Ulrike. Sie sah Gäste ein- und ausgehen, hörte den Klang der geschubsten Unterteller für die Espressi. Man konnte die Kaffeemengen nicht zählen, die über den Tresen gingen. Endlich erschien Ulrike an der Tür. Ihr Gesichtsausdruck war nicht ganz eindeutig, aber dann lächelte sie doch, als sie sich neben Susanna setzte. Sie begann sofort von Elfriede und Giorgio zu erzählen, einem Paar mit kleinem Kind, alles Waldorf-Clique, wie ihre eigene Au-pair-Familie.

Die Via Melchiorre Gioia würde sie bald nicht mehr entlanggehen. Jetzt führte der Weg in die Via Gaetano Donizetti, ein altes Mailänder Viertel. „Das liegt nicht an dir. Die Familie ist eben von vorgestern. Was juckt dich das noch? "

Ulrike hatte übers Telefon schon alles organisiert. Sie schleppten zu zweit die Tasche von der Bar bis zur Straßenbahn. In der Nähe der Via Gaetano Donizetti stiegen sie aus. „Ich kann jetzt wirklich nicht nach Deutschland zurück." – „Sonnenklar!"

Susanna sah, dass sie eine Mail bekommen hatte mit dem Absender ‚Cinicola', laut Server, direkt aus der Kanzlei.

Laura schrieb italienisch, was Susanna ganz normal erschien. Sie selbst war damals natürlich angehalten worden, mit den Kindern immer wieder deutsch zu sprechen.

„Cara Susanna", schrieb sie. Laura hatte mit ihr nie ein Problem gehabt. Ganz im Gegenteil, würde sie sagen. Sie schrieb, dass sie überrascht sei, aber langsam käme die Erinnerung zurück. Ihre damalige Susanna hatte einen Tick. Ihre Susanna schleppte nämlich immer ein grünes Buch mit sich herum. Sie und Alessandra hatten mal gedacht, dass sich in dem Buch ein bestimmter Code befinden müsse, der niemandem in die Hände fallen dürfe, deshalb sei das Buch an ihr festgewachsen.

Dann erzählte sie vom Jurastudium. Sie wollte schon sehr früh Anwältin werden. Das war immer der Plan. Ihre Schwester sei hingegen Lehrerin geworden. Sie schrieb nichts von einer eigenen Familie oder Kindern, nur dass sie in Amerika und Deutschland ein paar Semester studiert habe. Aber das lag jetzt auch schon länger zurück. Sie sei übrigens in der wunderschönen Stadt Heidelberg an der Uni gewesen. Sie fragte, warum Susanna sich nach so vielen Jahren plötzlich melde und ob es einen bestimmten Grund dafür gebe.

Ihre Eltern seien übrigens vor ein paar Jahren wieder nach Apulien gezogen, hätten aber bis zu diesem Zeitpunkt in der Via Melchiorre Gioia gelebt. Sie freue sich, dass es Susanna immer noch nach Italien ziehe. Man bräuchte ja nicht einmal ein Fotoprojekt, um Italien, um Milano zu genießen. Und dann schloss sie, mit den üblichen schönen Grüßen.

Susanna las die Mail immer wieder. Sie meinte vielleicht damit, dass Susanna sich gar nicht hinter einem Fotoprojekt verstecken müsse. Laura wäre bereit, sich die eine oder andere Frage zur Vergangenheit anzuhören.

Eine Woche war vergangen, eine weitere Mail hatte Laura nicht geschrieben. Susanna war jetzt an der Reihe. Wartete Laura oder war sie längst wieder zu ihrem Alltag zurückgekehrt?

Sie war der Überzeugung, dass Laura alleine lebte. Wahrscheinlich war sie nach dem Studium mit einem Kommilitonen zusammengezogen, den sie einigermaßen liebte, den sie aber aufgrund seiner Unselbstständigkeit schnell abservierte. Nach der anfänglichen Euphorie der eigenen Unabhängigkeit legten sich mit der Zeit die großen Flügel der Einsamkeit um das eigene Leben. Eine Mail kann dann so etwas wie ein Sonnenstrahl am bewölkten Himmel sein. Singles nahmen gerade in den Großstädten immer mehr zu. Laura war noch nicht so alt, aber Anfang vierzig war sie auf jeden Fall. Dann blieben langsam nur noch die Dating-Portale, während man Sushi oder Salat vom Take Away aus der gegenüberliegenden Einkaufsmall aß. Sie stellte sich Laura vor, wie sie mit der Sushiportion vor ihrem neuesten Apple Notebook saß, die Schuhe abgestreift, die Zehen zu Übungen unter dem Tisch eingerollt. Ab und zu huschten Lichter durch ihren Raum, die von der gegenüberliegenden Straßenseite kamen.

Es war Sonntagabend. Sie war den ganzen Tag mit Freunden unterwegs gewesen. Abends hatte sie sich ein Bier eingeschenkt und über Skandale nachgedacht. Skandale gab es doch heute gar nicht mehr, außer in der ,Gala' oder ,Bunten'. Das französische Wort roch nach alten Filmen. Sie musste so laut lachen, dass sie sich fast nicht mehr beruhigen konnte. Was für ein altmodischer Unsinn sie da in die Enge getrieben hatte. Susanna lachte immer lauter vor sich hin. Die alten Cinicolas sollten in Apulien aus ihren Liegestühlen kippen und direkt mit dem Gesicht im Sand landen.

Sie lachte und glitzerte in einem fort, schenkte sich den Rest Bier ins Glas und nahm sich vor, heute noch Laura zu schreiben. Sie wollte nicht mehr ewig um den heißen Brei herumreden.

Sie schrieb, dass sie sich über Lauras Antwort sehr gefreut habe, dass aber Mailand auch ein Mailand mit einem bitteren Nachgeschmack für sie geblieben sei.

Einige Bilder aus der Wohnung würden noch wiederkehren und der Rausschmiss, liebe Laura, das war kein Spaß! Dabei habe sie lange gedacht, sich wie ein normales Au-pair-Mädchen zu verhalten. Sie habe vorher keine großen Erfahrungen im Haushalt gehabt, aber das sei bei den anderen Au-pairs sicher nicht besser gewesen. Die Aufgaben hätten ihr am Anfang Spaß gemacht. Lauras Vater sei aber von Anfang an nicht mit ihr einverstanden gewesen, das wäre einem Blinden aufgefallen. Mit der Zeit habe sie dann angefangen, auch unter der Woche öfter auszugehen, um nicht komplett zu versauern. Sie habe die Stunden in einer anderen Umgebung, mit anderen Au-pairs in der Bar Magenta unheimlich genossen. Vielleicht sei Laura ein paar Jahre später auch in der Bar Magenta gesessen. Sie dürfe ihr das jetzt nicht übelnehmen, aber die Eltern seien wirklich ein Problem gewesen.

Dann schrieb sie noch. „Liebe Laura, du wirst mich fragen, warum das heute noch wichtig ist? Die Tochter einer guten Freundin sucht eine Au-pair-Stelle in Mailand, da fiel mir alles wieder ein. Das brachte mich auf die Idee, dich wissen zu lassen, was ich nie vergessen habe. Herzliche Grüße Susanna."

Sie klickte auf die abgesendeten Mails, um noch einmal nachzulesen. Sie war mit sich zufrieden. Sie hatte alles ganz folgerichtig erzählt. Ein bisschen grob war sie vielleicht vorgegangen, aber ohne die Offenheit hätte Laura schnell das Interesse verloren. Sie müsste noch erzählen, wie der Vater Laura eine teure Privatschule bezahlt hatte, während er das wöchentliche Au-pair-Geld nur widerwillig hinblätterte. Manchmal hatte sie Rachegefühle, hatte den Eltern sogar eine Pechsträhne für eine bestimmte Zeit gewünscht, aber schreiben konnte sie das natürlich nicht.

„Du kannst doch nicht dauernd deine Mails anschauen. Erwartest du irgendetwas?", fragte Susannas Mann.

Nach ein paar Tagen war tatsächlich wieder eine Antwort in ihrem elektronischen Postfach. Sie lief durch die Wohnung, wischte Staub, saugte den Vorraum, entfernte ein paar Spinnweben, die sich in den Ecken versteckt hatten, und kehrte dann mit einer Tasse Kaffee zu ihrem Notebook zurück.

Jetzt öffnete sie die Mail. „Cara Susanna" stand da. Ihre Augen begannen leicht zu zucken. Hatte nicht die kleine Laura immer dieses nervöse Blinzeln gehabt?

Sie sei überrascht gewesen. Sie wüsste nicht genau, was sie jetzt sagen solle, aber ein bisschen Erinnerung sei auch in ihr hochgekommen. Wahrscheinlich lag es daran, dass Susanna von einem Tag auf den anderen verschwunden war und ihre Eltern geschwiegen hatten. Irgendetwas war kurz darauf außer Kontrolle geraten, und ihr Vater war so wild und laut wie noch nie geworden. Wenige Tage danach hatte ihre Mutter das kleine Au-pair-Zimmer komplett auf den Kopf gestellt. Es roch dann tagelang nach Ammoniak. Die Mutter sagte damals, sie würden jetzt erst einmal keine Au-pair-Mädchen mehr nehmen. Ihr Vater habe nie mehr über Susanna gesprochen, und als Alessandra noch einmal fragte, kam ihr eisiges Schweigen entgegen. Vaters Gesichtsausdruck war ziemlich versteinert, aber das war er auch in anderen Momenten. Sie hörte ihre Eltern nie über Susanna reden, nur einmal kamen sie auf die Gummitasche zu sprechen, weil Alessandra eine ähnliche graue Gummitasche wollte. Es war das einzige Mal, dass ihr Name fiel. Die Gummitasche habe man auf dem Markt für Alessandra gekauft, ganz in der Nähe der Via Melchiorre Gioia. Dass Au-pairs es nicht immer leicht haben, konnte sie sich gut vorstellen.

Vor ein paar Jahren seien ihre Eltern nach Apulien gezogen. Vom Mailänder Smog hatten sie genug. Ehrlich gesagt, sei sie noch immer nicht nach Apulien gefahren. Die Wohnung am Bahnhof war vermietet worden, aber das hatte alles Alessandra erledigt. Sie selbst sei immer in der Kanzlei. „Wer etwas von mir will, findet mich von Früh bis Abend in meinem Office.

Viele herzliche Grüße Laura Cinicola"

Susanna starrte auf den Bildschirm. Draußen war es dunkel geworden. Sie las immer wieder die Zeilen von Laura. Das Zimmer wurde nur durch ihr Notebook beleuchtet. Die Helligkeit des Textes umklammerte sie. Laura hatte sicher längst die Kanzlei verlassen und war in ihre Mailänder Wohnung zurückgekehrt.

Wenn sie sich jetzt ganz stark konzentrierte, konnte sie das Schienennetz der Orangefarbenen, der Königinnen von Mailand, sehen. Dicht hintereinander ruckelten sie früh morgens durch den Novembernebel. Abends drängten sie ins Depot. Ehe das geschah, waren sie längst ausgestiegen. Laura beim Fahrer und sie ganz hinten.

LISBETH

Sie sah zum Fenster hinaus. Dort, wo der alte Mirabellenbaum gestanden hatte, fehlte ihr irgendetwas. Ein Ast war kahl und ein wenig gebogen gewesen. Die Katzen hatten ihn immer genutzt, um von dort auf das Fensterbrett zu springen. Es war das Zimmer, das erst ihre Großmutter bewohnt hatte, dann ihre Tochter und jetzt ihr Mann. Er wollte ein wenig seine Ruhe haben, und da das Zimmer nach dem Auszug der Kinder frei wurde, stand dem nichts im Weg.

Der neu gepflanzte Mirabellenbaum trug bisher kaum Früchte, von denen man höchstens einen einzigen Kuchen im Sommer backen konnte. Sie stand auf und ging Richtung Küche, vorher bog sie links ab. Das war nun sein neues Reich. Er war gerade nicht da, weil das Gemüse, das sie am Freitag beim Einkaufen nicht mehr schleppen konnte, immer am Samstag auf dem Stadtmarkt geholt werden musste.

Der Bildschirm war viel zu groß für den Raum, aber das störte ihn offenbar nicht, weil er das Verhältnis Wohnraum zu Möbeln noch nie wahrgenommen hatte, schließlich war das ein altes, wertvolles Haus, aber das sagte ihm scheinbar immer noch nichts. Sie warf einen Blick auf das Bett, das er aber in dieser Nacht nicht benutzt hatte, weil er bei ihr gewesen war. Sie hatte es so gewollt. Sie wusste eigentlich nicht mehr warum, sie konnten dann beide doch nicht schlafen.

Wie sie auf die Idee gekommen war, dass er eine Freundin habe, wurde sie von Margot gefragt, der sie das relativ bald erzählt hatte. Der Gedanke war ihr gekommen, hatte er doch seine Tischtennisklamotten fein säuberlich gebügelt auf der Schmutzwäsche abgelegt. Früher hatte er aber immer stark geschwitzt. Am Anfang habe sie sich noch nicht so viel dabei gedacht, aber nach einigen Monaten ihn dann doch angesprochen. Seine Reaktion sei eigenartig gewesen. Dort am Tisch habe er gesessen und gleich gelacht, dabei das Gesicht so verzogen, wie er das immer tat, wenn ihm etwas unangenehm war. Sie kannten sich schon so lange, da war in der Mimik alles abzulesen. Sie hatte sich dann hingesetzt, war aber gleich wieder in die Küche gegangen, weil sie nicht neben ihm sitzen konnte. Später brachte sie das Gespräch auf den Punkt. „Du bist gar nicht beim Tischtennis gewesen nach der Arbeit. Deine Sportkleidung ist völlig unbenutzt. Du musst mir keine Märchen erzählen!" Sie wollte zumindest wissen, aus welcher Ecke die neue Frau kam, ob es eine vom Tennisverein oder eine ihrer Freundinnen war; aber eine aus dem Kaffeekränzchen, das konnte sie sich überhaupt nicht vorstellen, die gefielen ihm nämlich nicht. Sie hatte dann aufgeatmet, als er sagte, er habe sie in der Arbeit ganz neu kennengelernt. „Es ist aber keine Kollegin, sondern eine Frau, die für ihre Diplomarbeit etwas recherchiert." Was es denn zu recherchieren gebe, wie alt diese Diplomarbeiterin denn sei, wollte sie noch wissen, aber er winkte ab. Sie hatten nicht mehr darüber gesprochen, aber das machte ihr nichts. Seine Laune war ihr mittlerweile egal, hatte sie einmal zu ihrer Tochter gesagt.

Sie hatte sich genau überlegt, wann er sich das Zimmer eingerichtet hatte. Die Ideen von Eigenständigkeit und Rückzug waren offenbar keine Gedanken von ihm gewesen, sondern fielen mit der neuen Bekanntschaft zusammen.

Als sie mit Albert zusammengekommen war, hatte er sie wirklich begehrt. Er war auch sofort eifersüchtig auf andere Bekannte. Das hatte sie ihrer Tochter auch einmal erzählt, aber ihre Tochter, die Matz, hatte sich gerne über diese Dinge lustig gemacht.

Sie sah auf die Uhr. Alles kam ihr langsamer vor als bisher, als wäre die Zeit angehalten worden und hätte nicht wieder aufgeholt. Sie holte Mehl, außerdem Eier und Butter aus dem Kühlschrank. Albert würde gleich Johannisbeeren vom Stadtmarkt bringen und während dieser Zeit könnte der Mürbeteig ruhen. Sie überlegte sich, wann ihr eigener Vater seine zweite Frau kennengelernt hatte, aber sie wusste es im Moment nicht mehr so genau. Ihre Mutter war die letzte Zeit schwer krank gewesen. Warum der Opa sich nicht um seine Frau gekümmert habe, sondern alles Lisbeth erledigen musste, hatte ihre Tochter einmal gefragt, aber was hätte sie dazu sagen sollen?

Sie hörte den Schlüssel in der Tür, und plötzlich stand er neben ihr in seiner neuen Cordhose von Peek und Cloppenburg und dem kornblauen Hemd. Es stand ihm gut, aber das sagte sie ihm nicht. Er würde jetzt ab und zu mal eigene Wege gehen. „Keine Kommentare, bitte!" „Das ist ja ein Witz! Die Kommentare musst du mir schon erlauben! "

„Hier sind die Johannisbeeren, die wolltest du doch." Er stellte alles in der Küche ab und begann das Frühstücksgeschirr abzuspülen. Er schnupfte die ganze Zeit nervös vor sich hin. Woher die Nervosität schon wieder kam, wollte sie lieber nicht fragen, weil er immer so schnell aufgebracht war, viel schneller als beispielsweise Werner, der Mann von Rita, oder Schorsch, der Mann von Annegret. Es war eigentlich auch egal, sie musste einfach damit leben. Wie es jetzt weitergehen würde mit der Freundin, wusste sie nicht. Sie wusste auch nicht, wen sie fragen sollte, außer ihre Kinder, aber das hatte sie schon versucht. Ihre Tochter hatte ihr zwar zugehört, aber wenig Verständnis gezeigt, trotzdem war es besser, als gar niemanden zu haben. Sie war nicht anspruchsvoll, nein, das war sie nicht.

Sie hatte ihre Meinung zu den Dingen, aber sie schwieg. Ihr Mann kam sich dann immer so schlau vor, aber der sollte mal lieber vorsichtig sein. Das habe sicher alles mit seinem Minderwertigkeitskomplex zu tun, hatte Trudi einmal über ihn gesagt. Dabei hatte Trudi ja nur diesen Freund ihres Vaters geheiratet, einen alten Mann. Genau genommen konnte sie gar nicht so genau mitreden.

Albert war inzwischen aus der Küche verschwunden, so dass sie wieder zurückkehren konnte. Sie schaltete das Radio ein. Der kühle Teig wurde ausgerollt, mit Johannisbeeren und Baisermasse aufgefüllt und in den Backofen geschoben. Anschließend seifte sie im Bad den Kragen zweier Hemden ein, legte die Kernseife wieder unter die Spüle und ging in die Waschküche. Am Nachmittag wollte sie Gobal treffen. Er hatte immer noch einige Sprachprobleme, aber sie half ihm gern. Nicht so gern wie Simon, aber Simon war verschwunden. Hatte das mit der Ablehnung seines Asylantrags zu tun? Sie wusste es nicht genau, aber bei der Caritas munkelte man.

Normalerweise ging sie am Samstag nicht zur Unterkunft, aber sie hatte es Gobal versprochen. Sie lief die Hauptstraße entlang, bog am Ende ab und stand vor dem alten Backsteinbau. Im ersten Stock gab es einen eigenen Raum, da konnte man etwas besprechen. „Du kannst gern zu mir kommen, um ihm die Grammatik zu erklären", hatte Mathilde das letzte Mal gesagt, aber das kam nicht in Frage.

Am Ende des Flurs wartete er schon. Sie wiederholten die Vergangenheitsformen, die sie vor vielen Jahren mit ihrer Tochter auch einmal geübt hatte, aber damals hatte das Üben nichts gebracht. Sie hatte den Übertritt ins Gymnasium in jenem Jahr nämlich nicht geschafft. Mit Gobal kam ihr alles leicht vor, als hätte sie nie etwas anderes gemacht.

Er sprach gut Englisch, aber von Deutsch hatte er wenig Ahnung. Sie würde ihm noch ein bisschen helfen müssen. Es gefiel ihr, neben Gobal und Simon zu sitzen, den Geruch dieser jungen Männer einzuatmen und ihre Grammatikübungen zu korrigieren. „Gut, dass es dich gibt, Lisbeth", hatte Gobal einmal gestrahlt, und Simon, ihr wunderbarer Simon, hatte ‚Danke' gesagt, einfach nur ‚Danke'. Sie hatte es sogar in ihrem kleinen Tagebuch notiert, das im Wohnzimmerschrank hinter Hildegard Knefs Wälzer ‚Der geschenkte Gaul' stand. Mathilde überließ ihr den Deutschunterricht, sie kochte lieber Kaffee in der Gemeinschaftsküche.

„Lisbeth was ist genau Futur II?", hörte sie Gobal fragen. Sie sah nicht mehr auf seine Verbformen schreibenden Hände, sondern begann zu erklären, worin der Unterschied zwischen Futur I und Futur II bestand. Sie hatte sich ein paar Beispiele aufgeschrieben, die ihr hilfreich schienen. „Sie werden verhandelt haben, Lisbeth?" – „Ja! Du hast auf das richtige Beispiel gezeigt!" Er stellte sich nicht dumm an, er hatte ja irgendwann auch einmal studiert. Trotzdem fand sie es heute anstrengend und sah auf die Uhr. „Ich muss bald zurück, mein Mann erwartet mich zum Kaffee." Er schrieb noch ein bisschen weiter, aber sie packte ihre Sachen schon zusammen und stand auf. „Um vier Uhr gibt es bei uns Kaffee." Er sah sie an, als hätte er das nicht verstanden, dabei gab es doch da nichts zu verstehen. Merkwürdigerweise lief er die ganze Zeit neben ihr, bis sie an der Hauptstraße bei der Elisenschule sagte, dass sie schon allein zurückfinde.

„Lisbeth, übrigens, Lisbeth, ich habe deinen Mann einmal mit dir gesehen. Das andere Mal aber mit einer anderen Frau. Hand in Hand sind sie spaziert." – „Ich muss wirklich los! Der Kaffee ist fertig." Sie wollte noch ein bisschen allein sein. Nur dieser kurze Weg von der Haltestelle bis zum Haus, zu ihrem Haus, zu ihrem Elternhaus, das das letzte in der Straße neben der Pferdekoppel war, dort, wo Bürgerbräu seine Brauereigäule laufen ließ.

Während sie den Johannisbeerkuchen aufschnitt und ein Stück auf Alberts und ein Stück auf ihren Teller legte, fiel ihr wieder der Satz von Gobal ein. „Ich habe deinen Mann gesehen." Sie saß ihm jetzt genau gegenüber und beobachtete, wie er das erste Stück in sich hineinschlang. Er könnte eigentlich schon langsamer essen, es nahm ihm ja keiner etwas weg, aber sagen wollte sie das nicht. Sie hatte sich eigentlich daran gewöhnt. Sein Blick wirkte glasig.

Sie hätte ihn gerne gezähmt, aber er war eben nicht wie der Mann von Rita oder Annegret, und der von Trudi war er erst recht nicht, das hatte sie sich schon sehr früh gedacht. Während sie sich noch einmal Kaffee nachschenkte, stand er bereits wieder auf, um sich anschließend hinter seiner Zeitung zu verstecken. „Gehen wir mal wieder ins Theater? Ich habe Karten für das Ballett, modernes Ballett am Sonntagvormittag. Das hat dir doch früher ganz gut gefallen." Sie sagte ‚früher', weil sie nicht wusste, ob früher wie heute war. Er senkte die Zeitung kurz, so dass er sehen konnte, wie sie mit ihm sprach, aber dann kam nichts. „Hast du schon etwas anderes vor?" – „Ich will eigentlich Tennisspielen", antwortete er nach einer Weile. Sie war froh, dass er nichts von der Frau gesagt hatte, aber die war natürlich noch nicht verschwunden. Ihre Tochter hatte neulich gefragt, ob sie einen Vornamen oder ein Bild von der neuen Freundin habe, aber warum sollte sie? Es ging doch noch nicht so lange oder war das lange?

Nach einer Weile räumte sie das Kaffeegeschirr ab. Gobal war eigentlich sehr nett. Rita und Trudi könnte sie nie von Gobal erzählen, aber die lebten sowieso hinterm Mond. Was passierte ihr eigentlich gerade? War es nicht besser, so wie die Trudis und die Ritas zu leben? Mit einem Mann wie dem ihren ging das aber nicht. Sie hatte zu Beginn schon gesehen, dass er nicht wie ihr Jugendfreund Adi war, der zwar nicht von seiner Mutter losgekommen war, aber dafür ein wenig vornehmer auftrat. Albert hatte sie bedrängt, er wollte sie um jeden Preis. War es deswegen, weil er nicht alleine bleiben konnte? Sie versuchte ruhig zu atmen.

Am nächsten Tag kam ihre Tochter zu Besuch. Es war ungefähr drei Uhr nachmittags, als es klingelte. Die Tochter kam eigentlich immer ein wenig zu früh, so dass sie dann früher Kaffee trinken mussten. „Schön, dich mal wieder zu sehen, liebe Tochter", rief Albert. Diese nickte. Ob sie sich auch freute, sei dahingestellt, aber Lisbeth stand im Hintergrund. Ihr Typ war gerade nicht gefragt. Ihre Tochter mit roten Haaren stand jetzt im Mittelpunkt. Sie sah sich die neue Frisur genau an, aber das Knallige gefiel ihr nicht. Sie kochte Kaffee. Es gab den Johannisbeerkuchen vom Vortag. Die Tochter erzählte von zwei Kolleginnen, eigentlich eine lustige Geschichte, nur dass sie so ein ernstes Gesicht dazu machte. Die jungen Frauen waren beim Tanzen, anschließend vor der

Diskothek belästigt worden. Eine stürzte dabei und schürfte sich das Knie auf. „Warum lachst du denn da?", fragte ihre Tochter sie neugierig. Sie kicherte noch, doch sie fand es lustig. Da war ja was los. Hätten sie die Männer in Ruhe gelassen, dann wäre wahrscheinlich nichts passiert. Aber das sagte sie natürlich nicht. Ihre Tochter schaute schon so. „Ja so was", sagte Albert. Ihre Tochter, die langweilige Nuss, verzog das Gesicht. Ihr Vater hatte sich also in ihren Augen auch nicht gut benommen. Lisbeth sah auf die Uhr. Wie lange würde ihre Tochter noch bleiben und was würde sie jetzt erzählen? Manche Geschichten mochte sie. Einmal hatte sie von ihrer Reise nach Kuba erzählt und da hatten ihre Augen geleuchtet, und Lisbeth sah sich schon selbst über die Insel fahren mit einem amerikanischen Chevrolet. Es gab die Autos, die man in den Sechziger Jahren bei uns gesehen hatte. Dort brausten sie noch über die Insel. Sie hörte im Geiste die Musik, die ihre Tochter beschrieben hatte, und war fast ganz glücklich. „Weißt du noch, als du auf Kuba warst? Deine Fotos haben mir gut gefallen."

Ihr Mann bekam plötzlich schlechte Laune, aber ihre Tochter wandte sich ihr zu. Sie freute sich, auch wenn nur kurz. Irgendwie wirkte sie unruhig. „Hast du deinen Bruder Bernhard mal wieder gesehen?", fragte Albert. „Geht es ihm gut?" Die Tochter nickte, aber Lisbeth langweilte sich. Sie hatten den Faden verloren. Sie wollte wieder an Kuba denken, aber das passte gerade nicht. Schon ihre Großmutter hatte sich immer von der Atmosphäre lenken lassen. Man müsse sich zurückhalten, dürfe nichts von sich offenbaren, aber den richtigen Zeitpunkt, um selbst zuzustoßen, dürfe man nicht verpassen.

„Wir waren neulich auf einem Jazzkonzert, da war ein Schwarzer dabei, das war toll, der hatte den Rhythmus im Blut. Das Temperament ging sofort auf uns über." Ihre Tochter sah sie noch immer misstrauisch an, das hatte sie von ihrem Vater, aber sie lächelte immerhin, wenn auch ein bisschen schief. „Ja genau! Aber, zurück zu unserem Jüngsten!" Albert tat so, als würde er sich plötzlich für seinen Jüngsten interessieren, das war ja lächerlich.

„Nimm noch ein Stück." Ihr Mann schob seiner rothaarigen Tochter jetzt ein weiteres Stück Kuchen auf den Teller. Sie hatte schon früh mit Messer und Gabel essen können, erinnerte Lisbeth sich.

Albert sprach über Politik, das mochte er gern. Seine Tochter hörte ihm aufmerksam zu, was sie bei ihr nie tat, aber das machte ihr überhaupt nichts aus.

„Wo war denn das Jazzkonzert?", fragte sein Töchterlein. „Wir sind mit den Amslers dorthin gegangen. Mich hat die Musik ein wenig an Chris Barber erinnert." – „Ach so, aber dann war das ja eher ein Bigbandkonzert und Dixie?" Bigband oder nicht, das war Lisbeth egal. Sie schnippte mit den Fingern und begann abzuräumen. „Ja, das war eine größere Besetzung. Alle nicht mehr so ganz jung, aber tolles Konzert. Franz hat selbst einmal Posaune gespielt. Das hat er doch bei der Einladung erzählt." Albert interessierte sich eigentlich nicht für Musik, tat jetzt aber so als ob. Vielleicht würde er heute nicht zur Freundin gehen, weil sich die Stimmung gerade wieder verbesserte. Der Jazzkonzertbesuch mit den Amslers war eine Ausnahme, im Moment häuften sich die gemeinsamen Aktivitäten gerade nicht.

„Seit wann hast du die roten Haare?" Ihre Tochter stand an der Wohnungstür, die Jeans hochgekrempelt für das Fahrrad. „Seit zwei Wochen", antwortete diese. „Uns hat es vorher besser gefallen." Ihre Tochter verabschiedete sich schnell, so dass ihr Vater ihr gar nicht mehr nachlaufen konnte. Lisbeth sagte ‚nachlaufen‘ und nicht ‚hinausbegleiten‘.

Der Sonntag zeigte jetzt sein schweigsames Gesicht und sie überlegte, wie das früher gewesen war. Sie hatte für sich immer viel eingeplant, dann würde sie nicht an, ach je, die Düsternis, sie mochte nicht an ganz früher denken. Ein ganzes Leben lang wollte sie dagegen ankämpfen und bisher war sie Siegerin. Ihr Mann hatte sie deshalb einmal kritisiert und sogar ein oberflächliches Wesen genannt, aber wer war ihr Mann schon? Jemand, den man auf der Lebensstrecke getroffen hatte, aber der nichts vom Großen Ganzen wusste. Sie wollte fröhlich sein und fröhlich leben, das hatte sie sich ganz fest vorgenommen. Auf keinen Fall Trübsal blasen, nein, das wollte sie nicht.

Albert verkroch sich wieder hinter seiner Zeitung, und Lisbeth ging hinauf in den zweiten Stock, ins Bügelzimmer. Sie hielt den Korb mit frischer Wäsche unterm Arm. Die Höhe war beeindruckend, noch nie war ihr die Größe, die Majestät ihres Gartens von hier oben so klar geworden. Der Blick beruhigte sie und das Radio mit seiner leisen angenehmen Moderatorenstimme trug sie über die Baumkronen hinweg. Hier in diesem Zimmer hatte man nach dem Krieg ein paar Flüchtlinge einquartiert. Sie hatten dann näher zusammenrücken müssen, sie und die Großmutter im gleichen Bett. Als diese dann wieder ausquartiert waren, noch Jahre im gleichen Zimmer. Sie schloss einen Moment die Augen, eine verdammt enge Zeit, aber sie hatte es ja überlebt, auch die Großmutter war weg! Endlich, endlich herrschte Ruhe, zumindest war das im Dachzimmer der Fall!

Sie hörte, wie jemand die Treppen heraufkam. „Was hörst du denn da?“, das war natürlich gespielt. Eigentlich interessierte er sich nicht. Sie sagte auch nichts, sondern wartete, bis er mit seinem Problem herausrückte. Und dann sprach er schon. „Ich wollte nur sagen, dass ich noch mal kurz weg bin. Ich muss bei Mathe helfen." – „Wem hilfst du denn da?", gab sie zurück. Er war schon wieder weg, und als ihr Herz laut zu schlagen begann, stellte sie das Radio lauter.

Dass sie mit ihrem Mann noch ein Hühnchen zu rupfen habe, hatte einmal eine Kollegin zu ihr gesagt. Sie hatte das sogar ihrer Tochter erzählt, die das nur bestätigte. Aber die Matz hatte sie schon einige Male im Stich gelassen, wenn sie Unterstützung suchte. Alle Hemden waren gebügelt, nur auf einem Hemd von Albert entdeckte sie einen Fleck, der nicht in diesem Hause entstanden war. Sie hatten in der letzten Zeit keine dunkle Marmelade gegessen, und das war eindeutig ein Pflaumenmarmeladenfleck, könnte auch Kirsche sein.

Wann könnten sie zusammen gefrühstückt haben? Sie hörte wieder Radio, aber eigentlich ließ sie sich nur vom Sprecher verzaubern, der ein paar neue Bücher vorstellte. Wenn Knut Kristen im Urlaub war und von einer etwas helleren Stimme vertreten wurde, war sie enttäuscht, aber dann kam er Gott sei Dank immer wieder zurück. Es war die Zeit am Sonntag kurz vor sechs, und um sechs gab es den Kulturkommentar, den sie statt im Bügelzimmer in der Küche weiterhörte. Sie könnte einmal wieder an den Rundfunk schreiben.

Vor einigen Tagen hatte ihre Tochter gesagt, dass sie selbst schuld sei, weil sie sich diesen Mann ausgesucht hatte. Die Tochter hatte ja keine Ahnung. Ohne diese Heirat wäre sie von Eltern und Großmutter gar nicht weggekommen. Jetzt waren alle tot und sie war noch da und das Haus.

„Was meinst du? Soll ich ihn rausschmeißen?" –
„Das habe ich nicht gesagt! Du kannst auch selbst
gehen, wenn er nicht auszieht." – „Ich soll aus meinem
Haus raus, aus meinem eigenen Haus? Was redest du
denn da!" – „Zieh doch zu deiner Freundin!" Die Sätze
waren Keulen. Vorsichtig rührte sie in ihrem Kaffee. Sie
wollte jetzt nicht mehr weitererzählen, andererseits
blieb ihr nichts anderes übrig, wer sollte das alles denn
sonst verstehen. Sie saßen in dem Café Wien, das
eigentlich schon angenehm war, aber ihre Tochter
bekam langsam die Oberhand. Sie redete und gab Rat-
schläge, die Lisbeth auf die Nerven gingen. Hätte sie
doch selbst einmal mehr aus ihrem Leben herausholen
sollen. Aber sie sagte nichts. Sie hielt sich zurück. Sie
hielt sich besser zurück. Das war nie verkehrt.

„Dann wollte ich dich noch etwas fragen", begann
Lisbeth nach einiger Zeit. Sie wartete, bis ihre Tochter
ihren zweiten Kaffee bekam und die Bedienung sich
entfernte. „Gobal, du weißt schon, wer das ist, oder?" –
„Ja, ich weiß, das ist der Inder." – „Also, Gobal hat
Albert neulich mit der Freundin gesehen und gesagt,
wenn dein Ehemann das kann, Lisbeth, dann können
wir doch auch. Er war auch sehr nett zu mir. Aber in
der heutigen Zeit mit den ansteckenden Krankheiten
…Was soll ich nur machen?" – „Du meinst Aids? Dann
kauft Kondome." Lisbeth wollte ihre Tochter nicht
ansehen, das mochte sie sowieso nicht gern. Aber jetzt
noch etwas weniger. „Ich, weißt du, er ist ganz zärtlich.
Und nun?" Ihre Tochter hatte den Blick gehoben und
eine gegenüberliegende Raumecke fixiert. Sie sprachen
eine Weile nichts, plötzlich fing diese an. „Neulich habe
ich Herrn Schneller gesehen! Erinnerst du dich, das war
der ehemalige Deutschlehrer, mein Deutschlehrer
damals! Es gab einen Vortrag zum Thema Reformation.

Ist ja auch egal, aber die alte Schulfreundin, mit der ich hingegangen bin, erkannte ihn sofort wieder. Nach einer Weile fing er an, sich auch an mich zu erinnern."

„Zu Ihnen fällt mir sofort wieder eine besondere Geschichte ein", verkündete er. „Eine Mutter kommt in die Sprechstunde. Ihre Tochter – schon sechzehn oder siebzehn – habe blaugemacht. Er müsse ihr dafür einen Verweis geben. So etwas wäre ihm noch nie passiert, dass die Mutter ihre Tochter hinhänge. Er sei total verblüfft gewesen, habe sogar zwischen Mutter und Tochter zu vermitteln versucht, aber das habe die Mutter nicht interessiert. Welche Mutter könnte das gewesen sein?"

Lisbeth schwieg. Sie wäre besser mit Rita ins Café Wien gegangen, aber sie wollte ja selbst etwas loswerden. Außerdem war sie abgehärtet. Sie sah auf ihre kräftigen Hände und den Türkis am kleinen Finger. „An all dem bist du selbst schuld", murmelte sie. Sie zog ihre Tasche an sich und kramte nach dem Geldbeutel. Sie wollte jetzt das Gejammere hinter sich lassen und noch ein wenig durch die Stadt laufen, anschließend durch den Park, vielleicht noch ein paar Minuten auf einer Bank sitzen und die tobenden Hunde auf der großen Wiese beobachten. Anschließend würde sie es sich zu Hause im Liegestuhl gemütlich machen.

„Ich muss weg. Es ist zwölf Uhr. Sag mal, hast du heute frei, weil du mit mir hier herumsitzen kannst?" „Ich habe Urlaub und bin ab morgen in Berlin."

Ihre Tochter trug eine rote Bluse, die eigentlich gut war, aber sich mit ihrer neuen Haarfarbe nicht vertrug. Ihre Tochter, was war das denn für eine? Eine, die ihr fremd war, und dann kannte sie sie doch. Sie wusste genau, was in der Tochter vorging, während das umgekehrt sicher nicht so war. Und dann sagt man, Mutter und Tochter seien eng, pahhh! Gegen die Männer mussten sie auf jeden Fall zusammenhalten. – „Was ich noch sagen wollte", Lisbeth räusperte sich und prüfte den Blick ihres Gegenübers. „Dein Vater drängt immer so, ich meine sexuell. Er ist auch beleidigt, wenn ich mich abends wegdrehe, ich meine ..." – „Und was ist mit deinen Freundinnen?" – „Was soll schon sein!" Lisbeth verstand nicht, warum sie schon wieder von ihren Freundinnen anfing. „Wir gehen nächsten Samstag wandern." – „Na also! Gut für dich! Bitte bezahlen. Ich muss dringend weg!" Ihre Tochter drängelte plötzlich. Sie beugte sich mit dem ganzen Oberkörper nach vorne, als könnte sie es nicht erwarten aufzubrechen, und legte eilig das Geld auf den Tisch. Lisbeth war gerade eingeladen worden. Eigentlich wollte sie doch bezahlen, aber daraus wurde nichts.

Sie hatten auch Männer, ihre Freundinnen, aber die waren ganz anders. Jedenfalls kam es ihr so vor. Aber was sollte man machen? Sie war aufgestanden und lief langsam aus der Stadt hinaus, Richtung Kongresszentrum, durch den nahen Park an spielenden Hunden und ihren Herrchen vorbei bis nach Hause.

„Wo kommst du denn her?", wurde sie begrüßt. Albert saß im Wohnzimmer. „Ich war mit deiner Tochter im Café. Genehmigt?" – „Warum dieser Ton?" Seine Stimme klang gereizt, er war wahrscheinlich nervös. Sie würde besser nichts mehr sagen, sondern das Wohnzimmer schnell wieder verlassen. Vielleicht sollte er wirklich besser ausziehen, aber nicht sie. Wie konnte man nur auf eine so blöde Idee kommen, das konnte natürlich nur ihre Tochter. Ihren jüngsten Sohn hatte Lisbeth auch noch angerufen wegen der einen Sache. Er hatte auch vom Pariser geredet. Sie könnte in eine Apotheke gehen oder besser Gobal bitten. Am besten wäre es, eine

Packung dabeizuhaben. Oder er! Doch! Sie müsste noch einmal gut überlegen. Sie konnte das doch. Sie konnte ruhig überlegen, wenn es darauf ankam! Das war eine dumme Situation, aber sie konnte nichts dafür! Ihr Mann hatte ihr das eingebrockt! Andererseits Gobal, dieser Gobal! Er konnte ohne große Mühe zärtlich sein.

„Du wirkst ja richtig zufrieden", argwöhnte Albert, als er in die Küche kam. Sie sagte nichts. Wahrscheinlich sah er jetzt, dass sie an Gobal dachte, sie sah so etwas an ihm ja auch sofort. Sie hatte das alles schon viel früher gesehen. Das war ,das innere Gehen' hatte sie in einer Zeitschrift gelesen. Ihre Freundinnen kamen nie in so eine Lage, aber was sollte man machen? Sie würde das mit dem Pariser ihren Weibern jedenfalls nicht erzählen, nicht so genau zumindest. Sie kicherte vor sich hin, als sie allein im Bad war. Der Inder war mindestens zehn Jahre jünger, vielleicht sogar noch ein bisschen mehr. Sie könnte es nachrechnen, aber wozu.

Vom Ammersee hatte sie einmal den Zug nach Hause versäumt und dann musste sie mit zwei Bekannten am See übernachten. Sie war damals schon Ende Zwanzig gewesen, aber ihre Mutter und ihre Großmutter hatten sie am nächsten Tag angesehen, als wäre sie eine richtige Verbrecherin. Kurz darauf tauchte Albert in ihrem Leben auf und holte sie aus ihrem Elternhaus. Es hatte sich schon ein wenig hingezogen, weil er erst geschieden werden musste, aber das war egal, obwohl es sie zwischendurch ärgerte, dass sie darauf Rücksicht nehmen musste.

Jetzt war sie wieder am Ammersee erwacht. Der Morgen war frisch und Tau lag auf der Wiese. Gobal schlief neben ihr im Segelboot. Ihre Mutter und ihre Großmutter, lieber Gott, hätten die bei Gobal geschrien! Aber zum Glück erfuhren sie nichts, sie waren längst unter der Erde. Das war ein verrückter Traum, den sie sich sofort in ihr kleines Büchlein hinter dem Knef-Wälzer notiert hatte. Sie gluckste vor Vergnügen, winkte den Nachbarn, die vor ihrem Küchenfenster ihre Fahrräder aufpumpten, und schälte weiter Äpfel.

„Im Moment ist er nicht da", eröffnete sie am nächsten Tag das Telefongespräch mit Margot. Margot war die einzige Freundin, die sich von ihrem Mann getrennt hatte, das war zumindest imposant. „Er geht einfach zu der Freundin und schert sich um nichts. Meine Tochter hat sie auch schon auf der Straße gesehen. Sie soll recht unscheinbar sein. Keine schicke Kleidung, sondern unbeholfen, Kleider, die wie ein Sack an ihr dranhängen. Ganz und gar nicht flott! Jünger, das schon. Ein paar Jahre jünger als ich. Egal, wer und wie sie ist. Meine Mutter und meine Großmutter hätten Schande gesagt!" – „Gunther hat auch eine neue Frau, das weißt du längst, aber das liegt so lange zurück. Meine Ehe, das war ein anderes Leben. Ich bin froh, dass wir uns getrennt haben. Das Haus wurde schnell verkauft und die Kinder … ich weiß nicht genau, wie sie darüber denken." Das sagte ihre Freundin Margot zu ihr.

„Meine Tochter sagt, dass ich dann eben ausziehen soll, wenn er schon nicht geht." – „Blödsinn, Lisbeth." – „Margot, ich danke dir." – „Ich habe nach der Scheidung eine Anzeige aufgegeben, aber eher um einen Mann für Freizeitaktivitäten zu suchen. Und du? Hast du jemanden kennengelernt?" – „Was ich? Ich kenne einen Inder über die Caritas, der ist sehr sympathisch, aber sonst, nein, eigentlich gibt es weiter nichts zu erzählen."

Sie biss sich auf die Zunge. Nein, das mit ihrem Gobal, lieber nicht. Margot kam ihr frustriert vor, enttäuscht von den Männern. Also, bei Margot besser mal vorsichtig sein.

Gobal sah sie mit seinen dunklen Augen an. „Wir hätten auch in ein Hotel gehen können." Lisbeth saß neben ihm, die Hände auf den Oberschenkeln abgelegt. Sie hatten sich inzwischen mehrmals geküsst und er wollte jetzt endgültig mehr. Heute hatten sie tatsächlich ein paar Stunden Zeit. Es war Freitagnachmittag und ihr Mann hatte angekündigt, nach dem Tennisspiel noch zur Freundin zu gehen. Auch der Nachmittagskaffee zu Hause fiel heute aus und sie fühlte sich frei. „Es ist wie am Ammersee!" Gobal sah sie an, aber das verstand er natürlich nicht, was der Ammersee für sie bedeutete. Im Grunde verstand er viel, aber andererseits auch wieder nichts. Sie waren dann doch zu Mathilde gegangen, die ihr den Schlüssel überlassen hatte. „Wir müssen wieder umkehren und bei einer Apotheke vorbeischauen", sagte sie vor Mathildes Haus. Es hatte eine Weile gedauert, bis er aus der kleinen Apotheke an der Ulrichstraße wieder herauskam, aber das Tütchen in seiner Hand beruhigte sie. Die Kondome seien so teuer, klagte er. Das ist Männersache, dachte sie. Die Wohnung war picobello sauber. „Man wird hier jede Veränderung sehen", sagte sie vor sich hin, während sie über das rote Sofa strich. Gobal zog sie zu sich. Sie saßen nebeneinander auf der Coach. Lisbeth war nervös. Sie stand auf und sah sich die Bilder im Wohnzimmer an. „Das sind Mathildes Kinder Ulrike und Sarah. Die Familie wohnte vor einigen Jahren in der Nachbarschaft. Jetzt sind die Kinder außer Haus." Sie wusste, dass die älteste Tochter als Au-pair in London war, aber die jüngere Tochter? Sie fühlte einen Druck in der Magengegend, setzte sich aber trotzdem neben Gobal. „Schön ist es hier, Lisbeth. Schön, weil du neben mir sitzt." Sie war verlegen, weil er so mit der Tür ins Haus fiel, ihr Mann wäre auch nicht anders. Er wollte von seiner ersten Frau möglichst schnell zu ihr. Und was wollte Gobal jetzt? Mathilde hatte ihr erzählt, dass Männer wie Gobal unter Druck wären, aber woher wusste sie das eigentlich so genau?

Sie schloss die Augen. Albert, Mutter, Großmutter, das graue Haus, der Mirabellenbaum, die Waschküche, der Luftschutzkeller, sein Kuss trug alles weg. Nur noch einen Kuss oder auch ganz viele. Er übersäte sie jetzt mit Küssen und zog mit den Lippen an ihrer Bluse. Lieber Gott, es ist so schön, aber wo sind die anderen? Ich kann nicht, ich muss weg. Ich darf nicht! Nur noch eine Minute und dann stehe ich auf, aber ich liege gerade so gut und er schiebt mir das Kissen unter den Kopf. Jetzt zieht er an meiner Hose. Nein, das darf er nicht! Nein, das will ich nicht! Lieber Gott, das ist zu viel! Wer holt mich hier heraus! Ich darf nicht, nein, das darf ich nicht! Nein, das will ich nicht. „Gobal stopp! Stopp! Das geht nicht!" Er hörte nicht, er… Sie lag jetzt auf der Coach, warum lag sie da, wie war es dazu gekommen? Hatte sie nicht von Samstag auf Sonntag einen schlechten Traum gehabt? Dann war Vorsicht geboten! Gobal war darin vorgekommen! Was hatte er gemacht? Es fiel ihr nicht mehr ein! Samstag auf Sonntag gehen die Träume in Erfüllung, das hatte ihre Großmutter gesagt! Jesus, Maria! „Hörst du das auch? Geräusche an der Wohnungstür! Wir müssen sofort aufhören! Wir müssen uns wieder hinsetzen!"

Gobal zog seine Hand nach ihren Protesten zurück. „Du machst aber ein komisches Gesicht." – „Ich werde mal nachsehen." Sie zog sich schnell wieder an und lief zur Tür. „Hallo, hallo ist da jemand?", rief sie. „Das war das Getrampel im Treppenhaus, zu uns wollte glücklicherweise keiner." Er machte immer noch dieses Gesicht. Sie hatte ihn verärgert. Das wollte sie eigentlich nicht! „Bitte schau nicht so!" Es war erst eine Stunde vergangen, ihr kam es viel länger vor.

„Bist du jetzt beruhigt, Lisbeth?" Gobal war nett, er schien sich Hoffnung auf eine Fortsetzung zu machen, aber ihr war gerade nicht danach zumute, obwohl sie sich bereits wieder nach seinem Streicheln sehnte. So etwas hatte sie noch nie erlebt. Außerdem küsste er gut. Sie würde einmal mit ihrer Tochter darüber sprechen. Aber die doofe Nuss war in letzter Zeit schlecht zu erreichen. Gobal wirkte deprimiert, aber kein Vergleich zu Albert! Mein Gott! Albert wäre in dieser Situation beleidigt gewesen. Sie musste aber bei Gobal schnell ein paar Punkte machen. „Wir sehen uns in jedem Fall wieder." Sie strich ihm vorsichtig über den Kopf, das machte sie sonst nie. Das hatte sie bei ihrem Mann noch nie gemacht, außer sie wollte ihn ärgern. Dann tätschelte sie ihm den Kopf. Das ging ihm auf die Nerven und mündete bei ihr regelmäßig in einen Lachanfall, der ihn dann wieder erboste! Großer Gott!

„Wir haben endlich die Möglichkeit, ein paar Stunden allein zu sein", Gobal eindringlich. Sie wollte jetzt kein schlechtes Gewissen haben, nein, das wollte sie nicht. „Lisbeth", sagte sie leise zu sich, „du hast alles richtig gemacht." – „Hast du etwas gesagt, Lisbeth?" – „Nichts, ich habe nur die Lippen bewegt." Sie hatte geflüstert, das war vorteilhaft. Er stand vor ihr, fast noch ein junger Mann, könnte man sagen. Wenn er heiraten könnte, würde sich sein Status sofort verbessern. Das hatte er schon einmal gesagt, dass er dann in

Deutschland bleiben könnte. Sie könne nicht zaubern, aber sie versprach, noch einmal nachzudenken.

„Trinken wir noch einen letzten Kaffee bei Tchibo gegenüber?" Sie räumten das Wohnzimmer wieder auf und verließen die Wohnung. Lisbeth warf den Schlüssel in den Briefkasten, wie mit Mathilde besprochen. Würden ihre Mutter und ihre Großmutter sie jetzt sehen, würden sie denken, was für eine ausgekochte Person! Aber es gefiel ihr, auf der Mauer des Unbekannten zu balancieren.

Tchibo hatte keinen Charme. Es gab auch nur säurehaltige Brühe, aber das war jetzt egal. Sie wollte noch etwas mit ihm besprechen. Sie saßen auf zwei Barhockern nebeneinander und starrten auf die Straße. Sie könnten auch hinausgehen, weil die Wärme lockte, aber das taten sie nicht. Lisbeth rührte in ihrem Kaffee, obwohl die Milch sich längst aufgelöst hatte. „Hör mal, ich habe da eine Idee. Wegen der Heirat, wegen der Anerkennung. Ich, ich könnte vielleicht meine Tochter fragen. Vielleicht macht sie mit bei diesem Deal, bei dieser Sache. Besser wäre es, wenn du selbst mal dort anrufen würdest ... Ich meine, du könntest sie einfach anrufen und ihr deine Geschichte erklären ..." – „Deine eigene Tochter? Meinst du das ernst? Lisbeth, ich habe dich etwas gefragt?" Lisbeth fühlte sich von seinen Blicken durchbohrt. Was war denn jetzt schon wieder? Sie stieß versehentlich mit dem Ellbogen an die Zuckerdose, die anschließend über den Fußboden rollte.

Doch, doch, die Heirat war eine gute Idee. Da könnte er ihre Tochter schon mal fragen. Unter Umständen gab es sogar Geld. Sie hatte gehört, dass das immer wieder vorkam, warum sollte Gobal nicht auch davon profitieren. „Lisbeth, das wäre wunderbar!" Sie hob die Zuckerdose auf.

Jetzt sah er sie bittend an. Ach, sie sollte das einfädeln? Ne, das musste er schon selbst machen. Sie wollte so schnell wie möglich das Café verlassen. „Ich muss jetzt wirklich los", log sie. Sie bezahlte schnell und verabschiedete sich mit einem flüchtigen Kuss.

Sie war früher als gedacht nach Hause gekommen, aber Albert war noch nicht zurück. Der Nachmittag war schön, auch wenn Gobal mehr erwartet hatte. Ein bisschen was hatte sie ihm ja gegeben. Gut, es war noch nicht zum Äußersten gekommen, weil die Geräusche an der Wohnungstür den Sex unterbrochen hatten. Aber das nächste Mal!

Sie summte vor sich hin, ging in die Küche und überlegte, ob sie nicht einfach Nudeln kochen sollte. Ein paar Champignons und Butter, das reichte ihr schon. Sie kam jetzt nicht jeden Tag zu einer warmen Mahlzeit, weil Albert immer wieder fehlte. Ihrem Bruder hatte sie das mit Albert auch erzählt, aber der hatte nur gesagt, dass er ihr einen anderen Ehemann gewünscht hätte. Ihr Bruder war fein, aber eigentlich war er ein großer Spießer! Ihre Schwägerin hatte ihren Teil dazu beigetragen. Eine engstirnige Person, die sie nie besonders leiden konnte!

Als sie vor ihrem Spaghettiteller saß, ging plötzlich die Tür auf. „Pah, nicht gut gelaufen? Sag?", fragte sie schnippisch. Albert machte ein finsteres Gesicht und holte sich dann ebenfalls einen Teller. Es ärgerte sie, dass er sich einfach bediente, aber was sollte sie tun? „Die waren eigentlich noch für mich." – „Warst du den ganzen Nachmittag zu Hause? Ehrlich gesagt, kann ich mir das gar nicht vorstellen!" – „Vorstellen oder nicht, jedenfalls war es so." Sie sah ihm zu, wie er die Spaghetti in sich hineinstopfte, um anschließend abzuräumen.

Sie schalteten den Fernseher ein, stellten Wein und Nüsse in die Mitte und glotzten eine Talkshow an. Albert regte sich auf, weil der Moderator die Diskussion nicht im Griff hatte. Jetzt hatte sie wieder ihre Ruhe, der Fernseher war letztlich eine große Betäubungsmaschine.

Manchmal sah er sie von der Seite an, das hieß, dass er etwas wissen wollte. Aber sie würde bestimmt nichts von ihrem Nachmittag erzählen. Sie war doch nicht verrückt! Seine Eifersucht war ganz am Anfang reizvoll gewesen, er zeigte ihr, dass er sie begehrte, aber wie so oft, war das ziemlich übertrieben.

Mit ein paar Fragen könnte sie ihn vor sich hertreiben, nur alles machte ihr heute Mühe, selbst einfache Tätigkeiten in der Küche fielen ihr schwer. Was war nur mit ihr? Albert war daran natürlich nicht unbeteiligt, das hätte sie ihm längst sagen sollen.

Neben ihm im Bett fand sie keinen Schlaf. Irgendwann berührte er beim Umdrehen ihre Schulter, das störte sie gerade nicht. Sonst suchte sie keine Zuwendung. Sie bockte nicht, aber sie mochte ihn vernünftig zurückhaben.

Caritas versicherte ihr, dass die Chance der Anerkennung groß sei, war erst einmal eine Frau gefunden und die Hochzeit greifbar. Es dürfe natürlich kein Schwindel sein, sonst gelte die Ehe nicht. Ob sie für jemanden fragen würde, ja, sagte sie, aber diejenige wolle lieber anonym bleiben. Klarheit wollte sie schaffen in dem Gewirr. Besser war in jedem Fall das Schweigen, denn ihre Freundinnen würden nur blöd glotzen.

Sie hatte nach drei Wochen endlich ihre Tochter erreicht. Ihre Tochter war kurz angebunden, so dass sie gar nicht recht ins Reden kam und für das Ende der Geschichte in Mathildes Wohnung ihr keine Zeit blieb.

„Du musst mal Gobal kennenlernen. Ein Inder, dem ich in der deutschen Sprache ein bisschen auf die Sprünge helfe. Sehr liebenswert und reizend, du wirst sehen." – „Was sehen?", fragte diese. „Kennenlernen, meine ich." – „Gibt es noch etwas Wichtiges, ich müsste dringend weg?"

Sie hatte das gut gemacht, Gobal kurz angesprochen, den Rest müsste er selbst besorgen.

Es war nicht einfach, ihn zu überzeugen, selbst dort anzurufen, so dass sie ihn öfter bestärken musste. „Warum machst du das nicht für mich? Das wäre doch viel einfacher, als mich mit meinen schwachen Deutschkenntnissen fragen zu lassen? Lisbeth, du Liiisbeth?" – „Nein, deine Stimme macht sich gut und ist viel überzeugender!" Sie wollte auf keinen Fall, er sollte das selbst erledigen. „Gut, ich werde es versuchen." – „Hör mal, du machst das für deine Zukunft", wies sie ihn zurecht. Sie kam sich jetzt zum ersten Mal ein wenig pathetisch vor.

Sie waren sich noch ein zweites Mal nähergekommen, aber das war bei der Caritas, und Lisbeth bekam ein komisches Gefühl, weil der Sozialpädagoge, Herr Döllgast, ein sehr engagierter Mann, sie eng umschlungen gesehen hatte. „Lieber an einem anderen Ort", hatten sie beide gesagt.

Der Abend begann in vollkommener Ruhe. Sie hatte es sich mit Albert gerade gemütlich gemacht, weil er ausnahmsweise an diesem Freitag nicht zur Freundin ging. Der Fisch briet in der Pfanne und die dampfenden Kartoffeln warteten darauf, geschält zu werden. Sie hatte das Radio angeschaltet, das leise Musik im Hintergrund spielte. Albert war aus dem Wohnzimmer zu ihr in die Küche gekommen, hatte sie – wie früher – vorsichtig an den Schultern gefasst und war dann wieder verschwunden. Vielleicht würde alles doch noch in Ordnung kommen, wenn auch nicht sofort. Als sie gerade die Hände an der Schürze abgewischt hatte, läutete das Telefon. Albert musste es lauter gestellt haben, es ging durch Mark und Bein!

„Ein Wahnsinn diese Lautstärke", rief sie noch, aber dann hörte sie die Stimme am anderen Ende der Leitung. Es war eine gut bekannte, eine eiskalte Stimme, nicht besonders laut, nicht besonders eindringlich, kein Wortgewitter, nur wie Eis, das war schon an der Begrüßung zu erkennen.

„Hast du da deine Finger mit drin?", fragte die Stimme sie. Ihr Herz klopfte laut. „Geht das auf deine Kappe? Klar geht das auf deine Kappe. Wer käme denn sonst in Frage. Sag du es mir!" Lisbeth schwieg und wartete.

„Was ist eigentlich mit uns beiden los…", sie kam nicht weiter. Ihr Mann war Gott sei Dank nicht in der Nähe, darüber war sie froh. „Du hast ihm meine Telefonnummer gegeben und gesagt, sie macht das schon. Sie heiratet dich vielleicht. Warum auch nicht! Frag einfach mal nach! Du selbst wolltest natürlich nicht fragen, das wolltest du nicht für ihn übernehmen. " Ihre Tochter hatte plötzlich eine ganz schreckliche Stimme. Ja, so stellte sie sich eine wirklich böse Person vor! Oder sprach sie mit verstellter Stimme? Manchmal konnte sie schon eine fiese Nuss sein.

Ihr war das Gerede egal und von ihr würde man nichts erfahren. In ein oder zwei Wochen wäre alles vergessen. Sie würde einfach ein wenig warten.

„Meine eigene Mutter will mich verkaufen. Das ist doch der absolute Knaller!" Die Stimme war jetzt laut geworden, ein bisschen lachte sie sogar, aber das Lachen klang komisch und überschlug sich fast. Sie würde einfach auflegen. Lange würde sie sich das nicht anhören. „Auf was für Ideen du kommst!"

Sie hatte die ganze Zeit im Flur auf dem Stuhl mit der Bastsitzfläche gesessen, dessen Holz sie vor vielen Jahren selbst bemalt hatte. Jetzt erhob sie sich langsam. Ihr ganzer Körper kam ihr schwer, wie vergiftet vor. Tochtergift! Sie kicherte vor sich hin.

In der Küche drehte sie das Radio laut und schälte Rote Rüben. Die gab es auch noch zum Fisch. Ihr Mann kam nach einiger Zeit aus dem Wohnzimmer und fragte, ob er den Tisch decken könne. „Wer hat eigentlich angerufen?" – „Das war deine Tochter." – „Was wollte sie denn? Du hättest sie spontan zum Essen einladen können." – „Sie wollte ein Rezept. Sie hat wohl selbst Besuch."

Albert ging in den Keller und holte eine Flasche Wein. Es gab Weißwein zum Fisch. Es war Freitag. Am Freitag hatten sie schon früher Fische gegessen, früher, ehe sich einiges verändert hatte.

Ihr war das egal, was die anderen dachten. Sollten sie doch, sie hatte ihre Gründe. Sie hatten sowieso keine Ahnung. Sie wollte jetzt ihre Ruhe haben. Sie wollte keine unangenehmen Gedanken in sich aufsteigen lassen, sie musste sich ganz fest konzentrieren, dann zogen diese Gedanken wieder weg. Sie schüttelte sich. Ihr Mann bewegte heute seinen Kiefer beim Essen besonders laut, als wäre sein Mund ein gigantisches Mahlwerk und müsste Essbares zu Staub zerkleinern. Vielleicht sollte er doch ausziehen, aber wer half ihr dann beim Hauskredit?

„Magst du noch Salat und einen Schluck Wein, Lisbeth?" – „Schenk mir bitte viel ein, Albert. Ich brauche heute viel Wein."

Das war ein Versuch, immerhin einen Versuch war es wert. Man konnte ja nie wissen. Gobal würde ihr das auf Dauer nicht übel nehmen. Was ihre Tochter wohl zu ihm gesagt hatte? Den Kontakt hatte sie abgebrochen. Sollte sie doch, ihr war das egal. Aber ab und zu würde sie ihr einfach schreiben und um Rat fragen oder sie könnte ihren Jüngsten fragen, aber der ließ sich gerade selten blicken. Lisbeth starrte die Decke an. Ihr Mann war gestern in der Nacht aus dem gemeinsamen Ehebett ausgezogen, obwohl sie nichts getan hatte. „Ich will allein schlafen." – Dann sollte er doch. Schlecht gelaunt war er ausgezogen, weil sie sein Bedürfnis, wie er sagte, nicht akzeptieren wollte, sondern ihn die ganze Zeit aufzog. „Das ist doch lächerlich", hatte sie gesagt. Aber nur einmal. „Ich, was habe ich denn gemacht?", waren ihre Worte. Sie fand das affig. „Es muss nicht immer nach deinen Vorstellungen gehen, Lisbeth!" Als ob das den Tatsachen entsprach …!

Sie sang jetzt vor sich hin. Das machte ihn wütend. „Ich lass mir die Laune nicht verderben, ich will fröhlich sein", sagte sie. Sie wollte fest daran glauben, dann war sie das auch. Er wusste jetzt nicht, was sie wirklich dachte, pah … das war gut, ihre Großmutter war sogar Meisterin darin, Meisterin der Tarnung, Meisterin der Taktik. Eine echte Königin und was für eine! Ja, das war sie, Königin und Patrona des Hauses und Herrin über zwei Stockwerke! Großer Gott, wie sie war!

Ihr würde schon noch etwas einfallen, wie sie es mit ihrer Tochter anstellen könnte. „Das Leben ist schön." Albert sah sie ungläubig an, aber bisher war ihr immer alles gelungen. Sie würde einfach ein bisschen warten. Nicht einknicken, nein, wie ihre Großmutter würde sie das machen! Dann würde sich alles von selbst regeln, alle würden mit der Zeit wiederkommen, würden wiederkommen, würden wiederkommen …

GEHEN

Bis nach Meiningen war sie gefahren. Meiningen hatte ihr bis vor kurzem gar nichts gesagt, aber es kam dann so, dass sie mit dem Zug Richtung Thüringen fuhr. Jetzt saß sie in einem Café, um wenig später in Meiningen Jörg zu treffen. Das hatte sie sich fest vorgenommen. So wie es früher Paris und Rom sein musste, musste es jetzt Thüringen sein. Früher hatte es ihr gut getan, von einer europäischen Großstadt in die andere zu fahren, aber in diesem Fall war sie einem ganz anderen Gefühl gefolgt. Es waren nicht die großen Boulevards von Paris oder die neapolitanischen Fischmärkte, es war ein Café mit Bienenstich und weißen Gardinen.

Sie wusste nur, dass es Jörg war, den sie aufsuchen musste. Jörg war weit weggegangen. Sie dachte, dass das Freiheit sei, wenn man verschwand, aber Jörg wollte nur ein verbeamteter Richter werden, wie sich in dem kürzlich geführten Telefongespräch herausgestellt hatte, das sie vor ihrer Reise geführt hatten. Er bemühte sich um eine sichere Stelle, deshalb ging ihr Jörg, langer Schulfreund und ewiger Banknachbar, in den Osten. Sie hatte nie darüber nachgedacht, ob sie ihre Freunde enttäuschte, aber dass Jörg ihr das in seiner ihm eigenen schonungslosen Offenheit sagte, das mit dem sicheren Beamtenjob, überraschte sie. Andererseits war das Ziel nicht verwerflich. Er hatte außerdem durchgehalten, er war bis zum Schluss dabei geblieben.

Sie war am Marktplatz angekommen, vor ihr lag der Brunnen, daneben gleich das Café, der Treffpunkt. Eine Seite des Platzes – das hatte sie vorher in der Touristeninformation erfahren – war bei einem Luftangriff kurz vor Kriegsende komplett zerstört und in der ehemaligen DDR erst einmal nicht bebaut worden. In den späteren Jahren hatten sie das dann nachgeholt. Das musste vor knapp zwanzig Jahren gewesen sein, ein paar Jahre nach der Wende.

Es waren Jahre vergangen. Am Anfang war er von der Idee des Besuchs nicht sehr angetan gewesen, weil seine Frau offenbar sehr eifersüchtig war, aber Patricia hatte darauf bestanden. Das ist für mich wichtig, hatte sie gesagt. Sie war dann einfach mit dem Zug nach Meiningen gefahren, hatte sich in einem Hotel eingemietet und anschließend seine Nebenstelle im Gericht angerufen.

„Patricia bist du es?", hatte er am Telefon gefragt und ein Treffen für den nächsten Tag versprochen. Sie hatte sich in der Kleinstadt gelangweilt und wäre beinahe wieder abgefahren. Sie hatte im Internet recherchiert, aber viel war zu Jörg nicht zu finden. Er war im Sportverein. Er spielte wieder Posaune, und in der Zeitung, einem Provinzblatt, sprach er über sein kürzlich verfasstes Buch mit dem Thema ‚Privatinsolvenz'.

Bei dem Gespräch, das sie von zu Hause aus mit ihm führte, hatte sie seine Stimme berührt, als wäre er wieder ganz nah, als säßen sie auf den Schulheizkörpern, um sich im Winter den Hintern zu wärmen. Sie sagte, dass sie wieder an die Kurse in der Schule denken müsse. „Da fällt mir Nicola ein, die hinter uns saß", hatte er gesagt. Er sei in Nicola sehr verliebt gewesen, hätte sie aber nach dem Abitur aus den Augen verloren. „Was redest du denn da? Wir waren es doch, die zählten." Er sagte darauf nichts.

Sie sah jetzt vor sich, wie sie neben der großen Treppe, die geradeaus zum Lehrerzimmer führte, auf einer kleinen Bank saßen. So eng aneinander gepresst, dass dazwischen keiner mehr passte. Sie waren nicht zusammen. Und die anderen, was wussten die schon von Jörg und ihr, was wussten die schon, die wussten nichts. Auch später in der Zwölften saßen sie in den Kursen natürlich nebeneinander, da gab es nichts. Er brauchte sie natürlich auch, was hätte er ohne diesen Zusammenhalt denn getan? Jörg war ihr bester Freund, einen besseren und engeren gab es damals nicht. Das war abgemacht.

Sie hatte von einem Tag auf den anderen Jörg zurückgelassen. Das tat ihr schon leid, weil Jörg sich jemand neuen suchen musste. Sie hatte sich dann vorgestellt, dass sie irgendeine Lücke hinterlassen würde, als sie nicht mehr hinging. Tatsächlich hatten zwei Lehrer auch bei ihr zu Hause angerufen. „Das wollen Sie wirklich tun? Bitte überlegen Sie sich das! Bitte! Jetzt sind Sie so weit gekommen! Kurz vor dem Abitur, einfach aufzuhören! Denken Sie noch einmal darüber nach! Rufen Sie mich an!"

„Da gibt es nichts mehr zu überlegen", hatte sie gesagt, trotzdem war es nett gewesen von dem Oberstudiendirektor. Es hatte sie sogar beeindruckt, dass er sich so viel Zeit nahm. Sie hatte bei seinem Anruf im Flur gestanden, ihre Mutter im Hintergrund mit einem Mondkalbgesicht. ‚Ihr könnt mich alle mal', hatte sie sich gedacht. Endlich war Ruhe und sie konnte machen, was sie wollte. Von der Schule sah sie nur die Rücklichter.

Zu Hause war es dann aber nicht so gut, weil ihr keiner das Feiern gönnte und die Eltern sich weigerten, mit ihr zu sprechen, als hätte sie die Pest oder die Cholera.

Sie bestellte jetzt schon den zweiten Kaffee. Sie hätten sich auch in einem richtigen Gasthaus mit Thüringer

Bratwürsten treffen können, aber das wollte er nicht. Alles war hier leise und ein wenig muffig, wie das für Kleinstädte typisch sein konnte. Sie war schon früh ins Café gegangen, weil ihr im Hotelzimmer die Decke auf den Kopf gefallen war.

Während sie ihren Bienenstich aß, sah sie wieder ihre gemeinsamen Mensabesuche vor sich, weil am Nebentisch der Mann der rothaarigen Frau vor Senfhäufchen und Rostbratwurst saß. Sie hatten die Freistundenkippen oft im Senf ausgedrückt. In der vollen Mensa kam schon was zusammen! Matthias hatte die Dinger dann sogar mal fotografiert. Das sah aus wie bei dem Künstlerduo Fischli und Weiss.

Die Rothaarige starrte sie unentwegt an. Offenbar fiel sofort auf, dass sie nicht von hier war. Sie grinste den Mann an, aber die Frau ließ sie links liegen.

„Warten Sie auf jemanden?", fragte die Frau, als das Paar am Gehen war und Patricia nickte nur. „Hoffentlich kommt ihre Verabredung bald."

Sie hatte eigentlich nur eine Frage an Jörg, aber die musste sie unbedingt stellen. Es war ihr ein bisschen unangenehm, aber Jörg würde das schon verstehen. Er war ein angenehmer Mensch, sensibel und mit einer großen Portion Ehrlichkeit, so dass sie sich jetzt schon freute, ihn nach der langen Zeit wiederzusehen.

Patricia konnte sich nicht vorstellen, dass aus dem zarten Jörg ein Richter geworden war, ein seriöser Beamter. Sie hatten sich nur flüchtig auf der Straße gesehen, weil sie damals weggegangen war. Zuerst einige Monate ins Ausland, um Italienisch zu lernen, recht bald sei sie zurückgehkehrt, um in einem eng einschnürenden Beruf sofort Geld zu verdienen. Sie hatte damals auch alte Bekannte gemieden, sie wollte nicht über Arbeit und Zukunft reden, sie wollte ihre Ruhe haben.

Sie hatte sich neue Freundinnen gesucht, die alten aus dem Gymnasium mehr und mehr ausgemustert, mit ihrem Gehalt eine nette, kleine Wohnung in der Altstadt gemietet, summa summarum kompromisslos einen neuen Lebensabschnitt angesteuert. Die früheren Freunde, hörte sie immer wieder, hingen wegen des Studiums noch eine ganze Weile am Tropf der Eltern. Deren Jammern zu hören, löste immer wieder tiefe Befriedigung in ihr aus.

Draußen begann es zu regnen, so dass nur mehr nasse Thüringer das Café betraten. Aber Jörg kam nicht. Er wurde wahrscheinlich aufgehalten, das kam sicher in seinem Beruf öfter mal vor. Damals war er immer pünktlich gekommen, er hatte sie kein einziges Mal in der Mensa oder hinter den Lehrerzimmertreppen sitzen lassen.

Plötzlich betrat Jörg das Café. Sie hatte schon fast nicht mehr damit gerechnet. Ihr Herz klopfte laut. Sie erkannte ihn sofort. Das waren der ihr gut bekannte Blick aus blauen Augen, die Haltung des Kopfes, eben leicht schief, das Lächeln und die gewohnte Schnittlauchfrisur. Er kam nach kurzem Rundblick direkt auf sie zu, wurde aber am Nebentisch von einem Mann aufgehalten. In der Kleinstadt kannte jeder jeden, das war klar. Sie konnte sich überhaupt nicht vorstellen, hier zu leben. Jörg hatte sie weder umarmt noch ihr die Hand gegeben. Er hatte sich einfach auf den Stuhl gesetzt, als wäre er zu ihrem üblichen Treffpunkt in die Mensa gekommen. ‚Einmal Kaffee mit zwei Zuckertütchen im Mensaplastikbecher', dachte sie.

„Hey, das ist wirklich eine Überraschung, dich in Thüringen zu treffen! Gut siehst du aus! Nur wenig

178

verändert! Ich wohne – das habe ich dir noch gar nicht gesagt – eigentlich in Franken, also eine gute Autostunde von hier entfernt. Du hättest dir gar kein Hotel nehmen müssen, du kannst bequem bei uns wohnen." Patricia hatte sich gerade noch gefreut, das alte Jörg-Lächeln wieder zu erkennen, da war schon von ,wir' die Rede, als hätte seine Frau etwas mit ihnen zu tun. Als hätte sie auch im Ethik- und Geschichtskurs gesessen, hätte mit ihnen blaugemacht.

Sie wusste nicht, wo genau sie ansetzen sollte. „Ich habe es ja schon am Telefon erwähnt. Ich bin für Insolvenz und Insolvenzabwicklung zuständig. Privatinsolvenz als Richter, das ist manchmal eine harte Sache. Mit der Zeit habe ich die überschuldeten Leute sogar ganz gut verstanden. Das kommt daher, dass ich als Jugendlicher selbst psychische Probleme hatte. Dann kann man sich besser hineinversetzen und wirkt nicht arrogant." – „Ja, wahrscheinlich", sagte Patricia leise. Er bestellte ein Paar Wiener und eine Tasse Kaffee. „Das ist ein altes Café, richtiges Traditionscafé. Schon in der früheren DDR war das beliebt, hat man mir erzählt. Ich bin nach der Wende dann bald in den Osten abgedampft." – „Ja, und warum geblieben?" Er zuckte die Schultern, sagte aber nichts.

„Und du? Was ist mit dir?", fragte er unvermittelt. „Was soll schon mit mir sein! Ich bin jetzt eben nach Thüringen gefahren." – „Ach so", kam nur von seiner Seite.

„Übrigens, Spielsucht und Insolvenz gehören oft zusammen. Es ist völlig absurd, sich wegen irgendwelcher Sportwetten, also wegen der Zockerei, so hoch zu verschulden. Aber nicht nur das, oft sind es irgendwelche Knebelverträge, die man im Vorfeld nicht überblicken kann, oft kommen andere persönliche Probleme dazu. Jetzt stecke ich schon wieder mittendrin." Er sah müde aus, aber sie wollte nicht so viel über seinen Alltag wissen. Sie konnte sich gut vorstellen, dass das mit der Insolvenz manchmal traurige Geschichten waren.

„Wir könnten uns den Alltag sparen." – „Wieso, wie meinst du?" – „Egal", gab sie zurück. Er war empfindlich.

Sie wusste nicht, ob er jetzt Mittagspause hatte oder richtig Zeit für sie, wollte aber nicht nachfragen. „Wo soll ich anfangen?", fragte er nach einer Weile und Patricia verdrehte die Augen. „Siehst du noch den einen oder anderen von früher?", fragte sie. Jörg schüttelte den Kopf. „Nicola hat mich neulich sogar angerufen, in die war ich damals sehr verliebt. Meine Frau hätte etwas dagegen, wenn ich sie alleine treffen würde." – Patricia warf den Kopf nach hinten. „Das ist doch lächerlich! Du weißt schon, dass sie lesbisch ist." Jörg sah sie an, als käme Patricia von einem anderen Stern. „Ich weiß das nicht." – „Doch, ich weiß es aus zuverlässiger Quelle."- „Meine Mittagspause ist gleich zu Ende, schade! Aber abends ist mehr Zeit." Sie wollte eigentlich nicht zu Jörg nach Hause eingeladen werden, aber wahrscheinlich ließ sich das nicht verhindern.

Patricia war nach Meiningen gefahren, um etwas über ihre Jahre in der Schule zu erfahren, aber er sprach nur von den armen Schuldnern. „Ich hatte einmal einen Mann, der erzählte immer, dass er eine Stelle beim Bauamt hatte, er war immer mit seiner Aktentasche ins Büro gegangen und seine Frau hatte die Augen zugemacht. Er war vor Jahren arbeitslos geworden. Auf seine Kontoauszüge hatte sie nie einen Blick werfen dürfen, aber dann hatte er einen Unfall und alles war aufgeflogen. Das Wasser stand ihnen schon bis zum Hals. Seine Frau hatte dann die Insolvenz beantragt, während er im

Krankenhaus lag." – „Wie kann man sich so lange im anderen täuschen, mit dem man zusammenlebt?" – „Das gibt es öfter, als du dir das vorstellen kannst. Man verschließt einfach die Augen und tut, als wäre alles okay. Das erlebe ich nicht das erste Mal. Schulden, das ist etwas, wofür man sich schämt. Das ist ziemlich kompliziert." Er sah sie mit seinen blauen Augen lange an, dann stand er auf und streckte ihr die rechte Hand entgegen. „Hey, willst du mir jetzt die Hand geben, bist du völlig verrückt!" Er zog Patricia kurz an sich. „Kannst du gegen fünf Uhr zum Gericht kommen? Ich würde dich dann mitnehmen?" Patricia nickte, aber die angebotene Hand hatte sie trotzdem gekränkt.

Sie blieb noch eine Weile im Café sitzen, um in einem Buch weiterzulesen, einem mittelmäßigen Krimi. Anschließend lief sie ins Hotel, packte zusammen, eilte zum Treffpunkt.

Sie fuhren zusammen, und noch immer konnte sie sich nicht vorstellen, dass er tatsächlich hinter dem Steuer saß, weil er doch damals ewig lang keinen Führerschein machen wollte. Die ganze Fahrt über war sie unruhig, aber er nahm davon keine Notiz. Er sah einfach auf die Straße, die durch den Wald führte. Eigentlich eine schöne Lichtung da hinten, im Abendlicht, wenn man gerade einen Sinn dafür hatte. „Was hat denn deine Frau mit unserer Geschichte zu tun?", fragte sie. Jörg ließ sich nicht beirren, wie damals, als sie gegen seinen Posaunenchor gewettert hatte, den er nie versäumen wollte. Sie hatte damals gesagt, er solle auch die Schule verlassen, aber es war eigentlich klar, dass er nicht mitkommen würde, warum auch? Für ihn ergab das gar keinen Sinn. „Kann das sein, dass du nur antwortest, wenn es nach deinem Geschmack ist?", fragte Patricia, als wären sie ein Paar. Jörg sah geradeaus. „Gut, sehr gut, dass du gekommen bist. Wir haben Zeit, das wirst du schon noch sehen." Er war ein kleiner Schwafler, das kam wahrscheinlich von seinem Vater, der ein Leben lang Pfarrer war.

Nach einiger Zeit kamen sie am Rande einer Siedlung an. Das sei ganz in der Nähe von Schweinfurt, hatte er vorhin gesagt. Wenn sie sich durch die Gegend chauffieren ließ, hatte sie keine Vorstellung von der Geographie. Das Haus war eines dieser kleinen Einfamilienhäuser, die man sofort wieder vergessen hatte. Sie hielten vor der Garage.

Das, was jetzt passieren würde, war gar nicht in ihrem Sinne. Die blonde Frau, die ihr entgegenkam, hatte sie vor zig Jahren schon einmal gesehen, als sie Jörg, erinnerte sie sich, auf dem Stadtmarkt mit seinem Bruder getroffen hatte. Sie selbst war damals auch mit ihrem Bruder unterwegs gewesen, der ihr irgendetwas von seiner Kunst erzählte, und sie war froh, endlich ein normales Gespräch führen zu können. Die damals junge Frau war ihr sogar sympathisch. „Ich glaube, dass ich dich schon mal gesehen habe. Ist natürlich ewig her." – „Ja, ich erinnere mich genau", strahlte Jörgs Frau.

Patricia wollte trotzdem lieber mit Jörg allein sein. Die Frau sagte, dass sie sowieso ihren Sportabend habe. Jörg und Patricia machten sich in der Küche zu schaffen, nachdem die Ehefrau mit der Sporttasche verschwunden war. Jörg wärmte ein Gericht vom Vorabend auf und sagte, dass seine Frau sich entschuldige, weil sie gerne für alle gekocht hätte. Kochen ist ihre große Leidenschaft.

„Ich habe mich einmal bei einem Insolvenzverfahren verliebt", begann er, gleich nachdem sie alleine waren. „Es war eine alleinerziehende Mutter, die völlig mittellos war. Ich habe ihr etwas Geld geliehen, beinahe wäre ich aus der Sache nicht mehr herausgekommen. Wäre das aufgekommen, hätte ich wahrscheinlich meinen Job an den Nagel hängen können." Er stand am Herd und rührte in dem noch lauwarmen Gulasch. Patricia schnappte nach Luft. Sie stellte sich das kompliziert vor, in Amt und Würden und dann so ein Ding. Sie stellte sich Befangenheit vor, hier kannte jeder jeden. „Ja, verdammt, das ist schlecht", sagte sie nach einer Weile. Sie war überrascht, dass ihm so etwas passieren konnte. „Das hätte ich dir nicht zugetraut!" – „Bisher habe ich das hier niemandem erzählt." – „Klar, das ist die Kleinstadt."

Sie konnte sich kaum vorstellen, dass Jörg sein Leben mit Familie und Haus aufs Spiel setzte. „Meine Frau weiß nichts davon." Letztlich war Patricia das Leben von Jörg egal, weil sie sich das mit der Kleinstadt und seinem Beruf für sich selbst gar nicht vorstellen konnte.

„Sie arbeitet jetzt ein paar Stunden am Tag im Museum im Barockschloss Elisabethenburg. Abarbeiten, nennt man das! Aber es macht ihr Spaß!" Patricia verstand, dass mit „sie" die Insolvenzfreundin gemeint war. Sie wollte aber eigentlich nicht mehr erfahren, sondern darüber sprechen, was früher war.

„Denkst du nie an die Zeit, die einen so stark geprägt hat? Die Schule, die Lehrer, das Versagen, das geglaubte Versagen oder so was. Ich habe damals gedacht, ich will weder in den Unterricht noch nach Hause. Alles ist mir zu viel. Ich kann nicht mehr." Er dachte wahrscheinlich gerade daran, dass er den Sportabend seiner Frau besser für sich hätte nutzen können.

„Du siehst sie noch oder was? Ja klar, sonnenklar!" Er konnte ihr nichts vormachen, wie er es nur schaffte, seiner Frau irgendetwas vorzumachen? Jeder Gedanke dazu ging aber von ihrer gemeinsamen Zeit weg.

Einmal klingelte das Telefon. Er ging ran, aber das klang komisch. „Hast du dich wegen mir zurückgehalten?" Er sagte nichts. „Spielst du noch im Posaunenchor?" Er nickte. Das tat er zumindest. Irgendetwas von früher, und die dunklen Schnittlauchfransen hatte er auch noch und er konnte noch immer so lächeln, das hatte sie schon damals beruhigt.

Er müsse noch einmal weg. „Was jetzt am Abend? Spinnst du? Und wenn deine Frau früher als erwartet aufkreuzt?" Sie ärgerte sich, aber als er sie dann mit seinen großen blauen Augen ansah, dachte sie, es ist wie damals. Sie mochte ihn immer noch unheimlich gern, aber sie traute sich das nicht zu sagen.

„In ungefähr einer Stunde bin ich zurück. Eine Stunde, versprochen!" Sie machte es sich im Wohnzimmer bequem und schaltete den Fernseher ein. Irgendeine Talkshow lief. Es ging um Rechtsradikalismus, und obwohl sie das Thema interessierte, dachte sie, viel Blabla, das nichts bringt. Immer wieder war jetzt davon die Rede, dass man auf dem rechten Auge blind sei. Die Zivilgesellschaft, die Intellektuellen, die Künstler müssten mehr auf die Straße gehen. Sie müssten sich in großem Stil verbünden. Und wie würde man die gewinnen, die sich abgehängt fühlen, war die große Frage.

Sie rollte sich auf dem Sofa zusammen. Warum war sie eigentlich bis nach Meiningen gefahren, wenn sie jetzt blöd hier herumsitzen musste?

Nach einigen Minuten ging ihr das Fernsehplappern auf die Nerven. Sie stand auf und suchte unter dem Couchtisch nach Frauenzeitschriften. Sie zog ein Brigitteheft unter dem Tisch hervor. Reisen, Rezepte, ein Interview mit Corinna Harfouch und viele Tipps zu besserem Aussehen und Lebensfragen.

Plötzlich hörte sie, wie jemand die Tür aufschloss. Es war Jörg. Sie war froh, sonst hätte sie seiner Frau gegenüber eine Ausrede erfinden müssen.

„Was wäre gewesen, wenn deine Frau vor dir zurückgekommen wäre? Was hätte ich der deiner Meinung nach erzählen sollen?" Er ließ sich ganz langsam nieder. „Ehrlich gesagt, weiß ich es nicht." Er hatte sich ein Bier geholt und trank genüsslich.

„Was ist das hier für ein Scheiß!" – „Wir sind eigentlich schon getrennt, aber ich musste noch einmal kurz hin." – „Mir ist das egal, aber ich habe keine Lust, in eure Lovestory hineingezogen zu werden."

Jörg sah Patricia wieder mit seinen großen blauen Augen an. Sie hatte Jörg unterschätzt. Sie hatte nie gedacht, dass Jörg so etwas bringen würde. Es regte sie auf, dass das Hin und Her mit der Freundin auf ihren einzigen gemeinsamen Abend fiel.

„Es geht jetzt um drei Frauen! Pass nur auf, dass wenigstens eine bleibt! Bekomme ich auch ein Bier?" – „Stimmt, früher hast du auch immer Bier getrunken." – „Nein, stimmt nicht. Ich habe in den Kneipen Bauernwein getrunken, aus der 2 Liter Flasche." – „Du zählst dich zu den Frauen?" – „Jörg, vergiss es. Trinken wir lieber Bier!"

„Du musst dich jetzt um deinen Kram kümmern." Sie hatte früher auch oft den Ton angegeben. Jörg war das egal, er war meistens mitgegangen. Vielleicht, weil sie älter war. Ob es ihm egal gewesen war oder er einfach keinen anderen Plan hatte, das wusste sie nicht.

„Hallo, wo seid ihr Hübschen! Schön, dass ihr noch wach seid!", die Ehefrau kündigte sich bereits im Flur an. Sie schlüpfte in die Hausschuhe und stand schon im Wohnzimmer. „Bei euch alles okay?" – „Ja, klar", kam Patricia Jörg zuvor. Verdammt, sie hätte eigentlich Jörg ein wenig hängen lassen können. Sie war wirklich nett, so gepflegt und offen, so wäre Patricia auch mal gerne gewesen. Sie konnte ausnahmsweise nicht über Frauen mit blonden Haaren lästern. „Was habt ihr denn gemacht? Ein bisschen von früher geredet?" Klar, fragte sie das. „Ja", von Jörg halb gelogen. „Patricia kennt übrigens auch Martin ganz gut, also meine halbe Familie. Er war auch einmal in unserer Klasse. Martin ist in der neunten Klasse durchgefallen." Patricia ärgerte sich über so viel Hintenrum. Verloren kratzte sie mit dem Zeigefinger am Sofaleder.

„Martin ist jetzt Landschaftsgärtner." Die Frau sagte nach einer Weile, dass sie mit ihren Sportfrauen noch kurz in einer Pizzeria gewesen sei. Patricia sah sich um. Das Haus echt tipp topp, fehlten nur die Kinder, aber die waren ja vor kurzem zum Studium in die Stadt gezogen. Aber was urteilte sie da eigentlich, sie hatte ja keine. Sie hatte nicht einmal ein Haus oder eine gekaufte Wohnung, die endlich abbezahlt war, weil sie überhaupt nicht sparen konnte. Einmal hatte sie einen kleinen Privatkredit aufgenommen, aber niemandem davon erzählt.

Jörgs Frau sprach keinen eindeutigen Dialekt, aber ein Hauch Schwäbisch oder Fränkisch war schon dabei. Sie war die Frau des Richters, das machte in der Kleinstadt noch was her.

„Weißt du, wie wir uns kennengelernt haben?", fragte die Ehefrau. „Beim Friseur. Stell dir vor! Er war auf dem Sprung in den Osten. Ich habe ihm die Haare geschnitten. Es war sein letzter Tag. Er hatte die Koffer für den Umzug nach Meiningen längst gepackt." Jörg war nicht in der Lage, irgendetwas zum Gespräch beizutragen, er starrte nur vor sich hin. Wahrscheinlich war er gedanklich bei seiner Freundin und träumte doch noch von einer gemeinsamen Zukunft, sobald sie ihre Schulden abgezahlt hatte. „Dann bist du ihm bald in den Osten gefolgt oder wie habt ihr das gemacht?" Patricia beschloss, sich ganz normal mit Sissi oder Susi, das wusste sie nicht mehr genau, weiter zu unterhalten. Diese strahlte. Patricia hoffte, dass Jörg auch mal den Mund aufbekam.

„Mhhh, das ist schon eine lustige Geschichte." Patricia wollte nicht noch öfter ‚lustig' sagen und munterte Jörg auf, aber statt Jörg sprach schon wieder die Frau. „Ich habe gestern den Nachbarn getroffen, Bernd Wiedemann, den auf der linken Seite. Stell dir vor, Jörg, er will weg. Er stand neben einem Umzugsauto. Er zieht nach Berlin. Sie haben sich getrennt. Wir haben gar nichts davon mitbekommen." – „Doch, doch, mir ist das schon aufgefallen, dass sie am Wochenende immer alleine war. Er war oft unterwegs." – „Du hast mir das gar nicht erzählt, aber eigentlich warst du ja selbst öfter unterwegs." Patricia beobachtete das Paar. „Warum hast du nichts davon gesagt? Sie waren so nett, diese Nachbarn! Wir hätten vielleicht helfen können!" – „Das kann man nicht!" Jörg hatte eine ganz feste Stimme bekommen. Patricia war aufgestanden und lehnte sich an ein Möbelstück, das hinter ihr stand. Das war eine Scheißidee. So etwas würde ihr nie wieder passieren, dass sie im Thüringer Wald festsaß.

„Wir trinken jetzt noch aus und gehen dann ins Bett!" – „Nein, Jörg, wieso denn das! Hast du dich mit dem Nachbarn verbündet und die arme Doris wusste nichts davon? Das möchte ich jetzt gerne wissen. Doris war lange in meiner Gymnastikgruppe. Das wäre dann so, als würdest du mich hintergehen."

„Übertreib bitte nicht!" Patricia sah Jörg an, der jetzt so war, wie sie ihn nie gesehen hatte. „Sprichst du denn nicht mehr über die wesentlichen Dinge mit mir?"

Klappte sie jetzt gleich zusammen? Patricia hatte den Eindruck, dass das Paar nicht mehr lange durchhalten würde. Vielleicht war sie deswegen von der Ehefrau so freundlich begrüßt worden. Sie sollte den Zuhörer spielen! Sie überlegte, wie lange der Krankenwagen brauchen würde, falls er ihr ein blaues Auge schlug, aber das mit dem blauen Auge war eigentlich Quatsch, Jörg würde nicht handgreiflich werden.

„Wir sind alle übermüdet und etwas gereizt, lasst uns schlafen gehen!" Patricia war stolz auf ihre salbungsvollen Worte, nur dass ihre Worte keine große Wirkung hatten. Das Ehepaar starrte sich nur an. Checken sie sich jetzt ab? Wie viele Jahre, wer hat was in die Ehe mitgebracht, Geld, Grundstücke, Ausbildung? Verflucht!

„Wir erzählen uns einfach nicht mehr alles!" Sie ging auf ihn los, und Patricia konnte sie gerade noch bremsen. „Halt, das bringt doch jetzt nichts." Patricia sah durch die Terrassentür hinaus. Der Wald war dabei, die letzten Häuschen ganz zu umschließen. Sie müssten sich beeilen, sie müsste auf jeden Fall so bald wie möglich aufbrechen. Das ‚Gute Nacht' brachte das Paar nur mit Mühe heraus. Oben im Zimmer der Tochter war Platz. Sie fiel in einen traumlosen Schlaf.

Am nächsten Morgen lag sie wach im Bett und lauschte. Es war das übliche Frühstücksklappern. Tassen auf Untertellern und Besteck. Sie roch Kaffee. Als sie nach unten ging, saß Jörg am Tisch. Seine Frau sei gerade auf dem Weg zum Bäcker. Heute war Samstag. Umso schlimmer, dann kam man nicht so leicht weg. Sie wollte eigentlich noch nach Erfurt fahren.

„Alles wieder okay bei euch?" Jörg schenkte Kaffee ein und schwieg. „Es ist gut und schlecht zugleich, dass du gekommen bist." Patricia sagte nichts. Normalerweise hätte sie sich geärgert, aber sie war eher ratlos, das war alles. Sie wollte Jörg gerade darauf ansprechen, aber da kam die Ehefrau. Susi oder Sissi, verflixt ähnlich.

Sie stand mit einer Tüte Semmeln am Frühstückstisch und sorgte für gute Laune. Die anderen Nachbarn hätten junge Katzen. „Die müsst ihr euch anschauen. Eine getigerte Katze, das wird meine. Jörg du hast doch nichts dagegen, dass wir uns wieder ein Kätzchen holen. Du musst später mitkommen!" Sie ließ die Semmeln auf den Teller gleiten, holte Butter, Marmelade und ein bisschen Käse aus dem Kühlschrank und nahm wieder Platz.

„Habt ihr euch nicht gefragt, warum Doris sich nicht mehr in eurer Gymnastikgruppe blicken ließ?" – „Doch, aber ich kenne sie ja nicht so gut. Es hieß, dass sie keine Zeit mehr hat, da fragt man nicht immer nach." – „Siehst du. Man kann von außen wenig tun." Patricia verfolgte ihr Doris-Gespräch, dann ging es um andere Nachbarn und um eine Gemeinderatssitzung.

Patricia ging nach oben und suchte eine frühere Zugverbindung. Sie könnte schon am Nachmittag fahren, über Franken und dann zurück oder gar spontan nach Berlin.

„Ich werde auf jeden Fall jetzt nach Meiningen fahren. Wenn nötig mit dem Bus." – „Am Wochenende fahren die Busse nur sehr spärlich. Morgens und abends gibt es aber einen." – „Was!" Patricia starrte das Ehepaar an. „Ich werde dich später in die Stadt fahren. Aber, lass uns noch ein bisschen frühstücken!" Das war ihr recht, Hauptsache sie kam bald hier weg.

Fast einen Tag und eine Nacht hatte der Besuch gedauert, dachte sie sich, als sie mit Jörg wieder die Waldstrecke zurückfuhr. Sie öffnete das Beifahrerfenster und roch Holz. „Ist dir das nicht zu viel Wald?"

Jörg sah auf die Straße, er schmunzelte. „Wie man es nimmt, manchmal mag ich das auch. Ich bin von Kindheit an daran gewöhnt, dass es eng ist, wenn auch nicht so waldig. In einer Pfarrerfamilie gibt es immer viele Kinder und wenig Platz. Ich habe mit meinem Bruder Martin ewig ein kleines Zimmer geteilt. Deshalb haben du und ich uns lieber an öffentlichen Orten herumgetrieben." Jörg und Herumtreiben, das war leicht übertrieben!

„Stell dir vor, sechs Jahre dauert eine Entschuldung. Da wird ein Teil des Einkommens gepfändet und dann strenge Auflagen! Das ist ein großer Eingriff in das Persönlichkeitsrecht. Meistens haben diese Menschen sowieso schon genug andere Probleme. Ich muss gerade an die Arbeit denken." Er dachte wahrscheinlich an seine Freundin und automatisch an ihre Schulden.

„Willst du dann mit ihr weg, wenn die sechs Jahre vorbei sind oder schon früher?" Er wiegte den Kopf hin und her, ohne etwas zu sagen.

„Zwischen dir und mir, Patricia, war immer nur tiefe Freundschaft, zumindest habe ich das so in Erinnerung." – „Ich sehe uns immer im Geschichtskurs sitzen, ich saß ganz eng neben dir, als könnte ich dann besser überleben. Trotzdem hat es mich dann alleine rausgedreht." – „Das stimmt nicht, du hast dich doch selbst abgemeldet oder bist einfach nicht mehr gekommen!" – „Stimmt schon! Das war ein gutes Gefühl, einfach nicht mehr hinzugehen. Es wurde heiß und dann zack, zack, Abmeldung und zum See. Ich bin in diesem Sommer dauernd zum Baden gefahren." Er öffnete das Fenster einen Spalt „Als du weg warst, habe ich mich mehr für dich interessiert, aber dann bist du ins Ausland gegangen!" Patricia wusste jetzt nicht so genau, wovon er sprach, aber sie sah, dass sie den Wald verlassen hatten und sich dem Stadtgebiet näherten.

Jörg suchte einen Parkplatz. Sie stiegen aus. Er grüßte ein paar Leute auf der Straße, die Patricia neugierig ansahen, aber er stellte sie nicht vor und sie war froh. „Du bist bekannt wie ein bunter Hund, aber klar, als Richter. Sind das alles deine Insolvenzfälle gewesen?", sie kicherte ein bisschen, aber er reagierte nicht.

Sie gingen wieder in das Café, das sie am Vortag besucht hatten und schwiegen. Patricia überlegte sich, wann sie den Zug nach Erfurt nehmen sollte. Meiningen bot nichts außer öde Provinz, und alles, was damit zusammenhing. Mief, Neid und krumme Verhältnisse warteten in den Häuschen hinter den kleinen Rasenflächen.

„Wir waren uns so nah, da bleibt doch viel hängen." Er zuckte die Schultern. Sie glaubte, dass er schon wieder an sein Insolvenzverhältnis dachte, aber es war wie früher, immerzu redete sie, und von ihm kamen nur ab und zu ein paar Sätze.

„Viel später habe ich eine ähnliche Freundschaft aufgebaut, das war ein Kollege in der Arbeit. Ich glaube das ist der Stallgeruch, der einen zusammenführt." – „Glaubst du? Kann sein, war bei uns vielleicht auch so ähnlich." Nicht allzu weit von ihrem Tisch entfernt sah sie eine ältere Dame, die von zwei Möpsen flankiert wurde. Wie ein wunderbares Gemälde mit dem großen Spiegel im Hintergrund. Das Café war wahrscheinlich der einzig interessante Ort in dieser kleinen Stadt.

„Das ist der einzige Treffpunkt für außergewöhnliche Gestalten. Siehst du da drüben den Mann im kobaltblauen Anzug? Der fährt immer nach Erfurt und sucht nachts verkleidet sein Glück. Dr. Jekyll und Mr. Hyde, geht fast in die Richtung!" – „Aber er sitzt da mit einer Dame, das sieht so aus, als würden sie sich mögen." – „Ich habe meine Quellen, dazu muss ich nachts nicht durch Clubs in der nächsten Stadt schleichen. Außerdem ist mir das eigentlich egal. Ich wollte dir lediglich zeigen, dass das Café auch ein paar Geschichten versteckt."

„Ist sie jung, deine Freundin?" Er wirkte überrascht, weil sie plötzlich das Thema auf seine Geschichte lenkte. „Das ist doch eigentlich egal, aber ja, schon jünger als wir. Sie hat ja noch ein kleines Kind. Ich weiß nicht, wie ich das erklären soll, jedenfalls ganz anders als du und ich. Sie kommt außerdem aus Thüringen, Kreis Meiningen, hat in Erfurt studiert, aber nur kurz, dann kam eins zum anderen. Mutter Unfall, kleine Schwester, der ganze Mist. Erst fällt man richtig und dann muss man wieder alleine rauskommen, das hat sie nicht geschafft. Bei einer Insolvenz musst du alles offenlegen, das ist nicht einfach! Aber oft ist es die einzige Chance. Sechs Jahre muss der Schuldner nach Insolvenzeröffnung den pfändbaren Betrag an einen Treuhänder abgeben."

Eigentlich war es immer ernst zwischen ihnen geworden. Früher hatte sie das Gefühl, dass sie wie Ausgestoßene durch das Schulhaus schlichen, ohne auch nur einen vernünftigen Menschen zu treffen.

„Wer ist das in deiner Arbeit?" – „Das ist ein Kollege, den ich auch mindestens fünfundzwanzig Jahre kenne. Wir haben sogar jeden Tag gegen zehn Uhr vormittags ein Schokoladenrippchen geteilt." – „Hast du das in die Hand genommen?" – „Nur, weil die Tafel immer in meiner Schreibtischschublade lag." – „Wir zwei haben

Zigaretten zusammen geraucht, aber eigentlich warst du die Raucherin." Jörg schien sich langsam zu vertiefen, fiel Patricia auf. „Wir waren viel zusammen, saßen in der Mensa oder vor den Klasszimmern. Unsere Mienen waren so leidend, dass sich keiner dazu setzen wollte." – „Quatsch, so schlimm waren wir nicht", widersprach sie. „Ich meine nur! Wir waren ziemlich schlecht und hatten keine Lust. Dabei habe ich noch mehr für die Schule gearbeitet als du."

Vorsichtig schloss er Patricia in die Arme, die sich dachte, dass er das wegen damals machte.

„Ich muss jetzt los!", rief er einer Bedienung zu.

„Eigentlich bist du mir noch eine Antwort schuldig." Sie sah ihn fordernd an, aber das nützte nichts. Er war schon fast an der Tür. Draußen stand eine Frau. Ganz klein wirkte sie. Patricia war auch aufgestanden und ebenfalls zur Tür gelaufen, um alles genau zu beobachten. Sie war ganz winzig, ganz zart. Sie sah, dass Jörg vor ihr stand und ihr irgendein Schriftstück überreichte. Er streichelte ihr Kinn, das sie gesenkt hielt, und eine ganze Weile verharrten sie so. Sie schienen auch gefangen zu sein, so wie Patricia das mit Jörg zu Schulzeiten erlebt hatte. Das mit dem Kinn war sicher ein Versehen gewesen, weil Jörg das öffentlich gar nicht durfte. Es könnte ihr eigentlich egal sein, war es aber nicht.

„Jörg, du kannst mich mal!", murmelte sie vor sich hin und bestellte einen zweiten Kaffee. Sie fand eine Zugverbindung nach Erfurt in einer Stunde.

Als sie das Café nach einiger Zeit verließ, war der Platz wie leer gefegt. Wo war Jörg genau hingegangen? Mit der Freundin oder gleich ins Amtsgericht? Und wo war seine Frau? In der Gymnastik oder in der Küche beim Kochen? Wo war ihr eigener Mann in diesem Moment, als sie den kleinen Rollkoffer über den Platz zog und sich entschied, nie wieder Meiningen zu betreten? Egal, ob Jörg die Freundin irgendwann heiraten würde. Er könnte sie hundert Mal einladen, sie würde nie in diese muffige Stadt zurückzukehren! Keine Nostalgie, alles klebriges Geschwätz, nur weiter und jetzt zum Bahnhof, sonst würde sie den Zug verpassen.

Am Bahnsteig stand Jörg. Dass er sich das traute, sie hier abzupassen! Er stand so, dass sie an ihm vorbei musste. „Patricia, es tut mir leid. Meine Frau hat sich gemeldet, sie würde sich auch freuen, wenn du heute Abend mit uns ...", weiter kam er nicht. „Sag mal, hat dich ein bescheuerter Geist geschickt?" Sie hatte Tränen in den Augen, aber nicht, weil sie so gerührt war. Vorsichtig schob sie ihn zur Seite.

Innen suchte sie sich einen schönen Sitzplatz. Als der Wagen mit den Getränken an ihr vorbeikam, bestellte sie sofort wieder Kaffee. Ein typischer Blümchenkaffee, eine durchsichtige Brühe, aber sie war so vergnügt wie schon lange nicht mehr.

DER NACHBAR

Wenn Dinge eine ganz eigene Beschleunigung bekommen, dann war das an diesem Sonntag der Fall, als sie ihren Bruder abholen wollte. Sie hatten sich vorgenommen, gemeinsam einen Ausflug zu machen. Ein Kloster, ganz neu restauriert, er hatte unter den Kirchenmalern und Restauratoren gestanden und mitgearbeitet. Ein großer Fisch sei das Kloster für den Stuckateur-Betrieb gewesen.

Sie wäre heute lieber zu Hause geblieben, aber er wollte ihr alles ganz genau zeigen. Mit dem Zug musste man eine halbe Stunde Richtung Norden fahren, in der Kleinstadt noch ein paar Meter den Berg hinauf, da stand dann das Kloster. Sie hatte sich also darauf eingestellt, nebenherzulaufen, zuzuhören, er, der dann gar nicht mehr aufhören würde, alles genau zu erklären. Sie würde einmal etwas sagen, mehr oder weniger ein Beitrag, der sich sehen lassen konnte, aber dann würde er schon wieder sprechen. Sie würde von der Seite zu ihm hinübersehen. Hatte er überhaupt zugehört? Sie hätte es nämlich anders gesagt, sie hätte es zumindest anders gemeint und dann würde ihre Stimme erst leiser werden, dann ganz ausgehen. Aber heute war Sonntag und Klostertag.

Sie sollte ihn abholen. Gleich wäre sie da. An der alten Straßenlaterne noch vorbei, da lag es schon, schönes Altstadthaus, aber schlechter Zustand, Risse im Mauerwerk, und innen müsste man erst mal ein Bad in jede Wohnung einbauen, wenig Miete, von einem Freund übernommen.

Sie selbst saß im Neubau, hatte schnell aus einer alten Wohnung ausziehen müssen, da war der Neubau die Rettung, schön und klein, brachte Ordnung in ihr Leben. Direkt neben einem reißenden Kanal war die Wohnanlage errichtet worden. Früher stand hier eine Weberei, sagte der freundliche Verwalter. „Hier war ganz schön was los in Sachen Textilindustrie."

Der Spielplatz vor dem Haus ihres Bruders war der kleinste Spielplatz, den sie je gesehen hatte, nur ein kleiner Sandkasten und eine Mini-Rutsche. Zwei Kinder spielten so leise, dass es gar nicht weiter auffiel, bemerkten sie nicht, als sie den Spielplatz durchquerte.

Das Altstadthaus mit seinem hohen Giebel, aus der Ferne eigentlich sehr schön, mindestens hundert Jahre, mit altem Gebälk.

All das dachte sie sich auch noch, als sie jetzt die Klingel drückte, aber nichts hörte, nochmal läutete, lange an die Haustür klopfte. Linda vernahm Radio- oder Fernsehgeräusche, das musste die Nachbarwohnung sein. Als sie dort läutete, reagierte aber niemand. Sie wusste, dass neben dem Bruder der Sick wohnte, viele Male hatte er schon vor der Haustür gestanden. Sie drückte den Klingelknopf ganz lange, klopfte sogar am Fenster. Ihre Arme bewegten sich wie Äste vor den Fenstern. Radio ganz deutlich, irgendeine Ansage, dann doch wieder Musik, vielleicht war das Bayern 1 Volksmusik, dann Stimme, wieder Musik.

Sie setzte sich auf die einzige Spielplatzbank und wartete, sah zu, wie die zwei Kinder immer wieder auf die Rutsche kletterten. Jetzt gab es Streit, dann heulte einer, eine Mutter war zu sehen, Trost, Spiel, Trost am Ende. Eine halbe Stunde saß sie da, überlegte, ob sie wieder zurückgehen sollte, um von zu Hause aus zu telefonieren, weil die einzige Telefonzelle vorne am kleinen Platz schon länger belegt war. In dem kleinen Fenster im Parterre erschien der hoch gewachsene Nachbar, weil die Räume so klein waren, zog er instinktiv den Kopf ein. „Hallo, hallo Herr Sick!“, rief sie ganz laut. Aber er reagierte nicht. Wieder bewegte sie ihre Arme. Sicks Fenster plötzlich gekippt. „Hallo, wissen Sie, wo mein Bruder hingegangen ist?“ Auf dem Spielplatz waren jetzt die Mütter aufmerksam geworden. „Haben Sie zufällig einen blonden Typen mit kurzen Haaren aus dem Haus gehen sehen?“ Sie schüttelten den Kopf und drehten sich weg. Sie trottete nach Hause. In ihrer Wohnung angekommen, telefonierte sie sofort. Aber da war nur der lange Klingelton und einen Anrufbeantworter hatte ihr Bruder nicht. Sie ließ es klingeln, bis das Besetztzeichen kam, dann legte sie auf, setzte sich, begann die Zeitung zu lesen, konnte sich aber nicht konzentrieren.

Kurz darauf machte sie sich wieder auf den Weg, sie konnte sich nicht vorstellen, dass er sie vergessen hatte. Sie hatte beschlossen, noch bei den anderen Parteien zu klingeln. Nichts, absolut nichts geschah. Auf dem Spielplatz herrschte inzwischen komplette Ruhe, wahrscheinlich wegen der Mittagszeit. Sie setzte sich wieder auf die Bank, wo vorhin die Mütter gesessen waren. Wenn sie ihre Füße ausstreckte, konnte sie den Sandkasten berühren und den Sand über ihre Sandalen rieseln sehen. Plötzlich hob sie den Kopf, ein Junge stand vor ihr. Er sah sie an, fragte, ob sie einen kleinen schwarzen Hund gesehen habe.

Sie wollte nicht ewig hin und her laufen, es aber auf jeden Fall später einmal beim Lochwirt versuchen, der lag genau zwischen ihren Wohnungen. Sie selbst hatte ihre Abende eigentlich nie dort verbracht, das war eher ihr Bruder und natürlich der Nachbar ihres Bruders, der dort Bierflaschen kaufte, so erzählte es jedenfalls der Bruder. Als Nick von seinem besten Freund die Wohnung übernommen hatte, war der Sick schon da, war sogar Hausmeister. Sick hatte viele Jahre mit seiner Frau in der kleinen Parterrewohnung zugebracht. Angeblich war er die meiste Zeit nett zu ihr, aber immer wieder stritten sie und dann rutschte ihm die Hand aus. Das hatte er sogar selbst gesagt. Nick wusste es von seinem Freund Sten, hatte es aber später selbst erlebt. Dann starb die Frau, und obwohl er sie öfter mal schlecht behandelt hatte, war er hinterher ganz zerstört.

Frau Sick sei auf jeden Fall viel freundlicher gewesen. Ihr Bruder habe sich wegen der Nachbarschaft zu Beginn gar nichts gedacht, aber sich dann daran gewöhnen müssen, dass man jedes Räuspern genau hören konnte, Selbstgespräche, seine Selbstgespräche, die sich mit ihm und seiner Frau beschäftigten, keine Seltenheit, manchmal war richtiges Klagen dabei. Die Musik kam Nick zu Hilfe. Es lief jetzt vermehrt wieder Jazz in seiner Wohnung, deutscher Jazz, wie Eberhard Weber, der Cello spielte so wie er, Volker Kriegel und viele andere. Er sei wieder Herr der eigenen vier Wände geworden.

All das fiel Linda jetzt ein. Auch wenn ihr Bruder einen ironischen Unterton bei der Erzählung angeschlagen hatte, sogar lachte, glaubte sie schon, dass das alles eine Bedeutung hatte.

Schon Nicks Freund Sten habe immer über die Nachbarschaft gejammert, aber das führte ihr Bruder auf sein schwieriges Temperament zurück. Linda hatte das bestätigt, kannte sie Sten doch aus der Schule. Er hatte ihr als Ehrenrundendreher, die meist von Mädchen angehimmelt werden, ins Poesiealbum geschrieben: ‚Das Leben ist wie eine Hühnerleiter, kurz und beschissen.‘ ‚Kurz und beschissen‘ stand in einer eigenen Zeile. Das war in der siebten Klasse. Immer wieder fiel ihr die Hühnerleiter ein, wenn sie Sten zufällig traf.

Der Satz hatte ihn damals natürlich in ein interessantes Licht gerückt. Später sah das anders aus.

Zuerst war sie wegen ihrer Neubauwohnung aufgezogen worden, sie persönlich beruhigte aber diese Klarheit, Klarheit, wenn sie die Steintreppe hinauflief, Klarheit, wenn sie den Briefkastenschlüssel umdrehte, Klarheit, wenn sie die Wohnungstür hinter sich schloss, eine Hausverwaltung im Rücken, einen anonymen, aber gut funktionierenden Putzdienst, all das. Bezüglich der Geräusche war es bei ihr genau anders herum. Es gab noch jede Menge freie Wohnungen.

Jetzt würde sie erst einmal zu Hause bleiben und später nochmal rübergehen. Vielleicht war es ganz gut, dass der Ausflug ins Wasser fiel. Wann hatte sie ihrem Bruder eigentlich versprochen, sich auf jeden Fall die Restaurierungsarbeiten anzuschauen?

Ein ganzes Jahr war sie in ihrer neuen Wohnung. Bei ihrem Einzug hatte es noch stark nach Farbe gerochen. Außer ihr war noch eine andere Frau eingezogen, gleicher Eingang, aber zweiter oder dritter Stock. Sie waren sich sogar schon begegnet, aber Linda war nichts eingefallen, also sagte sie. „Wir sind die Einzigen", ein Nicken gegenüber. „Wird schon noch." Und am nächsten Tag „Guten Morgen, schön mit dem Kanal vor dem Haus." – „Ja, finde ich auch." Die Perlenkette gegenüber vibrierte, als sich ihr Hals mit Kehlkopf bewegte.

Ein Kanal rauschte an ihrem Haus vorbei, später tauchte er ab und vereinigte sich weiter hinten im Viertel mit einem anderen. Eine ganze Weile wurden die kleinen Ströme auf zwei Etagen geführt, bis sie zusammenflossen. Jetzt gab es nur noch die Kanäle, aber Handwerk und Textil existierten hier fast nicht mehr. Im Archiv der Stadt hatte sie Fotos zu den früheren

Textilriesen gefunden. Anfang des zwanzigsten Jahrhunderts war das noch eine ganz andere Stadt gewesen.

Gegenüber hatte sie gestern ein paar Nachbarn auf der Terrasse feiern sehen. Paolo Conte lief, drang bis zu ihr herüber. Da standen bestimmt zehn Leute, tranken Wein, Aperol, jedenfalls kein Bier.

Ihre Mutter rief an, fragte, ob sie am Abend zum Essen kommen würde, aber Linda wusste es nicht. „Deinen Bruder konnte ich nicht erreichen, werde es später nochmal versuchen. Wo ist er nur?" Das fragte sich Linda auch. „Nein, ich komme heute nicht zum Essen."

Sie hatte das Opernglas ihrer Stiefgroßmutter aus dem Schrank geholt. Aperol stand da auf dem Gartentisch, dazu verschwitzte Gesichter, Hände in den Hosentaschen. Einer holte Eiswürfel, stellte sie auf den Tisch, das musste ihr neuer Nachbar sein, bisschen dick, in einer kurzen Hose und T-Shirt mit Palmenaufdruck. Sie legte das Opernglas wieder weg. Das hatte sie zum ersten Mal gemacht.

Paolo Conte hatte sie auch oft gehört, mit Bea beim Trampen Richtung Triest. Sie legte das Ding wieder in den Schrank. Sicher war das keinem in dieser Gruppe aufgefallen, sie würde jetzt einmal in den Hof gehen. Sich vielleicht in die Grünanlage legen, ein wenig sonnen, warum nicht.

Linda ging hinunter, die kleine Tür zum Garten, dann in das Oval setzen, herrlicher Rasen, ein paar Büsche, sie hatte keinen Balkon, das wäre für sie zu teuer geworden. Ihre Strohmatte ausgerollt, daneben das Buch und die Sonnenbrille. Alle, die ein Fenster nach hinten hinaus hatten, konnten sie jetzt sehen, wie sie da lag, einmal auf dem Bauch, dann kurz auf dem Rücken, geschlossene Augen, war ihr egal, sie wollte Sonne.

„Hallo, magst du ein Glas Aperol?" Sofort richtete sie sich auf ihrer Strohmatte auf, zog die Beine an. Vor ihr ein Mann mit kurzer blauer Hose, rotes Gesicht, Augen zusammengekniffen wahrscheinlich schon viele Aperols im Magen. „Ich, jetzt?" Sie wusste nur, dass ihr das zu schnell ging. „Oh, normalerweise gern, aber ich muss gleich wieder rauf. Ich muss meinen Bruder suchen." – „Ist der noch so klein?" – „Nein, eigentlich nicht." – „Warum dann? Geht mich ja nichts an, ist nur schade." – „Kann schon sein." – „Ein Aperol, ein einziger? Ich wohne nicht da, aber Werner, der Dicke, das ist der da hinten, lässt fragen", er lachte. Linda sah, wie er auf die Terrasse deutete. „Der mit dem Hawaii-Hemd." Sie wollte eigentlich das Gespräch nicht fortsetzten, aber dann sprach er schon weiter. „Wenn Werner da unten wohnt, wo wohnst dann du?" – „Ich, da oben, im ersten Stock, aber schon länger als Werner." – „Dann sehen wir uns jetzt öfter." – „Kann schon sein." Er nickte freundlich, war weg, sie ging auch wieder nach oben.

In ihrem Schlafzimmer stand sie am Fenster, die ganze Wohnanlage im Blick. Sie hatte wählen können, aber ein Balkon wäre zu teuer gekommen, an eine Terrasse war gar nicht zu denken. Sie hatte die kleinste Wohnung, achtunddreißig Quadratmeter. Ein letzter Blick, die Aperolrunde war verschwunden, vielleicht feierten sie innen weiter, weil Wolken aufgezogen waren.

Sie zog sich um, ging aus dem Haus. Es war Spätnachmittag und noch nichts vom Bruder zu sehen. Hier hatte ihre Großmutter einmal gearbeitet, in der Weberei, die sie abgerissen hatten, genau hier, wo sie jetzt wohnte. War das nicht ein Witz, ein Zufall, dass ihre Oma hier geackert hatte, wo sie jetzt eine Wohnung gefunden hatte?

Gleich würde sie angekommen sein, schon wieder vor dem Bruder-Haus. Sie musste ja irgendetwas tun, also wieder über den Spielplatz zum Haus.

Der Sick stand auf der Treppe vor der Haustür, mit beiden Daumen hielt er seine Hosenträger fest, eine Stofftasche hing über seiner Schulter. Er sah in ihre Richtung. Sie winkte. „Hallo, Herr Sick", rief sie, „warten Sie. Ich suche nämlich ihren Nachbarn, meinen Bruder. Haben Sie ihn vielleicht gesehen?" – „Ich muss sofort zum Lochwirt." – „Ich suche meinen Bruder, der ihr Nachbar ist." – „Ach, der. Der hat bestimmt keine Zeit", er kicherte, das konnte sie hören. Dann entfernte er sich langsam, das Haus hatte er vorher abgesperrt. Auf dem Klingelbrett stand Maurer und Petrocelli, da versuchte sie es jetzt. Sie wartete eine Weile, aber kein Fenster öffnete sich.

Sie ging um das Haus herum. „Hallo, Nick", rief sie und klopfte ans Fenster. Sie rüttelte an der Tür. Hörte sie etwas von drinnen, nein, wahrscheinlich nur Einbildung, doch ein Pfeifen, aber als sie sich konzentrierte, war es verschwunden. Sie rüttelte wie wild an der Haustür.

Als sie kurz darauf beim Lochwirt eintraf, sah sie den Sick schon wieder aus der Gaststätte herauskommen. Er hatte an jeder Hand eine Tasche. Sie ging ihm nach. Ganz langsam, mit großem Abstand. Als er wieder vor der eigenen Haustür stand, versperrte sie ihm den Weg. „Jetzt lassen Sie mich bitte ins Haus."

„Was wollen Sie denn?" Sie hatte einen Fuß in der gerade geöffneten Haustür. „Gehen Sie weg! Hilfe, Polizei", rief er. Schon stand sie vor der Wohnungstür von Nick, gegenüber die Wohnung vom Sick. „Gehen Sie sofort", rief der Sick, schmiss die Haustür zu. „Hallo, hallo. Ist da Linda? Ein Rufen, die Stimme kam von vorne. Es hämmerte jemand gegen die kleine Tür, das war die Toilettentür. Jetzt hatte sie alles verstanden. Wahrscheinlich ist der Typ nicht ganz normal. Das ist ja Freiheitsentzug, wie kann ein zivilisierter Mensch so etwas machen, aber so richtig zivilisiert war der Sick wahrscheinlich nicht.

Wollte er ihren Bruder testen oder bestrafen? Sie riss die Haustür auf. Draußen stand der Sick. „Sofort aufsperren", rief sie. „Sofort", sie hörte ihre eigene Stimme in die Höhe steigen und oben vibrieren. „Aber jetzt sofort", noch lauter, weil der Sick noch nicht reagierte. Der Sick, sah sie an. „Sie sind ja verrückt. Ich hole die Polizei, wenn Sie mir drohen", murmelte er. Dann verschwand er, kam mit dem Schlüssel wieder, währenddessen stand sie vor der kleinen leicht verblichenen Tür.

Der Sick traf erst gar nicht das Schloss, sie wurde ungeduldig. Ihr Bruder erschien, tatsächlich war er der Eingesperrte, genau genommen war das ein Witz, aber ihr Bruder sah nicht nach Witz aus. Was konnte sie jetzt tun, außer dastehen? Als er gleich darauf in seiner Wohnung verschwand, folgte sie ihm einfach. „Ist irgendetwas zwischen euch vorgefallen?", fragte sie, aber da wusste sie schon, dass es nicht so einfach werden würde.

Der Sick führte nebenan Selbstgespräche, so laut, dass sie es beide hören konnten. Linda stand in der Bruderwohnung und sah sich nach einem Stuhl um, aber entdeckte nur den Schemel. „Magst du ihn anzeigen?", fragte sie.

Ihr Bruder zeigte nur aufeinandergepresste Lippen, kochte schweigend Kaffee, stellte zwei Tassen auf den Schreibtisch, einziger Tisch in der Wohnung. Sie dachte, dass es viel schöner wäre, draußen zu sitzen, es war schließlich warm und angenehm, wollte aber nichts sagen, wollte warten. Gleichzeitig rührten sie jetzt in ihren Tassen, obwohl gar kein Zucker drin war. „Er hat einfach außen den Schlüssel abgezogen." – „Glaubst du, er hätte von sich aus aufgesperrt?" Ihr Bruder zuckte die Schultern. Sie wollte jetzt wirklich nicht länger hierbleiben, nicht seine neuen Zeichnungen begutachten, die da überall hingen, und auch nicht die Pflanzen, die er gesammelt hatte, dort im Naturschutzgebiet. Minutiös war alles mit Nadeln an der Wand befestigt worden. Nein, sie wollte nichts erfahren, auf keinen Fall zuhören, weil man längere Ausführungen riskierte.

„Hörst du, er spricht mit sich", ihr Bruder lachte und schlug mit der flachen Hand auf den Tisch. „Was denkst du jetzt?" Das wollte sie wirklich mal gerne wissen. „Willst du ausziehen oder weiter neben ihm wohnen bleiben?" Ihr Bruder war aufgestanden, sah sich jetzt ganz alleine seine Zeichenwand an, hängte sogar eine neue Zeichnung auf, während sie auf eine Antwort wartete. Das Warten brachte nichts, weil er schon wieder woanders war, war ja nichts Neues.

Als sie sich verabschiedete, meinte er, man könne doch nächstes Wochenende zum Kloster fahren. „Dass du schon wieder planen willst, das verstehe ich nicht." Er sagte nichts, wieder so ein Schleierblick. Jetzt erst sah sie, dass die Pflanzen zartfarbig waren, Aquarell- oder Wasserfarbe. „Schafgarbe", sagte er, weil er ihren Blick beobachtete. Was soll's, dachte sie, kurzer Blick in den anderen Raum, nur ein schmales Bett, wenige Bücher, Mönchszelle unverändert, dachte sie. „Ich hau ab."

Wie viele Stunden Nick wohl eingesperrt gewesen war, wahrscheinlich hatte der Sick nach dem Frühstück einfach außen den Schlüssel umgedreht. Der Schlüssel wurde normalerweise nie abgezogen.

Sie stand jetzt wieder vor dem Haus, sah durch das kleine Fenster den Sick in seinem Wohnzimmer stehen.

Ein großer Mann in winzigen Räumen, breitbeinig, fast so, als wollte er mit seinem großen Körper und seinen murmelnden Kommentaren irgendetwas in die Luft sprengen. Man konnte den Sick lachen und sprechen hören. „Ich habe doch gar nichts gemacht." Das war gut zu verstehen. Sie ging auf die andere Seite des Hauses. Hier konnte sie ihren Bruder durch das Fenster sehen. Er stand nur da und starrte noch immer seine Pflanzenzeichnungen an. Sie kam näher, klopfte ans Fenster. „Hey, ich gehe heute nicht zu den Eltern. Ich würde an deiner Stelle auch nicht zum Essen hin. Was willst du denen denn erzählen? Vielleicht morgen bei mir Spaghetti." Er starrte jetzt in ihre Richtung. Sie hob die Hand und war weg, unter Glockenläuten schnell nach Hause gelaufen.

Linda ging zu ihrem großen Schlafzimmerfenster. Die Nachbarn waren auf ihre Terrasse zurückgekehrt. Die Feier ging weiter.

Sie rief ihren Bruder an. „Ich habe noch einmal nachgedacht. Du könntest den Sick wirklich anzeigen." – „Wegen was denn genau?" – „Körperverletzung, ich habe alles genau gesehen." – „Was hast du denn genau gesehen? Er ist doch nicht ganz dicht, hat sich einen Scherz erlaubt." – „Das war doch kein Scherz, sondern pure Aggression." – „Jetzt übertreibst du aber." – „Das kannst du doch nicht unter den Tisch fallen lassen." – „Das ist doch meine Sache." – „Das kann man doch so gar nicht sagen. Warum bist du denn in die Wohnung von Sten gezogen?" – „Ich habe sowieso schon seine letzte Miete bezahlt. Ich leg jetzt auf." – „Gut, machen wir Schluss."

Linda lag auf dem Teppichboden im Eingangsbereich und kaute auf Lippen und Nägeln herum. Im Haus war nichts zu hören. Sie hatte so etwas bisher nicht gekannt. Manchmal hatte sie schon die Tür geöffnet, weil sie dachte, dass da Schritte zu hören waren, Schritte eines Mädchens, stellte sie sich vor, leichtfüßig die Treppen hochschwebend, aber dann war da rein gar nichts. Einmal öffnete sie, weil sie dachte, es gebe zwei Hunde, sie stellte sich zwei braune haselnussfarbene Cocker Spaniels vor, hörte Pfoten, die auf dem Marmor rutschten, genoss das Tapsige, dachte sogar an Hundeschnauzen, ehe sie öffnete. Vor zwei Tagen hörte sie Schleifgeräusche, sie stellte sich vor, wie zwei neue Bewohner ein leichtes Sofa um die Kurve hievten, das war kurz vor dem Schlafengehen. Sie hatte dann im Nachthemd in den Treppenaufgang gerufen.

An diesem Abend hatte sie sich vorgenommen, noch einmal beim Lochwirt vorbeizugehen. Sie war gegen acht Uhr losgegangen. Ihr Bruder hatte noch einmal angerufen, wollte sie überreden, zu den Eltern mitzukommen. Sie würde ihm also nicht begegnen.

Die Gasse war frisch gepflastert, neue Steine, das fiel ihr zum ersten Mal auf. Die Altstadt wurde immer schöner, noch ein paar Meter und man betrat durch eine Maueröffnung den Biergarten mit den vielen Kastanienbäumen. Schön, aber anders als in den Straßencafés saß man hier eher in Gruppen zusammen. Alles war viel abgeschlossener und dunkler, die Kastanien so gepflanzt, dass man unter tiefen Schatten saß.

Sie ließ ihren Blick über die Tische schweifen, aber da war er nicht. Sie musste nach innen. Es könnte sein, dass ihn die frische Luft gar nicht interessierte, das herrliche Wetter, der Sommer ganz allgemein.

Da entdeckte sie ihn dann. Er saß ganz alleine am Tisch und hielt mit beiden Händen ein Bierglas umschlossen. Sie blieb stehen, hatte plötzlich Angst, zu ihm zu gehen, ihn anzusprechen, ihn bei seinen Gedanken zu stören, zu riskieren, dass er dann völlig durcheinanderkommen würde. Hinter der Theke entdeckte sie einen Kellner, der ganz konzentriert Gläser putzte.

Sick hatte sie sicher nicht hereinkommen sehen. Sie hatte sich vorgenommen, vorsichtig vorzugehen. „Herr Sick, guten Abend." Er sah sie an, die dicken Brillengläser zeigten kleine, unruhige Augen. „Darf ich mich setzen?" – „Nein, du hast mich nämlich auch geärgert." Linda blieb stehen, schluckte. „Das war doch genau anders herum." Nichts, nur lautes Atmen.

Der Kellner nahm überhaupt keine Notiz, wahrscheinlich wollte er erst eingreifen, wenn die hauseigenen Gläser durch den Raum flogen. „Sie können doch nicht einfach so meinen Bruder einsperren. Er könnte Sie anzeigen. Ist Ihnen das klar?" Sie war einen Schritt zurückgewichen. Der Kellner hinter der Theke sah jetzt doch herüber. Langsam und ein wenig schwerfällig erhob sich der Sick. Seine Augen wässrig blau, weit aufgerissen auf Linda gerichtet. „Was willst du denn noch? Geh doch einfach."

Der Kellner war hinter der Theke hervorgekommen. Er stellte sich schützend hinter den Sick, sagte aber nichts. Linda kam nicht weiter. Wie konnte das einer nicht verstehen, dass der Sick ein Problem hatte. Sie hätte ihn gern gefragt, warum er ausgerechnet den Sick beschützen wolle, aber dann war er schon hinter der Theke verschwunden, polierte wieder Biergläser und der Sick saß da, saß, bewegte nur seine Hand, die das Glas zum Mund führte.

Linda stand noch immer. Außer ihr waren nur die beiden Männer im Raum, die anderen Gäste vergnügten sich im Biergarten. Sie konnte sich erinnern, dass sie einmal ihren Bruder gesucht und dann beim Lochwirt angetroffen hatte. Er und Sten waren richtig blau und stur diskutierend, so dass sie sofort wieder das Weite gesucht hatte.

Der Wirt, ein groß gewachsener Mann, tauchte plötzlich auf. Der Gläserspüler zeigte sofort Richtung Sick, und ohne sie anzusehen, führte er den Sick ganz vorsichtig hinaus. Linda bestellte ein kleines Helles, trank in schnellen Schlucken, suchte Blickkontakt, aber der Gläsertrockner sah nicht ein einziges Mal zu ihr herüber. Nach einer halben Stunde ging sie.

Der Sick musste längst wieder zu Hause angekommen sein. An der Ecke stand er aber noch. Ganz allein in der Dunkelheit, Hände schon wieder an den Hosenträgern. „Gute Nacht", sagte sie und ging zügig vorbei. Wenn er jetzt seinen Arm ausgestreckt hätte. Warum stand er denn da, wollte er nicht nach Hause, ihr möglicherweise den Weg versperren? Ein paar schnelle Schritte, schon war sie angekommen, neben dem rauschenden Kanal schloss sie die Haustür auf. Im Treppenhaus öffnete sie ein Fenster, hier war der Kanal noch besser zu hören, ein paar Minuten stand sie da.

Später legte sie Paolo Conte auf, seine zottige Bar-Stimme aus Mailand jetzt in ihrer Wohnung. Sie öffnete das große Fenster im Schlafzimmer, schräg gegenüber feierten sie noch immer, jedenfalls war da diese große Lichtquelle, außerdem ein voller Tisch. Sie war noch nicht müde. Sie hätte selbst noch irgendwohin gehen können, es war noch viel zu früh, um schlafen zu gehen. Sie saß auf ihrem Bett, Schneidersitz, atmete tief.

Das Telefon klingelte, ihr Bruder war dran, wollte noch ein wenig ausgehen. Aber sie hatte keine Lust. „Komm morgen vorbei, ich koche etwas, war doch ausgemacht."

Sie legte sich ins Bett, offenes Fenster, dachte an einen Mann, den sie im Zug kennengelernt hatte, stellte sich vor, wie er sie langsam in einem einsamen Abteil streichelte. Ihr Fenster geöffnet, Rollladen halb hochgezogen, leichte Seufzer in der Sommernacht störten hier keinen, und wenn schon, sie lebte jetzt hier, sie war die mit der kleinen Wohnung ohne Balkon, sie war die im ersten Stock, die von Anfang an hier war und wartete, dass noch ein paar Leute einzogen. Sie schwitzte, sah jetzt bei geschlossenen Augen einen Mann vor sich, wie er sie in ein noch luxuriöseres Zugabteil führte. Was tat er jetzt? Er zog sie aus, er zog sich aus, nein, noch nicht, erst das Wiegen der Wagen abwarten. Jetzt setzte sich der Zug in Bewegung, sie konnten sich wiegen wie die Schlafwagen, sich streicheln lassen, da dam da dam, sie würde gleich weg sein, ein Mund, mehrere, zwischen ihren Beinen, später aufwachen, in die Nacht blicken, einsame Bahnhöfe, dann aus großen Bahnhöfen ausfahren, am Ende das beleuchtete Schild ‚Gare du Nord‘.

Als sie am Morgen erwachte, fiel ihr ein, dass sie doch eigentlich hatte wegfahren wollen. Mit Bea und Ludger wäre das gewesen, aber dann mussten die zwei in den Semesterferien arbeiten und die Reise war ins Wasser gefallen.

Ihr Bruder wirkte müde, freute sich aber über die Einladung. Sie fragte nichts. Nicht einmal ‚wie geht's‘. Er fragte auch nicht. Nach einem längeren Schweigen erzählte er, dass sein Arbeitstag so anstrengend gewesen sei, und sie sagte nur, dass alle Montage anstrengend seien, weil da noch die ganze Woche vor einem liege.

Er sprach von irgendeiner Ausstellung, die er besuchen wollte, sie ließ ihn einfach reden. „Und? Und sonst?" Er aß viel, aß alle Spaghetti, aber antwortete nicht. „Komm, gehen wir gleich noch auf ein Bier zum Lochwirt." Linda lachte und lachte. „Warum sagst du das?" Ihr Bruder, entrüsteter Blick. „Doch das machen wir jetzt, da gehen wir jetzt hin." Nick erhob sich ganz langsam, ging mit ihr hinaus. Sie lief voraus, er redete hinter ihr, schon wieder von der Ausstellung, diesmal Beuys, erzählte etwas von einem Beuys-Schüler, der hier in der Nähe wohnte und an der Fachhochschule unterrichtete. Jetzt holte er sie ein. Kurz darauf standen sie vor dem Lochwirt. „Komm, auf ein letztes Bier." Sie schob ihn in den Biergarten. Sie setzten sich. „Die Leute haben Durst, schau dir das an." Sie hatte ein paar Bierdeckel in der Hand, ließ sie über den Tisch rollen. Plötzlich stand der Sick vorne am Ausschank. Ihr Bruder ahnte irgendetwas, das zeigte sein unheilvoller Blick. Jetzt würde alles eine Reihe ergeben. Nicks Unsicherheit gab ihr Kraft, war wie ein Aufputschmittel. Der Sick sah sie nicht, obwohl er seinen Blick über den ganzen Biergarten schweifen ließ. Zwei Tische weiter setzte er sich dann.

Sie legte die Bierdeckel auf den Tisch. „Wir gehen mal zu ihm." – „Lass das doch." – „Nein, das geht nicht." Sie stand auf, ihr Bruder zögerte noch. Ganz aufrecht lief Linda durch den Kies. Nick folgte mit großem Abstand. Sie lächelte vor sich hin, lächelte noch, als sie hinter dem Sick stand, eine große Kastanie verdeckte ihn fast. „Herr Sick, jetzt sind wir noch einmal gekommen." Sick drehte den Kopf nur leicht zur Seite, dann wieder zurück. „Sie wollten sich noch entschuldigen."– „Schleich dich. Was willst du von mir? Ich bin doch nicht verrückt, so wie er." Der Sick lachte ein wenig, machte fahrige Bewegungen Richtung Nick, stieß dabei sein Bier um. Ihr Bruder reagierte sofort, fast als ob er so etwas hätte kommen sehen, nahm das rollende Glas, stellte es leer auf den Tisch. „Komm", er nahm ihren Arm und zog sie weg. „Hilfe", rief der Sick jetzt. Zwei Gäste sahen sie an, wirkten skeptisch, Linda dachte, wenn die wüssten.

„Er braucht noch ein Bier", Linda war dem Paar dankbar für diese Idee, ging schnell zur Theke, brachte ein Helles. „Schönen Abend", vom Paar sich verabschiedend.

Der Kanal rauschte, verschwand unter der Straße, auf der anderen Seite tauchte er wieder auf.

SIBYLLE LANG, geb. 1961, lebt und arbeitet in Augsburg.
Zwischen 1990 und 2000 Aufenthalte in Paris und Rom.
Intensive Beschäftigung mit der Schwarz-Weiß-Fotografie,
Kurse bei Seiichi Furuya und Bernhard Prinz, mehrere
Einzel- und Gruppenausstellungen. Durch erzählende
Themen in der Fotografie Übergang zum Schreiben.
Schwerpunkt Kurzgeschichte. Veröffentlichung bei den
Linzer Facetten 2012 – 2017.

Im *Verlag* Bibliothek der Provinz erschienen:
»Das Abendessen mit dem kleinen Chinesen«
»Als Karl seine Stimme verlor«

Verlag Bibliothek der Provinz

Literatur, Wissenschaft, Kunst und Musikalien

Zur Eröffnung
der Ausstellung Fotoarbeiten
von Sibylle Lang
am 30.05.03 um 19^{30} Uhr
in der **Galerie Antonspfründe**
Dominikanergasse 3, Augsburg
laden wir Sie herzlich ein.

die Öffnungszeiten sind:
Samstag und Sonntag 14^{00} - 18^{00} Uhr
und nach tel. Vereinbarung
unter 08 21 - 51 44 94
Dauer der Ausstellung
bis 22.06.2003.

Bi. Lang@t-online.de

eine Idee
wow Claudia Tischky

herzlich
Sibylle Lang

näher... stop!

genau so!